舌尖上的哲学

SHEJIAN SHANG DE ZHEXUE

张颖 著

我吃故我思

SPM
南方传媒

广东人民出版社

·广州·

图书在版编目（CIP）数据

舌尖上的哲学：我吃故我思 / 张颖著. —广州：广东人民出版社，2023.7

大湾区专项出版计划

ISBN 978-7-218-15675-0

Ⅰ. ①舌… Ⅱ. ①张… Ⅲ. ①散文集—中国—当代 Ⅳ. ①I267

中国国家版本馆 CIP 数据核字（2023）第 104200 号

SHEJIAN SHANG DE ZHEXUE：WOCHI GU WOSI

舌尖上的哲学：我吃故我思

张　颖　著

出 版 人：肖风华

责任编辑：梁敏岚
责任校对：胡艺超
封面设计：奔流文化
责任技编：吴彦斌　周星奎

出版发行：广东人民出版社
地　　址：广州市越秀区大沙头四马路 10 号（邮政编码：510199）
电　　话：(020) 85716809（总编室）
传　　真：(020) 83289585
网　　址：http://www.gdpph.com
印　　刷：广州市豪威彩色印务有限公司
开　　本：787mm×1092mm　1/32
印　　张：9.375　字　　数：224 千
版　　次：2023 年 7 月第 1 版
印　　次：2023 年 7 月第 1 次印刷
定　　价：58.00 元

如发现印装质量问题，影响阅读，请与出版社（020-85716849）联系调换。
售书热线：(020) 87716172

推荐序 1

　　我早年在牛津大学攻读哲学博士学位，后来在美国费城的某所大学担任教授。我从来没有想到是，有一天我会为一本书写饮膳哲学，并在香港出版的中文书籍作序。

　　对实用主义哲学与身体美学的研究，引领我触探一些惊奇之地。如果实用主义倡导超越抽象晦涩、艰深专业的研究领域，那么哲学应将视野投射到鲜活的日常生活，而身体美学强调的正是具身化的境况和旨趣。这类话题涵括了健康、能量以及身体意象，甚至是肉体的愉悦，比如（但不限于）口腹之欲和性爱欢愉。西方的主流思想传统认为这些感官快乐不足挂齿、难登哲学大雅之堂，但是对我而言，实用主义和身体美学促使我将其视为严肃话题。

　　记得父亲曾责备我奔赴意大利美食科学大学，为饮食主题的会议做主题演讲。他认为，我致力于食物的话题弱化了哲学的专业性。而我据理力争，以实用主义和唯物主义的观点证明：不谈饮食烹煮，何来人类生活；没有接地气的生活，何来哲学。若将哲学视作一个终点抑或宗旨，我们理所当然需要重视抵达目标的路径。经受充沛滋养的肉身，方能产生哲思的能量。我们饮食的方式不仅喂养了身体，更涵养了我们的个性、趣味，甚至道德品行。

喜闻乐见的是，张颖教授的著作视野宏阔，拓展了身体美学的研究维度。在她的笔下，饕餮之乐与文化哲思交互碰撞。饮食哲学也丰富了身体美学作为一项哲学工程的内涵，而且作为一门生活艺术，它旨在赋予经验、伦理和感官之美。对于一个西方哲学家来说，介绍一本食物哲学的中文书籍，既令人欣喜雀跃，又备感荣幸。

在 2002 年云游中国之前，我对中国文化几乎一无所知。来到中国之后，最令我慨叹的事之一是发现琳琅满目的各色菜肴，大快朵颐！对于东方美食，日本料理是我熟知且喜爱的（我的前妻是日裔美国人，岳母曾经营一家口碑颇佳的日式餐厅，吸引了诸多知名人士光顾，比如演员吉恩·怀尔德）。然而，我对中国食物的体验，仅仅来自欧美的一些中餐馆。原以为海外的饮食文化与本土的大同小异。如今想来，真是大错特错。中国美食让我大开眼界，林林总总，搜罗不尽！中国饮食文化博大精深，只有我这样的西方人想不到的，没有我们吃不到的！显然，中国的奇美珍馐与其地大物博不无关联。因其地域广阔，气候多样，盛产农作物和家禽，优越的自然条件形成了丰富的物产资源。此外，中国数世纪以来都以地方特色风味著称，地方菜系争奇斗艳。游玩中国的乐趣之一，就是能在旅途中领略到当地美味。而中国各大城市的"宝藏"之一，便是不出城郭，也能品尝到各地时鲜。

更深层次的原因是，中国美食深受其传统哲学思想的影响（此书中有精辟的阐述）。"天人合一"是中国哲学和谐观的核心，这一思想应来自中国饮食烹饪所讲的"五味调和"，以及传统音乐所提倡的以"和"制乐。《礼记》认为，"饮食男女，人之大欲存焉"。但是，如何将人的欲望和表达纳入个体行为中，决定了他的道德修养。颇为重要的是，人的进食之"礼"是塑造其人格品质的途径之一。这一点，《论语》中有独到的见解。比如，"食不厌精，脍不厌细。……不时，不食。割不正，不食。不得其酱，不食。肉虽多，不使胜食气。惟酒无量，不及乱。沽酒市脯，不食。不撤姜食，不多食。……食不语，寝不言。虽疏食菜羹，瓜祭，必齐如也。"简言之，圣人的自律和行为修养体现在饮食之"礼"中。

和儒家一样，道家也指出个人修行和饮食密切相关。然而，《老子》（第十二章）和《庄子》（第八章）都告诫"五味"之害，"五味"无益于摄生养性。虽然食物有天然之利，也是养生必备，但是道家修行倡导以断食来静气静心。《庄子·达生》篇里讲述了木匠梓庆"削木为鐻"的鬼斧神工。若要达到出神入化的状态，梓庆首先要做到斋戒静心，舍名利、舍自我，"必齐以静心"。"辟谷"是道家著名的断食法，以践行仙人行径，达到长生不老的目的。其实，人们对谷物的态度有不同的诠释，有人关注的是谷物与人类文明的渊源，将其视为农艺的根本。

因此，中国哲学对饮食的看法，与其对生活准则的态度一样，并非千篇一律。如果团结和谐是理想境界，他们也必然推崇个体的自由和差异。广博复杂的内涵使得中国思想不仅深奥精微，而且有滋有味，宛如中国美食。张教授的书写也融入了西方哲学的"风味"，促进了文化多样性，其"融合哲学"完美地应和了当今越来越流行的亚洲"融合菜"（fusion cuisine)。在东西方政治紧张的动荡时期，此书将会增进东西方跨文化交流。除了满足口腹之欲，啖饮之乐对社会和政治的和谐大有裨益。

理查德·舒斯特曼*

---

* 理查德·舒斯特曼（Richard Shusterman）：国际著名实用主义哲学家、美学家，"身体美学"的开拓者。部分著作已有中文译本，如《通过身体来思考》《身体意识与身体美学》《生活即审美》。

推荐序 2

阅罢张颖博士（我平日习惯以 Ellen 称呼她）传来的书稿，兴奋莫名，并以这位亲密的同事为荣为傲。

我所认识的 Ellen 精力充沛，聪颖过人，相信跟她的善吃能煮有着必然关系。Ellen 从美国费城的天普大学到香港浸会大学的宗教哲学系履职已是一个奇迹。该系历来缺乏女性教师与学者，情况跟许多大学的宗哲系无异，因而对她成为学系一员的考量亦引起注意。Ellen 之所以被广泛接纳，除了学问的根基、教学的热忱，与她豁达和待人接物的包容度不无关系。她绝不刻意避开理论的对话，即使本来就是谈谈吃喝或电视剧集，她也能从容不迫地带出了哲学的见解和思辨，引用哲学经典或史料更是轻车熟路，令人敬佩。

作为朋友，我和 Ellen 无所不谈，有时厌倦了滔滔雄辩，也乐得闲话家常。当然话题也会涉及美食料理，因而无论在她家或我家的厨房，都见证过她的厨艺。她做菜喜欢各式各样的香料，可能跟她在德州生活的经验有关。厨房是她的舞台，凌空把调味料和香料撒在肉和菜蔬上头，我们也就吃得津津有味，但不失食材的鲜味。这跟 Ellen 作为浸会大学宗哲系首位女系主任的管理态度又互相呼应：人情味恰到好处、不夸张、不胁迫、守点法则、高高兴兴、顺其自然。

Ellen 在许多城市之间生活与游学：从中国内地到欧

美……现在居于中国香港。她对各地美食的品尝与她多重的文化身份结合，造就了她对书中各种说法的见解层次。我特别喜欢她这部著作的纲领，可以如此总结：本体论上的"生存还是死亡"的问题也可以是"吃还是不吃"的实际问题；也就是"我吃故我思"的存在基本建筑，结合肉身及心灵，无从区分上层与下层，吃前小思或吃后再思。这是朱迪斯·巴特勒（Judith Butler）式的思考与陈述吧，也是我所认同的女性主义哲学思考中对体性存有的推崇。

Ellen 在书中谈到我们的好友舒斯特曼（Richard Shusterman），他近年致力研究和推广身体美学与饮食艺术。我赞同他所提醒的人生美感与食的互动、行动哲学以及肉身的自我救赎。Ellen 在香港写作此书是恰当不过了，因为吃是香港人的宗教。或许香港人的全球最长寿，与他们对美食的崇拜、追寻和经营不无关系，否则我们实在难以解答在众多困境和束缚里，我们如何可以求存。当然，有人义无反顾地拥抱吃，就会有人在断食中超越：李叔同在远离尘世的寺院里不吃不喝，直至圆寂。这并非悖论，而是在反证中说明肉身与精神的同体同源。

Ellen 的这本书像一场盛宴，又像香港人乐此不疲的自助餐。资料随手拈来，运用自如，就像她手中舞动撒泼的香料。正如她书中所说的，食物是研究西方思想史一个不可或缺的环节。我们都是我们所食的食物所构成。

文洁华*

---

* 文洁华（Eva Man）：香港浸会大学电影学院讲座教授及学院总监。

目　录

引言　写书的缘起

多年以前，读到香港著名作家也斯（梁秉钧）的小说《后殖民食物与爱情》，我就会想到"唯有美食与爱情不可辜负"这句老话。在香港生活，美食无可置疑地成为人们生活中不可缺少的一部分，也是让许多港人再有百般不满，也不肯离开这个美食之都的主要原因之一。对于不少"饕民"，美食可以抵御世间的悲伤和迷惘，是一场漫长的自我救赎。

香港文人钟爱也斯的作品，因为他的书写有香港，更有香港之外的描述。人生百味，散落在琐碎的日常中；拾起来，品一下，别有一番滋味。港人或许习惯了暧昧不明的身份认同，唯独不含糊的，是对食物的那份热情。有评论说："香港人喜欢吃，也懂得吃，但他们对食物的热情隐藏着对生活及其他范畴的失望。由于对政治和前途无能为力，被压抑的活力与创造力只好流入饮食的领域里。"（林沛理：《〈后殖民食物与爱情〉评语》）也斯小说中十二个短篇故事，好似十二道菜式，一一呈现在读者面前，不分食色、难辨东西。读者在风情万种的文字之间，可以捕捉那一丝难以言说的、属于港人独有的寂寞和孤独。

我在香港生活了近十四年，生性好吃（还好，不懒做）的我，可以随性地在香港这个美食的天堂里自由游荡，多少能够抵消平日辛劳于工作的压力。香港荟萃了中西饮食文化，融合众多的"混搭"（hybrid）食物，完美地迎合了我这个被多年造就的中西兼容的胃口。到了香港，我才算体验到正宗的港式饮茶，譬如位于士丹利街的"陆羽茶室"。这是著名老字号，透露着上世纪60年代的旧时老香港气氛，而每一道茶点都做得精美可口、齿颊留香。想想当年我在休斯敦和费城，和朋友常光顾中国城的那几家提供dim sum（点心）的餐馆，真是不能比呀。唉，人在美国，就不能太挑剔，有吃的总比没有强。在香港我居住处的附近有一家美式牛扒小店，看上去不起眼的门面，但煎牛扒的水平绝对世界一流，食材是来自美国的牛肋扒（Prime Rib）和肉眼牛扒（Rib Eye Steak）。我喜欢有牛花的部分，味道最为鲜美，加上酸奶油或辣根配料，立刻让我有居住在德州的时候品尝"德州之味"（Taste of Texas）牛扒馆的感觉。香港大名鼎鼎的九龙城更是东南亚美食料理的集散地，像那间以海鲜为主的小曼谷餐厅，永远是食客爆满。喜欢泰国美食的我，也喜欢光顾九龙城那些销售东南亚食物香料的各式杂货铺。想当初我在美国，只有一家名为Tai Pepper（泰胡椒）的泰餐连锁店可以去，哪能吃到正宗的泰式炒金边粉和泰式生虾呢？

　　香港一向是中西文化交汇的地方，在吃上也一定少不了"东西文化的相遇"（East meets West）。像港式奶茶（亦称"丝袜奶茶"），是典型的混搭产物。人们在茶餐厅点菜，往往会得到一杯免费的奶茶。还有，我记得第一次吃香港的芝士焗饭，打开一看，饭上铺着一层白白的芝士（cheese）。当我兴奋地把芝士送进口里，才发现我吃的居然是豆腐！除了广东传统的客家菜和潮州菜之外，香港百姓喜欢的食物要数广东饮茶的各式点心，以及车仔面、云吞面、鱼蛋粉、白粥、油炸鬼等。当然，最迷人的应属港式蛋挞，尤其是那间坐落在九龙城的豪华饼店所烘烤的美味蛋挞。我一口气可以吃上四五个。朋友嘲笑道，看我吃蛋挞的架势，还以为是世界末日呢。

在香港，能够保持一个永不堕落的胃，可不是一件易事！

由于 COVID‑19 疫情的影响，我和大多数港人一样，不能像往日一样随性地到餐馆享用美食。有幸的是，我有了更多的时间透过网络视频，观看五花八门的美食节目。看多了，就萌发写一本与饮食相关的书的念头。虽然我平日也会尝试自己创造各式食谱，但教授烹调艺术不是我的强项，所以还是想借饮食的话题，谈谈我熟悉的哲学。其实，很早以前我就想写一本与食物有关的书，想借饮食的话题，谈论一下与生活相关的哲学议题，还可以随性加入我所喜爱的、古今中外的文学艺术和电影中有关食物的印记。但无奈工作繁忙，除了授课，手头一堆学术论文要交差，所以一直没有动笔。一天，我偶然读到美国著名美学大师理查德·舒斯特曼的一篇长文，题为《身体美学与饮食艺术》（*Somaesthetics and the Fine Art of Eating*），开篇的一句话是："饮食是人的需要，但懂得如何饮食是一门艺术。"这篇有趣的文章重新勾起我要写食物哲学的情趣。舒斯特曼不是仅仅在一般意义上谈饮食艺术，而是把饮食放在"身体美学"的大框架中来反思，其中对东方饮食艺术的解释更是令人耳目一新。

20 世纪 90 年代后期我曾在美国费城的天普大学（Temple University）宗教系执教，那时舒斯特曼是同一所大学哲学系的教授兼系主任。两个系虽然只有一楼层之隔，我却没有和他有过任何交集，但那时我已知道他是位很有名气的美学教授。没想到的是，两年前我和舒斯特曼教授在香港偶遇了。这一次，我有机会与他进行较为深入的交谈，之后我们亦保持邮件往来。他会时不时地把自己新发表的文章或书稿寄给我，我也会说一说自己当下的研究课题。不久前，我向他提及自己在写一本与饮食相关的书，并邀请他为我的书作个序。我把写书的意图以及把每一章节的标题译成英文寄给舒斯特曼教授，他立刻回信接受了我的邀请。我对他说，"识食物者"一定是爱生活的。

"舌尖上的哲学"是从吃开始的，人们满足了味蕾，就会忍不住胡思乱想，对人对事，也会有新的认知。生活并非事事如意，但美食永远是美好的。人生如美食，美食亦如人生。美食可以是家庭的、朋友的，亦可以是个人的、私密的。其实，人生的酸甜苦辣、喜怒哀乐、好坏与否，都需要自己去一一品味，而其中的味道和余韵，也只有自己懂得。

人生匆忙，忘不了的是淡淡的人间的烟火。取悦自己，就从眼前这一顿饭开始吧。

我吃，故我思；我思，故我在。

DESIGN IN STEEL

DESIGN IN STEEL   Mel Byars

MATERIALS FOR INSPIRATIONAL DESIGN   CHRIS LEFTERI

Bathroom Remodeling   FineHomebuilding

第 1 章　品味是什么东西？

"品味" 一词

在说饮食的话题之前，让我们先谈谈品味。

"品味"作为一个名词，在西方社会具有浓郁的人文色彩。欧洲启蒙时代，具有"良好品味"被看作是具有文化教养和素质的体现。到了 18 世纪，"品味"（德文 Geschmack，即英文的 taste）的概念被赋予公共性的特质。德国哲学家康德（Immanuel Kant，1724—1804）将"品味"纳入审美的范畴，之后美学中出现"品味的判断"的说法。康德指出，品味意指"一个器官（舌、腭、喉咙）的属性。即在吃喝时对某种溶解物产生的特殊刺激的感受"（康德：《判断力批判》）。每当我在超市看到雪柜里的"康德鳕鱼"，都会不禁多看几眼，想象一下餐桌上的鳕鱼经过舌、腭、喉咙的感觉，以及由此产生的只有哲学家才拥有的"精神层面的唠叨"。这些唠叨可是哲思火花的前戏啊。少了这个食物的层面，形而上的迷思是无解的。

读过一点康德的人，都知道这位哲学怪人的私人生活穷极无聊，但他老人家吃东西倒是蛮讲究：早餐要饮茶（不喝咖啡），中餐或晚餐是配着芥末的烤肉，还有鳕鱼（配点奶酪和黄油）、鱼子酱、芜菁等食物。当然，还少不了梅多克葡萄酒的助兴，以活跃康大人秒杀一般人的思维力度。实际上，康德的酒徒身份，学界无人不知。但大师的弟子们有一套为康德辩护的说辞，称饮酒是为了增强哲学家的想象力和洞察力。

康德著有著名的"三大批判"：《纯粹理性批判》（*Critique of Pure Reason*）、《实践理性批判》（*Critique of Practical Reason*）和《判断力批判》（*Critique of Judgment*）。虽然康德在审美判断力的章节中没有把美食作为审美的内容，并认为身体的愉悦不属于心智和善的愉悦，但他对饮食并非完全视而不见。他在哥尼斯堡大学做兼职教师时，还常常举办晚餐派对，与其他师生共进晚餐。（Alix A. Cohen：The Ultimate Kantian Experience：Kant on Dinner Parties）据说康德还准备写一部《烹饪学批判》，但最终没有如愿完成。康德活到 79 岁，我想他老人家若能多活几年，肯定可以完成这部大作。一些在"三大批判"中未解的哲学难题，我们或许能在《烹饪学批判》中找到答案。

让我们看一下中国的传统。中文里的"品味"可作动词亦可作名词来用。如单音节的"味"是名词，其古汉语用法可以追溯到秦简，指食物入口的感觉。"味"也会作动词用，如"味之者无极"。"品味"作动词涵盖"感官辨别"的意思。《吕氏春秋·适音》有"口之情欲滋味"的说法，形容美食的多重味道。滋，益也，多的意思。食物既与感官世界有关，又与情欲相连。《国语·楚语》提到"庶人食菜，祀以鱼"，也就是说，平民一般以菜食为主，鱼肉只有在祭祀时才可以吃到。那年头，食素可不是为了时髦，而是不得已为之。所以口之情欲，不是平民百姓每天都可以体会的经验。老子可以时不时地烹个小鲜，人家好歹是周王室里的一个不大不小的官呀。孔子说他在齐国欣赏韶乐，激动得竟然有三个月吃不出肉的滋味。没想到音乐的滋味也可以如此丰厚。但还是庄子最牛，他笔下的神人不食五谷，吸风饮露，体验着无味之味的超然境界。

无论是名词还是动词，"品味"都与体验饮食滋味直接关联。但"味"这个字在中国传统思想中，具有特殊的美学意义。譬如《礼记·乐记》借用"味"来说明音乐的美感。汉代班固《汉书》中有"诚有味其言也"之说，意以味论语言之美。西晋陆机的《文赋》再次使用《礼记·乐记》的"味"字来评论诗文，批评当时缺乏文采的作品是"清虚以婉约，阙大羹之遗味"，意指文风如过分平淡，就像没有调料的肉汁，没有余味。南北朝著名的文学评论家刘勰在他的《文心雕龙》中，直接把"味"作为他一个主要的美学概念，强调作品的"余味"和"味外之味"，认为好的作品应是"玩之者无穷，味之者不厌"。南朝评论家钟嵘撰写的《诗品》（亦为《诗评》）是中国文学史上第一部诗论专著，被后人称为"百代诗话之祖"。作者以诗的"内味"和"外味"来说明以诗达情和以诗达理的不同。唐代的文论家司空图进一步在"味"的基础上建立他的诗学理论，提出"辨于味而后可以言诗"的思想，认为只有在辨别诗歌中"味"的条件下，才可以讨论诗的风格，即诗的意味、趣味、韵味和玩味。

"品味"和"品位"

"品味"中的"品"字在古汉语中有"等级"的意思。因此，"品味"不但要"鉴赏"，而且要"分类排序"。如钟嵘《诗品》中的"品"字就是指品尝、鉴赏。他把诗歌分为上品、中品和下品，并以此提出"分品比较"的评论方法。除了"品"字，钟嵘还创造出"滋味"的概念，为中国诗评找到一个品味的说法。在《诗品序》中，他认为只有具有滋味的诗，方能"使味之者无极，闻之者动心"，因而达到"使人味之，亹亹不倦"的境界。也就是说，咀嚼诗味，犹如品尝佳肴。对一首诗的玩味，就是对滋味的把玩。司空图在他的《二十四诗品》中把诗歌分成不同风味的二十四品，并提出"味外之味"。司空图以醋盐为喻，说醋止于酸，盐止于咸，但缺乏咸酸之外的醇美之味。所以好的作品，应该有咸酸调和之后的"味外之味"。所谓的"味外之味"，就是"余味"。《文心雕龙·隐秀》中有言："深文隐蔚，余味曲包。""余味"有空白之美，如司空图所说："不着一字，尽得风流。"所以，在诗歌美学的范畴中，"品"强调有一定的品质和水平，而"味"强调事物的格调和情趣。

"品味"的英文是 taste，源于中古的 tasten 一词，指尝出 X、Y、Z 的味道，意即借由品尝、触摸、测试或采样所获取的检验。这个解释类似于拉丁文中的 taxare，即敏锐的触摸和感觉。在此基础上，"品味"进而指由味觉慢慢渗透再而扩散到其他范围。美国专栏作家黛安·艾克曼（Diane Ackerman）

认为，"品味是一种尝试或测试，有品味的人乃是以浓烈的个人方式评估人生的人，他会发现其中有些部分崇高，有些部分匮乏；而品味差的视为多半猥亵或低俗。"（艾克曼：《感官之旅》，*A Natural History of the Senses*）其实，艾克曼所说的 taste 具有两重含义，即"品味"和"品位"，前者指感官经验，后者指判断标准。再者，"品味"一般只形容人，譬如说某某人有"品味"，而"品位"往往形容事物，譬如说某某人购买的家具很有"品位"，或者说某人的谈吐很有"品位"。作为美学概念，我们会用"品味"，而不是"品位"。

由此，艾克曼指出，我们会倾听专业的品酒师、美食大师以及艺术鉴赏家的意见，是因为我们认为他们的品味更为敏锐和精纯。渐渐地，他们的"品味"成为大众谈论"品位"的标准。像法语中有 connoisseur 一词，泛指艺术品和食品及饮品的鉴赏家，他们被看作专家、权威人士和评判者。由此，con-

品味是一种感觉、心态、判断力，更是一种生活方式。

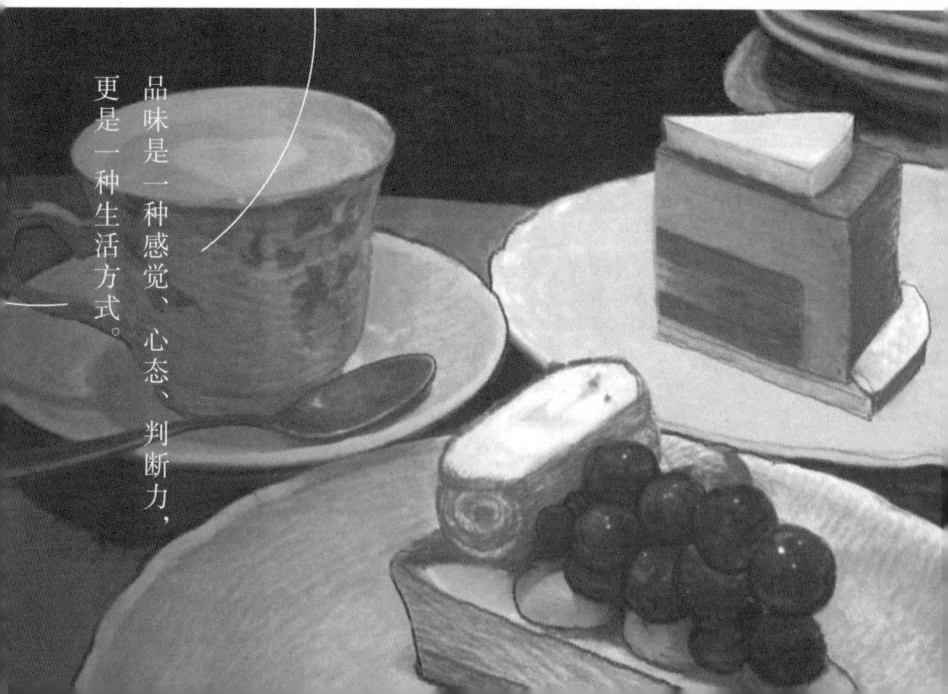

noisseur 也被称为"高品味"的代名词。"品味"是经验和判断，而"品位"是判断标准和档次，常常带有阶级或阶层的含义。在大多情况下，二者可以通用，因为品味所指鉴赏能力，也常常是社会精英所表达的看法，亦是精英确立阶级地位的一种方式。难怪《纽约时报》排上榜的畅销作家詹妮弗·斯克特（Jennifer Scott）的有关品味的系列书籍和专栏如此受到读者的青睐，如《向巴黎夫人学品味》《品味儿童》《生活行家》等等。"生活行家"中的"行家"一词就是 connoisseur。这里，品味即行家，他们的体验代表了一种敏锐和精纯。美国作家借助法国贵族之口为一向被认为品味或品位不够的美国人推广法式品味，算不上什么新鲜之事。同时，这样的宣传向世人表明：品味是一种感觉、心态、判断力，更是一种生活方式。

品味中的价值判断

从西方哲学的角度来说，品味属于价值论（axiology）的范畴，其标准的制定与价值判断有关。既然是价值论，就会有主观论和客观论之争。不少人认为，品味的标准不应是个人而应是社会，即在人性内在心理运作中所建构的一套共同标准。如夜市的烧肥肠或鸭血粉丝汤和法式餐厅焖鸭或焗蜗牛哪个品味更高，从个人角度讲，吃什么、怎么吃这样的话题带有太多的主观色彩，正如人们常说的"口味无争辩"。那么，我们又如何界定标准的客观性呢？如果英国人嘲笑意大利人吃动物的内脏没有品味，那你凭什么说 fish chip（油炸鱼薯条）就更有品味呢？当然，所谓的共识有时会受到商业社会的影响，将价格昂贵等同于"品味"，value（价值）成了 cash value（现金价值）。正如意大利哲学家乔治·阿甘本（Giorgio Agamben）在其《品味》一书中所说的那样，一边是有情趣的审美人（homo aestheticus），一边是功利的经纪人（homo aeconomicus）。因此，我们希望有一个共同的鉴赏标准，梳理出一个"美丑"、"优劣"、"高雅低俗"等价值判断的社会共识，并让这种共识成为普遍的真理。康德认为，判断力自身包含着一个先验的原理，这个先验的（a priori）知识又与人的欲望和情感的感官体验相结合，形成最终的价值判断。康德进一步指出，品味的主观性恰恰说明人类的品味存在着某种共性。

　　经验主义者（empiricists）也在寻求共性，但否认任何先验的原则。所谓先验，即独立于经验之外的知识。大卫·休谟（David Hume，1711—1776）是一位英国哲学家，西方哲学史常常将他和洛克（John Locke，1632—1704）以及柏克莱（George Berkeley，1685—1753）视为现代早期的经验主义哲学的代表人物。休谟在他的《人性论》（*A Treatise of Human Nature*）一书中，提出知性中的灵性问题。他认为灵性（或曰心灵的习惯）具有两个基本特征：非理性和共性。非理性的部分包括想象力（imagination）、情感（passion）以及品味（taste）。所以在休谟看来，品味的经验属于非理性的心灵范畴。也就是说，我们无法单凭意志去干预其运作方式。在此限制下，为了能够作出准确、恰当的判断，我们只有一方面确保单纯由理性作出的判断正确无误，另一方面确保非理性的心灵活动（即敏感的鉴赏力）能够在理想的状况下进行。然而休谟仍然面对一个头疼的问题，即如何让非理性的心灵活动有一套共识的品味标准（the standard of taste）。为了解决这个问题，休谟从"个人素质"和"习惯"入手，由此寻找人类心灵共同的品味本性的理性基础，并希望以此矫正传统经验主义偏重主观感受之弊端。休谟认为，人的自然属性中有某种共性，可以作为品味判断的统一标准。

如此一来，还是有人给休谟的品味共性论戴上"理性的统治"的大帽子。也就是说，休谟试图利用理性的统治，建立一套数学公式般的标准，给世界提供某种感官经验的秩序。的确，这里涉及我们对感官能力、内在情感、个人偏好以及社会风俗的认识。至于是否能达到休谟所期待的"感性认识的完善"，那就不好说了。作为一个出名的怀疑论者，休谟居然要在品味评判上找到真理的标准。可见休谟正像他对自己的描述，是可以"免于世俗偏见，但同时充满了自己的偏见"。休谟的品味标准存在两个未解的问题：一、统一人们形形色色的趣味是否可能；二、品味（如艺术）是否有高低之分别，是否存在一个标准并以此判断品味之优劣。这两个问题有涉及评判的规则和评判的表达等其他议题。这些问题也是康德审美判断所遇到的困惑，美感是主观的还是客观的？品味与其他兴趣，如欲望，是否可以分开？休谟认为，无论人的品味有多大的歧义，还是存在共同的原则，这些原则来自人类"内在印象"（internal impressions），透过心灵感受得到认知和评判。休谟说道："两千年前在雅典和罗马博得喜爱的那一位荷马今天在巴黎和伦敦仍然博得喜爱。气候、政体、宗教和语言各方面的变化都没有能削弱荷马的光荣。"（休谟：《论品味的标准》）所以，任何一个时代的伟大作品都具有经久不衰的审美价值。

英国思想家埃德蒙·柏克（Edmund Burke，1729—1797）与休谟是同时代的美学家。与休谟一样，他也受到经验论和感觉论哲学原则影响。柏克的代表作《壮美与优美的观念起源之哲学探究》（*A Philosophical Enquiry into the Origin of our Ideas of the Sublime and Beautiful*）影响了康德的美学思想。书中一个部分是"论品味"（Introduction on Taste）。柏克认为，人们是透过感觉、想象、理解和判断来理解外在的自然世界，而人在视觉、听觉、味觉、嗅觉、触觉五种感觉官能上没有本质上的差异。譬如，人吃糖产生甜味、吃醋产生酸味；而人大多吃甜味产生快乐，吃酸或苦味产生痛苦。所以，人的感官经验是相似的，附带而生的情感也都是相似的。但品味的差异又是从何而来的呢？柏克认为品味主要产生于对艺术天生的敏锐感受性、与对象的密切程度和对艺术知识的把握。因为品味并不是一个单纯的观念，它至少包括感觉、想象力、理解力和判断几个重叠的成分。缺乏感觉的敏感性就会对感人的事物迟钝和麻木，想象力不足会导致缺乏品味。此外，缺乏艺术知识的训练，便会对艺术语言缺乏理解力，由此产生鉴赏力的不足。

美食鉴赏的内在情感

我们对食物的鉴赏和评判，是个人偏好还是社会风俗，或是外在的客观标准？休谟在讲述艺术鉴赏的品味和食物鉴赏的品味时，曾经举《堂吉诃德》（*Don Quixote*）中的一个故事为例：两个善于饮酒的人，在喝下一杯酒后，各自说出自己的感受。第一位说：酒不错，但是有点橘子的味道。第二位说：酒里有一股铁味。后者的话引来一片笑声。当把酒桶里的酒全部倒光后，人们看到桶底下有把钥匙挂着一根皮带。休谟在这里所要强调的是，只有情感细致和感受敏锐的时候，人才会有美感的经验。（David Hume：*Of the Standard of Taste*）休谟相信，人的内在情感对品味的乐趣及判断具有直接的影响。但他同时指出，内在情感并不等同于个人偏好，而是长期培养出来的情趣。他强调鉴赏和评判需要生活经验上的磨炼，由此提高个人的审美分析和判断能力。

所以，品味美食，就是提升乐趣，品味生活。

休谟本人是一位美食佳肴的爱好者，这在英国哲学界并不多见。休谟毕竟是苏格兰人，要比英格兰人爱吃、会吃。据说休谟晚年曾数次去法国参加当地的沙龙活动，不单言辞出彩，也因为品味高尚而颇受启蒙运动的哲人与贵妇们欢迎，并有了一个"好人大卫"（Le Bon David）的绰号（法国人能看上苏格兰人的品味，这不是常见之事）。其中就包括法国哲学家卢梭（Jean – Jacques Rousseau，1772—1778），一个地道的法国吃货。卢梭以喜好奶制品和甜品著名，乃至当今世界上到处都是卢梭咖啡店、卢梭甜品店。而休谟晚年饱受肠胃疾病之痛，大概是在美食和美酒上缺乏节制。还好，他认识卢梭不久，两个人的关系就破裂了。否则，跟着卢梭天天吃甜品，休谟那个苏格兰的肠胃更受不了。休谟在晚年喜欢展示自己的厨艺，英国 18 世纪史学家爱德华·吉朋（Edward Gibbon）说休谟是"伊壁鸠鲁豚笠中最肥的猪"。据史学家统计，休谟和昔兰尼的阿瑞斯提普斯（Aristippus）是西方哲学历史中仅有的两位做过厨子的哲学家。

当然，品味是多样的，总会有迷恋法兰西的英国人。在《关于品味》（*Acquired Tastes*）一书中，英国畅销作家梅尔（Peter Mayle）从衣食住行谈论品味，特别是饮食方面。他一再对自己说，人生苦短，为何要饮廉价的香槟酒、吃廉价的饭菜呢？说真的，以品味为借口给自己找个花钱的理由，倒是个不错的想法。梅尔早年的代表作《山居岁月》（*A Year in Provence*）成为许多现代人"美好生活"的"圣经"，也让一向高傲的英国人瞬间成为法国迷。奶油野蘑菇、柠檬白芦笋、松露、鱼子酱、茴香酒……按照作者的说法，那些让人流泪的法式佳肴，加之普罗旺斯美景的衬托，怎么能不打动人心？人们突然发现，可以不再为自己是个不可救药的吃货而内疚，因为吃是获得品味的经验，也是生活美学的一部分。对于小资们，获得品味，这可是步入上流社会的第一步呀。用休谟的话来说，就是提升你的个人素质。吃懂法兰西，意味着让那些不曾是你的习惯的一部分成为你的习惯。

被称为"百科全书派"的 18 世纪启蒙时期的哲学家狄德罗（Denis Diderot，1713—1784），曾经说过："在五官感觉中，视觉最肤浅，听觉最傲慢，嗅觉最易给人快感，味觉最迷人多变，触觉最深刻、最具有哲学意味。"（Denis Diderot：*The Judgement of Taste*）看来，狄德罗是有意与柏拉图主义作对，把视觉放在最低的位置，却拔高味觉的地位。他坚持认为感觉是一切知识的源泉，感觉是外部世界作用于感官的结果。观念和思维能力都是由感觉发展而来的，因此人需要从感觉回到思考，再从思考回到感觉。顺带提一下，英文中的 restaurant 一词来自法国，是从法语中的动词 restaurer 演化出的形容词，意即"修复"或"恢复体力"。作为名词的 restaurant 的含义是"令人恢复元气的食物"。狄德罗大谈味觉的意义，也是对食物和饮食的具有"恢复元气"作用的肯定。在启蒙思想家中，狄德罗算是个另类。在理性至上的时代，他却认为人类的感官经验不是追求真理的绊脚石，坚持主张感性在审美与道德判断上的作用。

清代的文学家袁枚诗评写得好，食评更是一绝。他的那本《随园食单》至今令人津津乐道，其流行度远远超过他的诗评《随园诗话》。谈到品味，袁枚认为他对诗的品味和对食物的品味有相似之处。他在《品味》一诗中写道："平生品味似评诗，别有酸咸世莫知。第一要看香色好，明珠仙露上盘时。"清雅是袁枚评判诗歌的原则，亦是他评判事物的标准。品味对于袁枚，不可随众，也不可骛名。现代作家林语堂受到袁枚的启发，将自己的"食物哲学"归为三事，即新鲜、可口、火候适宜。其实，这不仅仅是林先生的食物哲学，也是他的人生哲学，即讲究生活细节的极致，既舒服了自己，也让周围的人愉悦。林语堂曾与家人合作，写了一本《中国烹饪秘诀》，获得德国法兰克福烹饪学会的大奖。这本食谱的内在精神，和他那本著名的《生活的艺术》一脉相承。林语堂常说自己是个地地道道的伊壁鸠鲁的信徒，即享乐主义者："吃好味道的东西，最能给我以无上的快乐。"当然，林先生所说的好味道的东西，不一定是山珍海味，可以是一碗简单的素面。

中国文人若不是个吃货，哪位敢称自己有品味？

第 2 章　味觉现象学

"食物色情"

　　说到味觉，不能不让人想到近几年一个时髦的社会术语"食物色情"（food porn）。这是一个来自味觉和视觉的双重的组合"食力"，以视觉刺激为主导。因此"食物色情"的定义是"以高度刺激感官的方式呈现食物摆盘"。据说，把食物和色情合二为一的想法来自 20 世纪 70 年代一位具有"世纪厨师"之称谓的法国厨师保罗·博库斯（Paul Bocuse），他写了一本法式料理烹饪的食经，被称为"昂贵的食物色情书"。后来各种美食杂志以及美食电视、网络的形式出现，形成一种 gastroporn（食物色情）现象，英文称 enticing（诱人的）食物。英国作家朱连·巴内斯（Julian P. Barnes）在 20 世纪 90 年代发表在《纽约客》（*New Yorker*）上的一篇文章，题为《带有欺骗的简单》，其中谈到食物色情的话题。巴内斯指出，美食可以带来特有的"欢乐"（conviviality）之特质，与性的情色有类似的效果。毫无疑问，"食物色情"的说法很吸引眼球，立刻得到社会热烈的回应。带有 erotica 的美食，谁不动心呢？但在食物色情中，食物"被看"的功能显然大于"被吃"的功能。

学术界对"食物色情"并没有统一的定义。英国记者罗斯琳德·克华德（Rosalind Coward）在《女性欲望》（*Female Desire*）中首次使用这个概念。其实，食物色情首先是诉之于人的视觉，然后以视觉带动味觉。各类大众媒体——从摄影到时装，从时尚杂志到手机屏幕，我们都会被美食图的浪漫画面所吸引。克华德指出，美食可以看作女性身体的另一种展示方式，引发大众对食物超乎食物本身的想象和渴望，并由此产生对食物的痴狂心理（gastromania）。由此可见，美食不仅仅是满足口腔快感的对象，而且是养眼的艺术品。所以，我们会看到大多的美食书籍，都配有精美的图片，从写实派到印象派和朦胧派，其目的都是为读者打造一个有关食物的梦境。很多时候，视觉的冲击早已战胜了可能完全没有机会上场的味觉（虽然饥饿感已经产生）。难怪，有些厨师要把精力放在如何创作食物的形象上，包括盛装食物的各种器皿，形成用视觉打造"食力"的最高境界。如此一来，美食不仅是关乎"食物的艺术"（the art of food），而且是关乎"食物摆盘的艺术"（the art of plating）。所以，米其林三星的法国厨师杜卡斯（Alain Ducasse）直截了当地说："料理是一场视觉飨宴，我知道我们的顾客想透过社区媒体分享这些令人感动的时刻。"（查尔斯·史宾斯：《美味的科学：从摆盘、食器到用餐情境的饮食新科学》）。食客去米其林用餐，享受的不仅仅是美食，而且是养眼的食器，如 Hering Berlin，Royal Copenhagen，Royal Doulton 这样低调奢华的知名品牌。

当然，有人建构就必然会有人解构。加拿大厨师卡罗琳·

费林（Carolyn Flynn）在 Instagram 上开了一个账号，以"狗屁雅客"（Jacques La Merde）的名字揭示食物色情在感官上的欺骗性。为了说明这一点，她用各种从便利店买来的垃圾食品加以精美的包装摆盘，打造"食物色情"，并以此讽刺时下的风潮。费林对"食物色情"的挑战把我们拉回最原始的哲学问题：什么是真？我们的感官可靠吗？在回答这个问题之前，我们说说味觉现象学。

味觉"现象学"

"现象学"（Phenomenology）是对经验结构与意识结构的哲学性研究。知识的世界，即"理性"（reason）的世界，一部分建立于"感知"（sense perception）——你看到的东西，也就是色、身、香、味、触；另一部分建立于"信念"（faith），可以是宗教的，亦可以是非宗教的。但无论是理性还是信念，都会涉及人的意识经验。德国现象学大师埃德蒙德·胡塞尔（Edmund Husserl，1859—1938）认为，对事物的认知是对出现在各种意识行为中的现象的系统反思与研究，如意识经验（判断、感知、情绪）。当我们的意识在关注某一个事物时，关注对象自己被称作意向对象，而意识结构（如知觉、记忆、愿望、幻觉等）就是"意向"（intentionality），它使得意识向它的对象伸展，产生由于对象给予的刺激所带来的特定的意识行为。

现象学所说的意识，包括意识主体、意识对象以及意识活动。意识活动包括感官的认知活动，即视觉、听觉、味觉、嗅觉和触觉。法国"身体现象学"大师莫里斯·马龙 – 庞蒂（Maurice Merleau – Ponty，1908—1961）用现象学研究人的身体和触觉，提出知觉在先的思想，即身体的经验或身体的意象性是认知的基础。以此推论，人的味觉以及与它相关的判断、感知、情绪，亦体现人的意识对食物的意向性。而味觉的出现，常常不是单一性，而是伴随其他的知觉活动，如视觉和嗅觉。换言之，味觉所带给意识的感官愉悦和食欲的增强，往往会受到视觉和嗅觉的直接影响。马龙 – 庞蒂指出，对食物的感觉，是研究人类官能感觉的基础。所以，"感"与"知"常常相辅相成。

在所有的知觉现象中，味觉常常被看作较为原初的知觉。多年前，美国纽约州大学的哲学教授考罗琳·考斯梅尔（Carolyn Korsmeyer）写过一本书，名为《认知味觉：食物与哲学》（*Making Sense of Taste：Food and Philosophy*）。这里，作者用了"taste"这个概念，也是我们上一章所讨论的"品味"一词。在考斯梅尔的书里，"taste"具体指的是"味觉"，即触摸食物的感觉意识，是进入"品味"的初级阶段。作者认为，西方哲学常会谈到人的感官功能，尤其是视觉和听觉，但会忽略味觉。考斯梅尔针对这个现象追溯品味的理论渊源，以及从生理学、心理学、哲学等多角度对这个议题的探讨，指出西方哲学在感官上存在的等级观念。譬如，德国哲学家叔本华（Arthur Schopenhauer，1788—1860）就认为视觉是知性的，听觉是理性的，二者皆为感官上较高的层次，而味觉和触觉是与身体有关，其感官功能是低层次的。显然，叔本华的论调受到康德哲学的影响，即把"高级感官"与"低级感官"作出区分。换言之，味觉和触觉是以身体为"场域"的，所以没有脱离肉体的纯粹知觉。与脱离身体知觉的视觉与听觉相比，它们无法进入高层次的认识论和哲学意识。考斯梅尔对味觉的探讨正是从这个角度切入，强调味觉的功能在认识论上的作用，以此回应人们对味觉的种种怀疑态度。

味觉首先是关于舌头，舌头是感官的一部分，感官是身体的一部分。因此，味觉是身体现象学的一部分。我们对世界的感知与体验，很大程度与味觉相关。在弗洛伊德（Sigmund Freud，1856—1939）的精神分析法中，儿童最初对食物的感知阶段被称为"口腔期"，又称"口欲期"（oral stage）。弗洛伊德把这个时期看作人的性欲的早期形成阶段，也是人格发展的最初阶段。也就是说，在婴儿的感知世界中，快乐、爱与吃似乎是一体的。由于弗洛伊德大师喜欢把人的任何欲望都理解为对性的欲望，所以把吃东西也自然地看成是性的潜意识。看来，他对中国人的"食色，性也"有着另一番的诠释。据说弗洛伊德本人也是个美食爱好者。维也纳有家餐厅，专门设立了弗洛伊德菜谱，像奶酪碎、豌豆和火腿等食物，加之一杯甜酒。不知食客吃过，是否能够产生从"本我"到"超我"的人生飞跃。

味觉中的视觉

中国传统美食向来重视外在的"色"，即食先入"眼"。我们可以看到，有些食材纯粹是为了装饰的目的，起到"养眼"的作用。中国佳肴讲究食物的搭配，除了营养和口感的协调，就是视觉的美感。有些食材属于"淡妆浓抹总相宜"，有些则需要精心地打扮。对"色"的追求也体现在对食物摆盘的要求。不同的食物选择不同的器具。食物虽然引发感官的味觉享受，但并不终结于味觉，而要兼及视觉。所谓的"秀色可餐"、"国色天香"这样的成语虽然是用来描述女性，也可以是中国文化中"食物色情"的表达。

如果说"食物色情"是视觉和味觉的结合，那么"看"与"吃"是什么关系？语言学家们发现，视觉与味觉的感官动词之词义所延伸出来的隐喻概念（concept metaphor），常常会成为语言系统中的两个重要基础。看或吃，原本只是单纯指代生理性的行为动词，却被社会赋予文化的属性，即语义的文化延伸。比如将"看见"当作"理解"，即英文里所说的"Understanding is seeing"或"I see what you're saying"（我明白你在说什么）。也就是说，理解和思考作为目标都与"看"（see、look 或 outlook）这种视觉的意识经验有关。作为吃之对象的食物，有时也会和思考、思维挂上钩，譬如，我们会说"消化"（digest）某种意见或思想。但总体而言，视觉在西方哲学史上的地位远远高于味觉。

这种认知取向源于古希腊哲学家柏拉图（Plato）的知识论体系。柏拉图在其感官理论学说中赋予视觉以重要地位，认为视觉有助于理智的发展。然而，这种视觉中心主义也导致对味觉、触觉等感官感受的不屑一顾。譬如，在《蒂迈欧篇》（Timaeus）和《斐多篇》（Phaedo）中有关于感官的讨论中，柏拉图将来自胃口（appetite）的欲望比喻为肚腹里一个时刻想征服理性的野兽，认为人类的食欲以及食物带来的愉悦会干扰心智的活动。由此，柏拉图把味觉的快乐看作是一个"伪快乐"，与来自心智的"真快乐"形成鲜明的对比。柏拉图这些论点来自他的灵与肉的二元分离，即肉体与灵或心智相比，是属于低层次的、非理性的部分。柏拉图之后的哲学家如康德、叔本华都有类似的说法。当代西方女性主义批评家论述柏拉图的思想时，会一针见血地指出，柏拉图的哲学体系缺少两大元素：食物和女人，也就是食和色。

其实，对视觉与听觉的反思不仅表现在西方哲学体系中，在中国传统思想中亦然。譬如老子认为，人们对他所说的

味觉所带给意识的感官愉悦和食欲的增强，往往会受到视觉和嗅觉的直接影响。

"道","视之不见"、"听之不闻",这里的不见、不闻也预设了在一般知识论中将"看"和"听"放在首要地位。但老子同时指出,对世界的真正认识,即他所说的"玄览"是一种超越视觉经验的认识论。老子用"玄览"指出视觉认知的局限性,因为"视"不等于"见","听"不等于"闻"。所以,在《老子·第四十章》中,我们看到作者强调无论是从经验层面上还是从感官中,人都无法直接认知"道"的本质。然而,在《老子·第五十六章》中,老子认为,有见解之人,可以"和其光,同其尘"。如此一来,感官的 sight(视)和超感官的 insight(见解)又被连接在一起。

值得注意的是,即便是比味觉高层次的视觉,也常常是哲学家怀疑的对象。从柏拉图到当代法国哲学家和社会学家尚·布西亚(Jean Baudrillard),我们一再被告诫:"你所看到的一切,有可能都是幻想,不是真实的存在。"到了今天的网络数字时代,"虚拟真"更打破了传统的视觉认知。什么是真实的呈现?你的视觉可靠吗?这种怀疑论成为社会主流的思想。当然,在哲学家眼里,怀疑固然不是一种愉悦的状态,但不怀疑更是荒谬的事情。大家喜欢看《黑客帝国》(*The Matrix*)、《盗梦空间》(*Inception*)、《黑暗时刻》(*The Machinist*)这类好莱坞大片,恰恰反映我们对真与幻的相互交织的好奇和恐惧,甚至是对我们自身认知能力的疑虑。

在柏拉图的笔下(如"洞喻"the Cave Allegory),我们就像洞穴里的囚徒,看不到洞穴外的真实世界,只能感知洞穴墙壁上所呈现的幻影。在《拟仿与拟像》(*Simulacra and Simulation*)一书中,布西亚告诉我们,当下作为消费商品的流行文化，都是无源之拷贝，都是拟仿（simulacra）与拟像（simulation）的产品。透过不断的复制、抄袭、模拟、传播，形成一个又一个的"虚拟真"，即"过度真实"（hyperreal）的幻想。显然在布西亚看来，视觉中心主义值得怀疑，因为我们所确信的视觉感知，也有可能欺骗我们，就像那些精美的美食图片。那么，我们如何知道我们知道什么？

康德把知识分为两大类：一类是先验的（a priori）知识，即知识的来源不依赖于经验，而来自理性的确认。譬如"所有的单身汉都是未婚的男人"或者"所有的三角形都是三条边"。另一类是后验的（a posteriori）知识，即知识的来源依赖于经验。譬如"朝天椒是辣的"或者"柠檬是黄色的"。显然，味觉的知识是后验的知识，所以人们常说："要知道李子的滋味，你必须亲口尝尝。"我们对味觉的描述，如甜、酸、苦、辣、咸，只是一个简单的舌头的反应，然后透过意识传达给我们的认知。至于如何体会"甜甜腥腥的"或是"咸咸润润的"，即带有个人情感的味觉反应，那又是另一回事。至于观念和思维如何从味觉中发展而来，这是品味专家讨论的话题。

中国传统中的"味"

值得提及的是，中国文化非常看重味觉的原初和奠基地位，重视从"口味"到"味"，再到"味无味"的审美经验。譬如，"味"是老子道家哲学中的一个哲学范畴，是一个从生理感官发展到哲学的概念。提到"味道"，老子有著名的"味无味"的说法，另外还有"五色令人目盲，五音令人耳聋，五味令人口爽"(《老子·第十二章》)。这里,老子不是倡导禁欲主义思想,而是反对"过分",即"过了头"的经验。味道太强,反而会摧毁味觉,就像中国古代的骈体文,有时作者过于装饰雕琢,反而失去了其原想表达的意思。所以老子提倡"道之出口,淡乎其无味"(《老子·第三十五章》)。道家认为,过分追寻味道的享用,最后反而味觉疲乏,食不知味。因此,寻求平衡适中,不但是老子的思想,也是后来道教养生的原则。也就是说,"无味"不是对"味"的否定,而是追求另一种"味"。深受老子道家影响的唐代诗评家司空图在《二十四诗品》提到"味外味"的概念,主张体验"余味""韵味""风味"的直观感受。

台中有一家小有名气的餐馆,以"味无味"命名,一看就知是一家走道家路线的小馆。餐馆主人的定义是"以老子的哲学打造的饮食空间"。食物讲究自然、顺时令、用在地。烹饪方法主张采低温烹调,不用非自然添加调料。在他们的网页上,我们能看到这样一句话:"在优雅重生的历史空间,让人和食物、食器怡然对话,体验自然养生饮食的人文、时尚和品味。"从老子的哲学来讲,"味无味"就是体验"淡"之味道。正如老子所说:"恬淡为上。"(《老子·第三十一章》)后来注释《老子》的学者吴澄云:"恬者不欢愉,淡者不浓厚。"(《老子道德经注》)或许老子认为,吃的食物过于浓味(如酸、苦、甘、辛、咸五个味觉材料,亦称之为"五味"),感官愉悦的追求过于强烈,会影响一个人的思维和理智。或许,老子认为,"淡"是回归人类感官的原初状态。

实际上,中国的语言表达中,有许多与食物或味觉有关,像成语中的"别有风味"、"回味无穷"、"气味相投"、"索然无味"、"别有滋味"、"意味深长"、"味同嚼蜡"等。还有我们会常常使用的歇后语，其中带有食物的名称或吃饭的姿态："小葱拌豆腐——一青二白"、"米粉炒海带——黑白分明"、"吃香蕉剥了皮——吃里扒外"、"吃着碗里看着锅里——贪得无厌"、"米汤锅里熬芋头——糊里糊涂"等等。用食物比喻人的表达法也不少，像说一个人性格懦弱，就用"菜包子"、"软面团"；说一个人嘴上厉害但心肠软，就用"刀子嘴豆腐心"；说一个人沉默寡言就用"闷葫芦"等。还有以味觉作比喻的动词，如"尝尽了苦头"、"啃书本"、"咬文嚼字"、"评头品足"等。在这个意义上，思维可以是食物。

思维是食物

西方哲学家和语言学家也说过："思维是食物。"拉克夫（George Lakoff）和强生（Mark Johnson）在他们的畅销书《我们赖以生存的隐喻》（*Metaphors We Live By*）中，为我们举出一系列有关食物或吃与思维放在一起的常用语。譬如：That's food for thought.（那是思想的食粮。）Let that idea jell for a while.（让那个想法凝固一下 。/让那个想法成型。）That idea has been fermenting for years.（那个想法已经发酵/酝酿多年。）I just can't swallow that claim.（那个说法叫我咽不下去/无法接受。）拉克夫和强生皆为美国哲学家，同时研究认知语言学。他们强调概念譬喻立基于我们的身体体验（包括味觉的体验），并隐藏于我们的抽象思维之中。作者同时指出，无论我们是否意识到隐喻这个议题，概念譬喻都会在无意中塑造我们的世界观。

《厨房里的哲学家》（*The Philosopher in the Kitchen*）是法国 18 世纪的政治家兼美食家布里亚 – 萨瓦兰（Jean Anthelme Brillat – Savarin，亦翻译为莎沃南）的杂文集，主要讲述美食背后的故事，文章充满法式的幽默风趣。萨瓦兰的人生经历丰富多彩，是一般人难以想象的。他出生于法国贵族家庭，做过律师、政治家，后又流落到美国，在纽约的帕克剧院担任首席小提琴手。除此之外，萨瓦兰也是一位沉浸于美食的专家，尤其是奶酪和甜品，他被后人尊称为法国的美食教父。以他的名字命名的食品至今盛行，如萨瓦兰奶酪、萨瓦兰蛋糕。萨瓦兰奶酪因其含奶油量超过 70% 而被称为奶酪中的 foie gras（鹅肝酱）。他曾说过：“没有奶酪的甜品就像一位独眼的美女。”

萨瓦兰人生最后二十五年是在巴黎度过的。在那里，他继续对美食与品味进行研究，写下他流传后世的代表作《味觉生理学》（*Physiologie du Goût*），亦称《超验美食》（*Transcendental Gastronomy*）。作者用哲学家的眼光陈述味觉给人带来的快感（当然有时也会有痛苦）。他认为，味觉作为我们诸多感觉之一，只要运用得当，就能为我们带来极大的享受。譬如，饮食之乐，只要不过分，是唯一不会引起疲劳的快乐。另外，饮食之乐可以与其他享乐方式共存，亦可以弥补其他享乐方式的缺失。难怪这位美食家坚持认为，“与其他场合相比，餐桌的时光是最有趣的”。他强调，虽然味觉的感官功能不如视觉、听觉那样强大，同时也比较单一，但味觉的组合排序，会让其感觉变得丰富多彩，并逐渐培养人的敏感度和鉴赏力。

有意思的是，法国 19 世纪大文豪巴尔扎克（Honoré de Balzac，1799—1850）是萨瓦兰的崇拜者。看到萨瓦兰的《味觉生理学》，他就写了本《婚姻生理学》（*The Physiology of Marriage*）。要知道巴尔扎克一向崇拜贵族，还花钱给自己买了一个贵族头衔。因是萨瓦兰的粉丝，巴尔扎克自告奋勇给他敬爱的导师写传记。当萨瓦兰的食谱《好吃的哲学》再版时，巴尔扎克又为这本经典的食谱作序，题为《伟大的肚子》。当然，这里不排除一个主要的原因，就是巴尔扎克也是一个地道的吃货，尤其喜欢萨瓦兰笔下的美食。仿佛能够品尝这些美食，巴尔扎克就是真正的贵族了。如果去巴黎看到雕塑家罗丹为巴尔扎克打造的塑像，我们就知道巴尔扎克是个十足的大胖子。据说他一顿饭可以吃上百个牡蛎、十多个羊排，外加四瓶葡萄酒。巴尔扎克的一位好友这样形容餐桌前的这位作家："他的嘴唇颤抖着，眼中闪烁着快乐的光芒，双手因为看到金字塔般的梨子或漂亮的桃子而颤动。"这段对迷恋食物者的精彩描述，来自法国女作家穆尔斯坦（Anka Muhlstein）的畅销书《巴尔扎克的煎蛋：与巴尔扎克一起游览法国的美食文化》（*Balzac's Omelette*）。

我们的舌头通过与食物打交道，形成了实践性的口感和习惯性的品味。反过来说，舌头从触觉到味觉的经验也是食物之所以为食物的原初状态。舌头的"意向性"透过口感的产生，确立了一个属于"我"的"知觉"、"拥有"及"习惯"。17 世纪哲学家巴鲁赫·斯宾诺莎（Baruch Spinoza，1632—1677）说过：欲望不是别的，恰恰是人的本质。人类对美味的渴求，是人的本质的充分反映。人在味觉的体验过程中，涌动着一股勃发的生命冲力。

香港知名作家梁文道，研修哲学出身，也是一位地道的吃货。他的《舌头：味觉现象学》杂文集承继了他一贯的饮食写作：在幽默诙谐中，将轻松愉悦的美食话题与严肃认真的社会议题巧妙地结合起来，让饮食作为一种文化现象，呈现它固有的文化特征。梁文道并没有在书中直接谈及现象学，但他透过味觉，展示他对自己以及周围事物的认知和思考。对食物的书写，也是作者对他个体经验的追忆与反思。

我们都熟知那句刻在德尔斐的阿波罗神庙中的古老圣谕："认识你自己。"（Know thyself）是啊，认识我们自己。这句话被称为人类思想的永恒坐标，后来被古希腊哲学家苏格拉底发扬光大，成为一个贯穿古今的至理名言。

有意思的是，萨瓦兰也为我们留下一句名言："告诉我你吃什么样的食物，我就知道你是什么样的人。"

第 3 章　爱吃的中国人

饭可以当信仰吃

谈过味觉的意义，我们现在透过吃的传统审查一下美食在中华文化中的独有地位。我们常说：中华民族是一个"吃的民族"。中国人爱吃、能吃、会吃举世闻名。只有中国人能拍摄出《舌尖上的中国》这类大气派的饮食系列文化片。古人道："饮食男女，人之大欲存焉。"这句话显然影响到了台湾的电影导演李安。多少年过去了，他那部名为《饮食男女》的影片，依然魅力不减。用美食破解人生之谜，李安可谓玩得得心应手。让我们看看影片那段著名的开场戏：导演透过男主老朱所展示的厨艺功夫，将各种美味的传统佳肴赤裸裸地呈现在观众面前。可惜对着银幕的观众，到头来只有垂涎三尺，口水流成河的份。影片中所探讨的当代人伦关系的变化都是透过"吃"的层面，一一展现在观众面前。几年后，美国人推出一部"山寨版"的《饮食男女》（Tortilla Soup）。中国人换成了墨西哥裔美国人，中国大餐换成墨西哥大餐。不行啊，即便有"他可"、"达玛雷斯"、"阿芙卡多牛油果酱"这类传统墨西哥美食，还是与那些直接撞击人肠胃的中式佳肴没得可比。显然，中国美食性感多了。

　　毫无疑问，饮食文化在中国文化中举足轻重。十个中国人九个好吃。传统上，人们打招呼，都是问一句："吃了没有？"不少学者会说，问食饭否，是中国人以前缺食物，缺什么，就会问什么。但我觉得可以有不同的解释：我们在乎吃的问题，而问题的含义超出食为果腹的目的。像西方人"活着是为了吃，还是吃是为了活？"这种问题，在中国人看来，就是不值得一问的伪命题。要问中国人的核心价值是什么，我想"吃"会是其中的一条。婚丧嫁娶、红白喜事，哪个不是以吃的场面为最终高潮的部分？难怪香港有位著名作家曾说过，中国人还是处于"口腔期"。类似的话，台湾毒嘴作家柏杨也有说过。不过他们用弗洛伊德的"口腔期"形容国人，显然有自嘲的成分。还是内地学者万建中在《中西饮食文化差异》一书中说得好："中国饮食与国泰民安、文学艺术、人生境界、宗教信仰等都有千丝万缕的联系，呈现出博大精深、源远流长的特性。其魅力不仅在于食物本身，还表现为其具有无穷的文化和精神辐射力。"

　　中国式的大圆餐桌，加上一个大转盘（美国人称 lazy Susan），上面可以同时摆放着各种美食，食客们则在旋转的美食中挑选自己喜爱的食物。从另一个角度看，美食的呈现，宛如中国的传统绘画卷轴，它是"散点透视"的再现。移动的转盘，制造了移动视点，让每一道菜自成中心。食客在旋转的食物中，细致观察，然后品尝，再为心仪的美食投下一票。

　　对于国人，真正的趣事，就是从吃开始。当然也有好事之徒，用美国心理学家马斯洛（Abraham Harold Maslow，1908—

1970）的"需求金字塔"理论来攻击国人对吃的偏好。马斯洛认为人的需要可以分为不同的层次：由底层衣食住行的生理需求，到顶层自我实现的精神需求。按照这个理论，中国人对"吃"的需求停留在底层，说明他们的需求还未提升到精神的层面。我认为，这种解读有些不妥，因为中国人所说的"吃"已经不仅仅是"搵食"、为腹而食，而是把"吃"看作礼乐文化的一部分，亦是生活艺术的一部分。同时，正如李安的电影所呈现的那样，吃在中国传统中是人伦关系的纽带。

吃的大传统：从先秦到唐代

食色性也——中国的哲人是如此的直言坦荡。"食欲"和"思欲"直接挂钩，这是中国文化独有的语艺。《礼记·礼运》中一句"夫礼之初，始诸饮食"，就把吃饭和人的德行结合在一起。根据《礼记》的记载，原始社会的先民把黍米和猪肉砍块放在烧石上烤烧，再奉上酒，以此祭奠鬼神。随着人文意识的发展，食礼从人与神的关系发展为人与人的关系，"吃"成为人们相互交流情感的主要方式。

让我们再看先秦的哲人与食物的关系。孔子说"食不厌精，脍不厌细"，这常常被现代人看作"孔子食道"的摹本。但也有学者认为，孔子这里主要讲的是祭祀，而不是一般意义上的烹饪。孟子认为"君子远庖厨"，但摆在餐桌上的肉食孟大人还是可以享用的。孟子又说："数罟不入洿池，鱼鳖不可胜食。"可见孟子没少吃鱼鳖之类的鲜物。《荀子》里提到，人的生性就是"口好之五味"、"口好味"。这种关于吃的说法，体现了先秦儒家文化对饮食的看法。

老子大谈治国之术，也没有忘记"烹小鲜"的功夫。在《道德经》中，虽然"五味令人口爽"的"爽"字意指"让味觉错乱"，但老子那句著名的"治国如烹小鲜"的道家政治哲学，还是基于烹饪的比喻，也激发人们对老子"理想国"的"色、香、味、形"的想象。庄子更是把屠夫解牛的过程，描述为犹如"桑林之舞"一般优美。道家/道教谈养生之术，论食疗之法，这可是中国人独有的饮食密码。道教强调饮食养生，将医学的"药"分为上药、中药和下药，食物被看作带有"食疗法"的中药。根据阴阳五行的说法，道教还将谷物、兽类、蔬菜、水果分类，故有了"五谷"、"五肉"、"五菜"、"五果"的模式。道教认为，进食要与自然的节奏同步，春夏秋冬、朝夕晦明要吃不同特性的食物。

魏晋时期的名士"竹林七贤"，因为受到老庄和道教的影响，崇尚在抚琴作诗中品尝美食好酒。"七贤"包括嵇康、阮籍、山涛、向秀、刘伶、王戎及阮咸。他们经常聚在当时的山阳县（今河南修武一带）竹林之下，肆意酣畅，相互弹奏古曲，寄情于山水。说到竹林七贤，就不能不提到酒。当时，曹操有禁酒令，但在魏晋时期士族和百姓都没有真正禁酒。在七贤中，大多是饮君子。阮籍有《咏怀》组诗与琴曲《酒狂》的陪伴；豪饮一哥刘伶更是写下《酒德颂》，被后人艳传。相比之下，还是嵇康有节制，与友人相聚时，小酌怡情。嵇康毕竟是养生的倡导者，沉醉于"游山泽，观鱼鸟，心甚乐"。对竹林七贤而言，人生有美酒和音乐相伴，"浊酒一杯，弹瑟一曲"，足矣。魏晋时期竹林七贤的饮酒清谈加之松木烤羊，更是中国文人史上的佳话。

因为有阮籍、刘伶这类风流之士，魏晋名士常常被今人冠以"道家嬉皮士"（Daoist Hippies）的雅号。新儒家学者牟宗三对竹林七贤也是倍加赞赏："名士者，清逸之气也。风流者，如风之飘，如水之流，不主故常，而以自在适性为主。故不着一字，尽得风流。"（牟宗三：《才性与玄理》）的确，魏晋名士超然物外，不附权贵，追求自由。因为他们，中国历史上出现了一个最浓郁热情的时代。当然，竹林七贤的超然物外的"物"，意指官位、名誉，与美食美酒相关的"物"绝不拒绝。饮酒清谈加之松木烤羊，是竹林七贤的专利。除了豪饮狂嚼，竹林名士时不时还会来点五石散（道教丹药，主要由五种药材做成），吃后全身燥热，要用冷水降温，然后大叫："爽！爽！爽！"（据说美国20世纪60年代嬉皮士发明的cool一词，与竹林七贤有关）。因为吃五石散，加之饮酒，名士们喜欢穿宽松飘逸的长袍，以免擦伤发烫的肌肤。

唐代盛行鱼猎之风，形成当时一道名菜——"切鲙"，类似我们今天所说的生鱼片。其实生鱼片并非唐朝才有，因为早在周朝就已有吃生鱼片的记载。所谓"饮御诸友，炰鳖脍鲤"中的"脍鲤"指的就是生鲤鱼。唐人在食用鱼鲙上又发明了许多新的吃法。首先，是丰富了食材，如鲈鱼、鲤鱼、鲂鱼、鳊鱼、鲫鱼。现在日式生鱼片料理，会有芥末和酱油作为调料。唐代的调料，除了芥末之外，还有一种称为"橘"的东西，其味道酸甜，类似柠檬。所以白居易写下"果擘洞庭橘，脍切天池鳞"的诗句。另外，唐朝是文化多元的时代，思想上有儒释道，还有从西域外来的基督教聂斯脱里派的"景教"。政治上的多元表现在外族人可以考科举，当时在唐朝做官的外国人多达三千人。这样的文化气氛，形成唐人的文化混搭，也影响到人们的饮食风俗。唐人好胡食，"胡"即外来的、外国的。譬如胡饼，亦称炉饼或麻饼。白居易有"胡麻饼样学京都，面脆油香新出炉"的诗句。还有用胡麻油制作的胡麻饭，也称"神仙饭"，是唐代仙道文化和外来文化的有机结合。另外，大量的水果蔬菜，还有烤肉的制作方法都与"胡"字相关，崇胡媚外，是唐代饮食的特色。

从"美食烹饪"到"美食食谱"

随着农业生产力提高和商业发展的成熟，宋代的饮食文化达到崭新的高峰。一是食物种类的繁多，从各类小吃到不同口味的火腿。二是开始了"一日三餐"的制度，在此之前，是"一日两餐"。三是出现了城市居民下馆子、叫外卖的习俗。"处处各有茶坊、酒肆、面店、果子、油酱、食米、下饭鱼肉、鲞腊等铺"（宋吴自牧撰《梦粱录》）。不得不说，宋人在饮食方面富于想象、新意迭出。举世闻名的《清明上河图》就向我们展示了形形色色的宋代美食小吃店，而且还有我们今天流行的"外卖"呢。"美食"的概念也由此被强化。另一方面，宋代发达的士大夫文化讲究文雅蕴藉的姿态，直接反映在饮食之道上。

对于宋代的文人们来说，饮食不仅能满足口腹之欲，而且是一种艺术、一种精神层面的追求。从苏轼、欧阳修、黄庭坚到陆游、范成大都是知名的美食家。名气最大当属东坡先生苏轼以及他那道永远会让食肉者垂涎三尺的"东坡肉"。苏轼的大弟子黄庭坚（号山谷）也有关于饮食的妙论，认为人在食物面前要观想、思考，才可以掌握味觉的本质。黄庭坚的《煎茶赋》是宋代士大夫煎茶、品茶的代表之作。陆游大部分时间都是在颠沛流离中，但这不妨碍他对美食的不懈追求。陆游的《洞庭春色》有这样一段诗句："人间定无可意，怎换得玉脍丝莼。"这里的"玉脍"指的是被隋炀帝誉为"东南佳味"的"金齑玉脍"。"脍"是切成薄片的鱼片；"齑"就是切碎了的腌菜或酱菜。"金齑玉脍"即以白色的鲈鱼为主料，拌以切细的色泽金黄的花叶菜。故有学者指出："士大夫的饮食文化是中国饮食文化精华之所在。"（王学泰：《中国饮食文化史》）。

美国食物历史学家迈克·弗里曼（Michael Freeman）在其中华食物发展史研究中指出，在中华烹饪史上"美食烹饪"（cuisine）这个概念始于宋代。它的形成不是某一个地域的食物及做法，而是不同食物及烹饪技术的集大成。如烹、煮、烤、爆、溜、炒、煨、蒸、卤、炖、腊、蜜、葱拔、酒、冻、签、腌、托、兜等数十种的技术。"美食烹饪"的特点是，它让仪式性的事物变为审美性的事物。（弗里曼《宋代烹饪》载于 K. C. Chang 编辑的 *Food in Chinese Culture*）另一位美国汉学家安德森（Eugene N. Anderson）在其《中国食物》（*The Food of China*）一书中说道："中国伟大的烹调法也产生于宋朝。唐朝食物很简朴，但到宋朝晚期，一种具有地方特色的精致烹调法已被充分确证。地方乡绅的兴起推动了食物的考究：宫廷御宴奢华如故，但却不如商人和地方精英的饮食富有创意。"

（吴钩：《舌尖上的宋朝》）。难怪有人说，吃货都在向往宋代的滋味。

素食店宋代就有，到了明朝更为流行，大概是受佛教的影响。由于佛教强调不杀生，长期坚持吃素的风气在广大信众中被接受，并逐渐流行于社会，给素食打开了想象的空间。宋人崇尚的牡丹花，不但花色艳丽，而且带有美妙的口感。"油炸牡丹花瓣"是宋代广为流行的素食。这道素食与其他类似的素食，如炸玉兰、炸芍药都被列在素膳的食谱上。明人高濂在《野蔬品》一书中，描述如何将牡丹花加入醋、白糖、甘草末等作为凉拌菜，即"生菜"。当然，明代也不是人人都信佛、都食素。宋人奢华的风气在明朝也有保存，像鱼翅、燕窝这样的稀有食材，被认为是豪华餐宴的上品。尤其是晚明时期，饮食消费的奢华是文人品味和商业品味的综合体。明人谢肇淛所撰的《五杂组》，用"笔记"的书写形式，描述了当时社会（福建一带）富家巨室在饮食上的奢侈之风。明末的风流才子张岱能写一手漂亮的文章，同时被看作明代"最会吃的人"。他善于吃蟹、善于写蟹，他的《陶庵梦忆·蟹会》随笔，依然令现代人津津乐道。张岱谈到如何品味河蟹，不用盐、醋等调料，而是吃原汁原味。以蟹黄为中心，层层剥开，细细品尝，建立多层次的味觉组合。吃好了，还要假装自责一下："酒醉饭饱，惭愧惭愧。"饕餮客读到此处，有几个能不流口水的呢？

虽然宋明理学高举"存天理，灭人欲"的大旗，却无法阻挡人们对美食的向往。就连理学大师朱熹，也是茶油拌面不离手，何况他的家乡福建尤溪，是著名的美食之乡。明代的道中国人所说的『吃』已经不仅仅是『搵食』、为腹而食，它还是礼乐文化、生活艺术的一部分，是人伦关系的纽带。

德法规最严苛的时候，也正是情色文学最流行的时候。明代有一个有趣的现象，就是食谱的盛行。这除了人们对美食的需求增加，也与印刷技术的发展有关。实际上，两汉及魏晋南北朝已有不少"食经"、"食方"、"食法"一类的烹饪著作，可惜大多早已失传。明代的饮膳书籍可以分为几大类：一类为百科全书式日用手册，这些书籍通常没有作者署名，或假借名人，如《便民图纂》《古今秘苑》。还有一类是文人所著的以养生或尊生为主题的书，如周履靖的《群物奇制》、李渔的《闲情偶寄》。以上两类涵盖的内容包罗万象，饮食是其中的一部分。再一类是纯粹的食谱类书籍，如韩奕的《易牙遗意》、宋诩的《宋氏养生部》、刘基的《多能鄙事》、龙遵叙的《饮食绅言》（亦称《食色绅言》）、高濂的《遵生八笺》。《易牙遗意》中有一道糯米馕肚子的名菜；《宋氏养生部》中有牛肉面和羊肉面的制作秘方，《饮食绅言》则提倡少食，反对奢靡之风；《遵生八笺》打着"调摄养生"的大旗，提倡食疗的重要性。

至于清代的美食以及味觉风尚，一定离不开众所周知的"满汉全席"。所谓"全席"，是一个奢华套餐，分为六宴：蒙古亲藩宴、廷臣宴、万寿宴、千叟宴、九白宴和节令宴。菜品包括主题立摆、特色花拼、饽饽桌子、进门点心、迎客茶、果桌、冷荤冷碟、宫廷奶茶、四大件、四行件、二烧烤、四烧碟、拴腰点心、三清茶、二甜品、六座底、一汤品、一粥品、面点饽饽、送客茶。所谓"满汉"，意指汉族膳食中带有满族文化的特征，用现在时髦的术语就是一种 fusion，即混搭。其实，满人有名的是小吃，或称作"打小尖"。像黄粉饺、炸糕、芸豆卷、驴打滚、艾窝窝、豌豆黄等，这些被今天的北京人称作"点心"的小吃仍然是京味糕点的符号。至于烤肉之类的料理基本是受蒙古族膳食的影响。虽说古代就有所谓的"暖锅"或"古董羹"，但"火锅"或"打边炉"的流行还是从清初开始的。从宫廷到民间，都有吃"火锅"的习惯。有钱人家，"火锅"以肉食为主，像羊肉、野鸡。

　　说到清代的美食，当然少不了提到美食大家袁枚（号随园老人）和他的《随园食单》。这一食单，无疑是对理学的挑战。袁枚首先指出饮食艺术的重要性："人莫不饮食也，鲜能知味也。"食单分为十四类：须知单、戒单、海鲜单、江鲜单、特牲单、杂牲单、羽族单、水族有鳞单、水族无鳞单、杂素菜单、小菜单、点心单、饭粥单和茶酒单，收录食谱三百余条。显然，袁枚的美食指南包括前朝的各类佳肴。但与苏东坡不同，袁枚只是谈美食，并没有自己动手，虽然他在每一单的名目下，都有一小段说明该单要旨的小序。不过，他会时常下厨房，观看厨师如何烧菜。作为文人，袁枚对于饮食的氛围也是极有研究的，客人的饭席均是安排在随园景观最好的地方，如亭榭假山旁，流水曲岩边，还安排家中侍女为之唱歌跳舞。随着随园饭局的炒热，袁枚的知名度也急剧上升，他开始扩大经营范围，在园内售卖《随园食单》。有人说，袁枚是用文学家的身份炒作自己，或许有这个因素。但无论如何，《随园食单》成为中国饮食历史上公认的文人"食经"，其最大价值并不在于它所呈现的饮膳及烹调主张，而是它所蕴藏的中国传统文人的生活美学。作者借着介绍美食，谈论政治、文学、艺术及人生哲学。中国文人不但喜欢借景抒情，还可以借美食论理。

吃背后的哲学观

我在这里列举了这么多的中华美食的例子，而且毫无羞耻地炫耀我们的口腹之欲。德国人类文化学者尤利克·托克斯多夫（Ulrich Tolksdorf）曾说："在需求与满足之间，人类确立了一整套馈食文化体系，人类满足感官需求的方法，几乎清一色是传承而来。换言之，是透过文化习得的。"（尤利克·托克斯多夫：《美国对菲利宾食物的影响》）必须承认的是，美食对日常生活的渗透，逐渐形成了整个文化中的"集体无意识"（collective unconscious）。这个集体的迷思，对中国人来说，就是离不开关乎吃的议题。清代印制的明代著名食谱《多能鄙事》之序有言：饮膳技艺"皆切于民生日用之常，不可一缺，事虽微而系甚大"。林语堂曾经说：在中国人看来，一个饱食的胃，弥漫和辐射着一种幸福，而这个幸福亦是属于心灵的。（林语堂：《生活的艺术》）

我前面提及西方哲学家在味觉上的偏见，这里再拉回到这个问题。中西对饮食的不同看法，实质上有哲学上的特殊意义。说得具体一点就是，中西对人的身体持有不同的看法。与西方传统的二元论不同，中国哲学没有把肉体和心灵、物质和精神对立起来。换言之，我们没有像柏拉图那样，把身体看作是非理性的，是纯粹心智发展的障碍。中国思想中的"心"既是肉身的，也是精神的。因此英文把"心"这个字翻译成heart 或 mind 都不完整，不得不发明一个新词 heart-mind，来对应中文中"心"的概念。

如果人的食欲和味觉是身体感官经验的一部分，那么这个身体感官经验也是认识世界和认识人自身的一部分。这种认识论是具体的、身体的、知觉的。中文中有一系列与认识论相关的概念都带有身体的含义，如体验、体察、体认、体会。如果把这样的概念翻成英文，很难译出它们原本的含义。再有，中国人对食物的快乐来自口腹的直接经验，而无须去考虑和分析食物的卡路里。如果一定要有分析，那也是后置的，而不是在经验之前的判断。

19世纪的英国哲学家米尔（John Stuart Mill，1806—1873）是哲学史上"效益主义"（Utilitarianism）代表人物。米尔将人的快乐分为两类：一是精神的，二是肉体的。他认为二者的区别在于前者涉及智能或想象，后者则不然。因此米尔把快乐贴上"高等"和"低等"的标签。显然，这里的高低之别不是指满足感之多寡，而是指享受在素质上的落差。按照米尔的逻辑，美食和味觉给人所带来的快乐一定是肉体的、是低素质的。但这个结论的前提是：精神和肉体是分离的，甚至是对立的。然而，西方思想家中也有反对这种二元思维的，他们主张的是哲学的"身体的转向"。关于这一点，在后文单独有一章具体说明。中国文化中，没有对身体的抛弃，所以也不需要什么身体转向。"民以食为天，食以味为先"的说法，真实地反映了中国哲学最直白的思维模式。饮食是身体的需要，是精神的需要，亦是审美的需要。

《滋味人生》的作者陈立先生是一位资深的美食家，也是一位心理学教授。他认为，"品味"的背后是"品格"。这个"格"就是人的性格，也就是说，我们吃什么，怎么吃，和一个人性格的构成有关。

　　萨瓦兰有句著名的雷人之语："国家的命运取决于人民吃什么样的饭。"想想陈立老先生的观点，我们大概知道如何诠释萨瓦兰这句话。

第4章 我吃故我思

对"我思故我在"的挑战

几年前,一本由英国哲普作家朱利安·巴吉尼(Julian Baggini)所写的《吃的美德:餐桌上的哲学思考》(*The Virtues of the Table*)的出版,引发世人对饮食文化与哲学思考的联想。饮食和美德有什么关系?有没有所谓的食物之哲学?对于巴吉尼来说,答案是肯定的。而他的热心读者,则把他的书称为饮食领域"食物之哲学"(philosophy of food)的一次"启蒙运动"。手捧着巴吉尼的大作,人们开始大谈如何饮食、如何思考的问题。

17世纪法国哲学家勒内·笛卡儿(René Descartes,1596—1650)有句名言:"我思故我在"(Cogito, ergo sum; I think, therefore I am)。这个警句常常被人拿过来随意篡改,以表达现代人的心声。像存在主义哲学中的"我反抗故我在"(I revolt, therefore I am);商业文化中的"我消费故我在"(I consume, therefore I am);网络时代的"我上网故我在"(I surf, therefore I am);苹果手机的"I-phone, therefore I am"。还有就是与我们的话题有关联的"我吃故我在"(I eat, therefore I am）。台湾歌手周华健有一首歌曲，名字就是《我吃故我在》，其中有个重复的唱句："今晚吃什么？今晚、今晚吃什么？"这首歌表达了现代都市人的一种无聊和寂寞，故人情冷暖只剩下廉价的幽默。再无奈，也只能是"假装很可爱，让我内心澎湃。到头来不过我吃故我在"。

其实，很多人都误解了笛卡儿"我思故我在"的原意，以为笛卡儿在说：我在思考，如果能思考的东西都是存在，所以我当然存在。然而，笛卡儿的这句话是针对他所生活的、怀疑主义当道的年代。那时，不少哲学家提出怀疑一切的思想，其中也包括对上帝存在的怀疑。如法国另一位启蒙时代的哲学家蒙田（Michel Eyquem de Montaigne，1533—1592），他常常问自己：我究竟能够知道什么？最终，蒙田也未能解决这个问题。面对形形色色的怀疑论，笛卡儿说：我可以怀疑一切，但我又如何怀疑我正在怀疑呢？也就是说，我总不能怀疑我在思考吧？所以，我也不能怀疑正在思考的"我"的存在。笛卡儿不会怀疑自己在思考，那么他会不会怀疑自己在品尝美味的海鲜？当然，有后人指责笛卡儿的这个论断将人的理性思维凌驾在肉体之上，即"思"先于"在"，这是身心二元分离的典型。但如果仔细阅读笛卡儿的思想，我们会发现他也没有完全否认肉体的感觉在认知中的作用。譬如，患有糖尿病的人会经常有口渴的感觉；患有色盲的人会对某种颜色分辨不清。尽管如此，笛卡儿坚持认为，人的判断方式是理性和思考。

让我们重新回到"我吃故我在"的命题。前面提到过的法国美食教父萨瓦兰是提出"我吃故我在"的第一人。这句话可以理解为，一个人吃什么样的食物就会成为什么样的人，即你所吃的东西造就了你，或是，什么样的人就会吃什么样的食物。反正不是"人造就食物"就是"食物造就人"。前者给人自由意志，而后者有点宿命论的意味。萨瓦兰的思想影响了后来许多的美食家。譬如，《纽约时报》的美食专栏作家马克·毕特曼（Mark Bittman）曾经介绍自己如何从写美食的文人转变为亲手做美食的大厨。毕特曼用自己的亲身经历向人们说明，走进厨房，亲手烧菜，能够让人重新思考饮食为何物这个问题，同时反思我们与食物的关系。我们透过"吃"之前的参与活动，重新感受"吃"这个经验，也会重新考虑我们"吃"这个行为会给社会带来什么影响。毕特曼后来成为一位环保运动的积极分子，呼吁人们多吃在地食材，保护地球，保护我们居住的环境。

抛弃"身体"的"思"

如果说"我吃故我在"的重心还是在吃上，那么"我吃故我思"是将"思"纳入"吃"的框架。说到这里，我要向大家介绍一本书，出版于 2014 年的《我吃故我思——食物与哲学》（*I Eat, Therefore I Think: Food and Philosophy*），作者是雷蒙德·布依福特（Raymond D. Boisvert），一位在纽约州一所大学教授哲学的教授。他的《我吃故我思》是目前在哲学与食物对谈这个话题中最有哲学色彩的作品。作者认为，饮食是人类的基本生理需求，故与人的一生关系密切。然而我们对饮食的哲学解读，首先建立在对哲学的定义上。古希腊传统中的 philosopher（哲学家）即"爱智者"。布依福特发问：爱智虽然哲学家喜欢谈论生存还是死亡这类的本体论问题，但我们日常生活更多的是遇到吃还是不吃这样的实际问题。

为什么只有心智，而要抛弃身体呢？然后他诙谐地指出，不喜欢食物的哲学家其实并不多。但当他们酒足饭饱后，进入冥思之时，所有的关于食物的经验早已抛掷脑后。因为在他们眼里，那些事情不足挂齿。譬如柏拉图的大弟子亚里士多德（Aristotle，前384—前322），后人都认为他比他的老师柏拉图要接地气，毕竟他对形下学比对形上学有兴趣，而且认识到人的健全体魄，有赖于均衡的膳食。亚里士多德在《论问题》中认为音乐的过八度音阶特别和谐，但音乐毕竟还是"模仿"与"情感表达"，所以音乐如同烹饪，都不适合放在美学教育的主要位置，毕竟他的哲学概念是存理去情。布依福特还举了德国哲学家叔本华的例子。在讨论艺术鉴赏时，叔本华大赞欧洲传统的静物画，但他把所有与食物有关的静物画从他的艺术对象中分离出去。在叔本华看来，以食物为对象的静物画是低俗的东西，正如他把味觉的经验看成是低下的东西。

　　说到叔本华，让我想到英国大哲学家伯特兰·罗素（Bertrand Russell，1872—1970）以及他对这位德国同行的嘲讽。罗素在他的《西洋哲学史》中有这样一段描述："叔本华习惯享用美食，到好餐馆用餐。他有很多小恋曲，都是肉欲而非情感的：他非常好辩，而且贪婪无厌。"在罗素看来，叔本华是典型的伪君子，他在理论上排斥食色（美食和肉欲），而个人的行为却与之相反。波伊斯威尔特大概也与罗素持相似的观点，但他认为叔本华并不是个案，在他的背后是哲学大传统对人的食色之欲望的否定。他们认为，从人的口味到器官中的胃，都是对理智的干扰，因此需要大加防范。

　　然而，美国美学家乔治·桑塔亚那（George Santayana，

1863—1952）有句话说得好：哲学家也好，诗人也罢，光靠吃书本还是要挨饿的。所以，休谟最终被自己的经验主义所拯救。他在晚年沉醉于厨艺，并毫无保留地向他的朋友们展现自己所创造的美食。在西方哲学史上，做过厨师的哲学家没几个，如果休谟算半个，另一个便是古希腊苏格拉底的弟子，但后来又华丽转身，成为享乐主义创始人的阿瑞斯提普斯（Aristippus，前435—前356）。阿瑞斯提普斯认为人生除了追求真理，还应追求快乐，例如满足感官欲求，享受美酒佳肴。在柏拉图笔下，苏格拉底喜欢饮酒，但从不醉酒。阿瑞斯提普斯同意他老师的节制态度，但认为对真理的追求应该建立在追求快乐的基础上。他的人生哲学直截了当：好好睡觉休息，享用美食好酒。

　　当然，哲学家里对食物无感的人也不少。谁都知道奥裔英籍哲学家路德维格·维特根斯坦（Ludwig Josef Johann Wittgen-stein，1889—1951）有惊人的记忆力，但他却记不住自己每天都吃了什么。虽然出身豪门之家，维特根斯坦却长期过着苦行僧般的生活。对他来说，最主要的食物就是蛋粉。他的晚餐也常常是只吃一样东西——猪肉派。还有法国存在主义哲学家让－保罗·萨特（Jean－Paul Sartre，1905—1980），他常常抱怨会做“被龙虾追杀”的噩梦，但他的嘴巴从来就没有清闲过，不是叼着个雪茄，就是舔着啤酒瓶。他有时也会来点红肠加酸菜，配上啤酒。萨特的名言是：“存在先于本质。”但他对于肉类食物的“存在”到底是属于“自在之在”还是属于“自为之在”并没有清楚的界定。

　　其实，对食物真正具有恐惧感的当属数学家、逻辑学家和哲学家哥德尔（Kurt Gödel，1906—1978）。哥德尔出生在奥匈帝国，后移民美国，在普林斯顿担任研究员。哥德尔是数理逻辑领域之中现代、后设数学时代的重要奠基者。他把数学与柏拉图的哲学结合起来，构建了一个"数学柏拉图主义"（mathematical Platonism）。不知是否受到柏拉图的影响，哥德尔对食物的欲望嗤之以鼻，有一段时间，由于精神妄想症的折磨，哥德尔到了拒绝进食的地步，常常只靠婴儿食品过活。最后，由于总是怀疑有人会在食物中放毒，哥德尔只吃他太太给他的食物。有几天，太太因病住院，不能给哥德尔做饭，他最后居然饿死在家中。这是一位天才哲学家奇特的故事。哥德尔与爱因斯坦是好友，两人相互欣赏，可惜哥德尔没有爱因斯坦天生乐观外向的性格，他的"数学柏拉图主义"的形上学也未能最终拯救他的精神。

"我吃故我思"

《我吃故我思——食物与哲学》一书为我们提供了一次餐桌上哲思的机会。可惜的是，由于学术气味过于浓厚，这本书没有受到应有的重视。现在市面上有关食物哲学的书不少，但大多都是打着哲学的幌子谈食物，最多加上几个懂哲学的吃货，并非真正地谈论哲学。但布依福特的确是在写哲学，而且大概是写食物哲学上瘾了，几年后又与另一位学者丽萨·赫尔德克（Lisa M. Heldke）撰写了一本书，名为《餐桌上的哲学家——食物与人类》（*Philosophers at Table：On Food and Being Human*）。作者认为，人活着就不能离开饮食的问题。人生哲学，不能离开人的胃谈人生。

虽然哲学家喜欢谈论"to be or not to be"（生存还是死亡）这类的本体论问题，但我们日常生活更多的是遇到"to eat or not to eat"（吃还是不吃）这样的实际问题。不仅如此，作者将"吃"纳入哲学的首要议题，认为没有比"饮食"这个行为更值得哲学的思考和分解。换言之，哲学关乎的不仅仅是我们的"思维"，还应该包括我们的"胃"。此外，我们与食物的关系也是至关重要的话题，因为这个关系直接影响我们对"自我"认知的构建。我们平时也可以透过文学、历史、神话以及电影，确认食物与我们的联系，以及我们与他人的联系。

布依福特举了一部丹麦电影的例子，给我的印象极深，《芭比特的盛宴》（Babette's Feast）。这部影片获得1988年奥斯卡最佳外语片，我曾看过多遍。它可以同李安的《饮食男女》一起看，然后做个对比。它们都是透过食物展示欲望、焦虑、人伦、希望与爱的主题，但两者有不同的文化层面：一个是宗教的、一个是家庭的。《芭比特的盛宴》的故事背景是19世纪末的丹麦，一个沿海的小村庄，一个清教徒的家庭，两姊妹，加上一个严苛的牧师父亲。村民们每日都过着苦行僧的日子，穿的是粗布黑衣，吃的是海边捕捉的鱼以及用干硬的面包做成的面糊。唯一的快乐是安息日大家聚集在一起，唱"耶路撒冷，甜美家乡，我心向往"。多年后，两姊妹的家中多了一名善于料理的法籍女佣芭比特。有一次，芭比特中了彩票，于是说要离开小村。临行前，她提出一个建议：她想要替村里所有的人做一个正式的法式飨宴，并以此祭奠已经离世的两姊妹的牧师父亲。宴会那天，芭比特真的为大家准备了一桌子让人晕眩的美食。对于平常只吃最简单的、能够填饱肚子的食物的村民来讲，这场盛宴远远超出他们的想象。宴席上，平时在教会的各种恶斗与恩怨忽然不见了，大家快乐地感受着从未有过的美妙的味觉体验。他们不时地高举酒杯，相互祝福。感谢神的恩典，感谢邻舍的相互陪伴。吃饱喝足，大家最后在井边手牵着手，高唱圣歌。当村民准备欢送芭比特离开返乡时，芭比特却说她不走了，因为她把中彩票赢来的资金全部都花在了这场盛宴上。

《芭比特的盛宴》不止是美食的故事。它让我们懂得，食物是艺术，也是联络人与人情感的纽带。美食是物质的，又是精神的。正如影片所展示的那样，芭比特的餐桌，让每位用餐者体验到了天堂的味道。美食是一种馈赠，懂得美食的人，拥有了进入天堂的金钥匙。

"吃书"的感觉

《餐桌上的哲学家——食物与人类》与英国作家朱立安·巴吉尼所写的《吃的美德：餐桌上的哲学思考》有交叉的主题，但显然没有后者畅销。不能不说，巴吉尼的写作手法更接地气，文风看上去也更有趣味。读巴吉尼的书，给人一种要去"吃书"的感觉，因为每个故事都可以被想象为一道美食。读者被书中的情节引导，进入一个采买食材、烹调、吃的旅程。这点很像《舌尖上的中国》的拍摄手法，影片的画面并不在最后的吃，而是从食材的采集开始。所以，饮食的艺术大于吃本身，吃的"前戏"在某种意义上更为关键。

在食材的选择上，巴吉尼坚持"在地"、"当季"和"有机"这三项原则。在烹饪的技巧上，他提出几个现代人常常碰到的问题：如何承继传统的烹调概念？什么是实践智慧？如何看待高科技对烹饪技术的影响？书的最后一部分是讨论吃的问题。作者以自助餐为实例，提出 not eating 和 eating 的问题。其实，巴吉尼在这里是探讨伦理学的问题，譬如，如何有道德责任地去"饮食"。最后，作者提出，"饮食即艺术"、"饮食即美德"，因为饮食不单只有餐盘上的东西，还牵涉到背后的故事和人物，以及我们对事物的审美经验。英国作家奥斯卡·王尔德（Oscar Wilde，1854—1900）说过：我讨厌那些对美食不认真的人，他们都是肤浅的。（Oscar Wilde：*The Importance of Being Earnest*）王尔德的话说得有点夸张，但反映了他对吃的热衷程度。世人皆知，王尔德——一位浪漫风流的男人，爱美装也爱美食。

与布依福特的《我吃故我思》相对应，美国记者及编辑出身的作家马丁·科恩（Martin Cohen）也写了本书，题为《我思故我吃》（*I think，therefore I eat*）。作者用幽默的手法一方面叙述哲学家与食物的关系，另一方面描述当代的各种饮食风尚。《我思故我吃》表面上写美食，实际上属于"自我发现"（self-discovery）类的书籍。每个食客，都可以是自己心灵的导师，在饮食中，透过身体经验响应自己的精神召唤，发现自己的人生意义。也就是说，作者透过对美食的探讨，剖析各种选择的幻象，最后回答"我是谁？"这个哲学命题。

首先，如何定义食物就不是一件容易之事，譬如医生和营养学家的意见就不一致。食物的问题好比"房间里的大象"，似乎"显而易见"，但又常常被世人忽视，或者有意避开不谈。科恩则认为，哲学家应是"原始的美食家"（the original foodies），因为他们对健康食物有着敏感和严格的定义。他在书中列出多位西方的思想家和他们对食物的态度，如休谟、洛克、尼采、马克思、萨特、维特根斯坦等。作者还引用德国著名剧作家贝托尔特·布莱希特（Bertolt Brecht，1898—1956）在《三便士歌剧》（*The Threepenny Opera*）的一句台词："先有食物，后有道德。"

　　但在实际生活中，我们有时会颠倒布莱希特的断言，即"先有道德，后有食物"。譬如，有些素食主义者认为食肉不道德，因为这个行为与虐待动物有关。当然，也有素食主义者的素食行为源于健康的考量。至于食物与营养，科恩说了一句话，颇有中国传统"食疗"养生学的味道："让你的食物成为你的药；你的药成为你的食物。"一位书评者这样写道：看过科恩的书，无论你是美食家、烹饪爱好者，或只是为了活着才饮食，你将不会再把草莓看成只是草莓、一片面包看成只是一片面包；一碗意大利面或一块巧克力都会以不同的方式呈现在你的面前。其实，无论是吃后再思，还是吃前先思，我们都会对"吃东西"这个平常得不能再平常的事情有所反思，也会对"你就是你的食物"这句话有更深刻的理解。现在，"审慎饮食"（mindful eating），佛教称"正念进食"，已经成为一种年轻人的时尚生活。

　　值得注意的是，即便是慎食，中西在思维方式与内容上还是存在不少的差异。就这个问题，内地民俗学者万建中给予清晰的解释："谁也不会否认，西方是一种理性饮食观念，不论食物的色、香、味、形如何，而营养一定要得到保证，讲究一天要摄取多少热量、维生素、蛋白质等等。即便口味千篇一律，甚至比起中国的美味佳肴来，简直单调得如同嚼蜡，但理智告诉他：一定要吃下去，因为有营养。说得不好听，就像给机器加油一样。这一饮食观念同西方整个哲学体系是相适应的。"（万建中：《中国饮食文化》）的确，中国传统的食疗养生，既要吃出健康，又要吃出味道。食物的气味与感性，也是思想与精神的美味。所以我们有"民以食为天，食以味为先"的说法。

是的，食物的食粮与思想的食粮同等重要，我们所追求的身心健康，离不开这两种食粮的滋补。"知味者，非舌尖之功夫；雅趣者，非水煮清淡之谓。须知此理，乃知饮膳之道。"（龚鹏程：《饮馔丛谈》）

"审慎饮食"，寻找舌尖以外的功夫，让我们的饮食生活多层"思"的意涵。

第5章　享乐百味之人生

享乐主义哲学

说到美食，不能不提及古希腊的享乐主义。

"享乐主义"是古希腊的一种哲学思想，其特点是认为人生最重要的追求是快乐。"享乐主义"（hedonism）一词来源于希腊语的 $\eta\delta o\upsilon\acute{\eta}$（hēdonē），加上 $\iota\sigma\mu\acute{o}\varsigma$（ismos）。出生于希腊殖民城邦昔兰尼的阿瑞斯提普斯（Aristippus of Cyrene，前435—前356）是享乐主义思想的奠基者，亦是当时赫赫有名的美食家。他提倡人生要追求快乐（pleasure），而这个快乐主要是指感官上的享受。因此，人的一切行动都以享乐为追求的目标。衡量对错的标准，也是以一种行为是否能够避免痛苦、得到快乐为原则。

阿瑞斯提普斯的老师是大名鼎鼎的苏格拉底。按照苏格拉底的伦理观，道德的最高标准是"善"（Good），但他并非给这个善赋予明确的定义。苏格拉底被毒死后，阿瑞斯提普斯创立了一个新的学派，提倡享乐主义的原则。因为学派成立于昔兰尼，史学家亦以昔兰尼地方的名字来称这个学派，即"昔兰尼学派"（Cyrenaics）。享乐主义所主张的并非字面上所指向的无节制的自我放纵，而是追求一种有节制的享乐。阿瑞斯提普斯认为，智者对于享乐应当挑选与分别，因为过度享乐不是享乐，而是痛苦。所以有智慧的人应当判断，会选择真正的快乐。

可惜的是，阿瑞斯提普斯的全部作品现已遗失。据其他文献记载，他的大作包括《答批判我购买陈年好酒与召妓行为的人》和《答批判我斥巨资享受高档美食的人》。听这些名字，就与一般我们印象中的希腊哲学作品大相径庭。我们可以想象，阿瑞斯提普斯是如何与柏拉图唇枪舌剑的。有一则逸事这样写道：有一次，阿瑞斯提普斯在市场上购买了很多条价格高昂的鲜鱼，被柏拉图得知，批判他生活奢侈。阿瑞斯提普斯听说后回应道："其实买这些鱼只花了我两个奥波勒斯（即古希腊价值最低的硬币）。"柏拉图听后大表震惊，脱口而出："要是只花两个奥波勒斯，我也要买这些鱼！"阿瑞斯提普斯便笑道："所以你看，不是我太奢侈，而是你太吝啬的缘故。"（阿特纳奥斯：《宴饮丛谈》）

阿特纳奥斯（Athenaeus）是一位活跃于 1 世纪至 2 世纪罗马帝国时代的作家，其作品《智者之筵》涉及了古希腊的豪华饮食。英国著名的人类学家杰克·古迪（Jack Goody）在他所著的《烹饪、菜肴与阶级：比较社会学研究》（*Cooking, Cuisine and Class：A Study in Comparative Sociology*）中提及古希腊的饮食以及《宴饮丛谈》中对食物的介绍，其中有一段对一场宴席的详尽表述："……然后，两个奴隶搬进擦拭一新的餐桌，一张，又一张，直至房间放满，然后吊灯发出光芒，映照着节日的光冠、芳草以及美食珍馐。所有技艺都用来提供一顿最奢华的膳食。洁白如雪的大麦蛋糕，装满了篮子，接着端上来的不是粗瓦罐比得上的，外观良好的碟子，它们宽度适宜放满整张华丽的餐桌，鳗和装满填料的康吉鳗，神享用的菜肴。然后是一张大小相同的盘子，盛着美味的剑鱼，然后是肥硕的乌贼，美味的同类动物长毛多足。在此之后另一种球状物出现在餐桌上，不逊色于刚从火中拿下的，它飘香四溢。餐桌上再一次端上了鼎鼎有名的乌贼，那些白皙女仆送上涂蜜的海葱，可口的蛋糕甜到心里，巨型麦圈，大如山鹑，甜美而浓烈，你清楚其美味。如果你要问那里还有什么，我会告诉你还有飘香的脊肉，猪的腰肉，公鸡的头，都冒着热气；小山羊的肉排，煮好的猪蹄，牛肉的肋条、头部、鼻部和尾部……"
（古迪：《烹饪、菜肴与阶级》，王荣欣、沈南山译）

伊壁鸠鲁的美食主义宣言

阿瑞斯提普斯之后，出现了"伊壁鸠鲁学派"（Epicureanism），以哲学家伊壁鸠鲁（Epicurus，前341—前270）命名。伊壁鸠鲁在雅典成立的学派就设立在他自家的住房和庭院内，与外部世界完全隔绝，因此被后人戏称为"花园哲学家"。

伊壁鸠鲁的名字常常和享乐主义联系在一起。但他所主张的享乐主义，与我们现在所使用的享乐主义的意涵有所不同。伊壁鸠鲁学派首先将快乐分成必要的快乐和不必要的快乐。必要的快乐也称作真正的快乐，意指达到不受干扰的宁静状态。这两种快乐被称为动与静：肉体的快乐属于动，有快乐，但也容易乐极生悲；精神的快乐属于静，即"毫无纷扰"（atarax-ia），这是真正的快乐。再者，肉体的快乐大部分是因欲望强加于我们的，而精神的快乐则可以被我们的理性所支配。另外，伊壁鸠鲁学派把快乐分成积极的快乐和消极的快乐，认为一般人都会优先追求消极的快乐，它是"一种生活厌烦状态中的麻醉般的狂喜"。

与享乐主义学派相似，伊壁鸠鲁学派也认为，最大的善就是快乐。也就是说，"善"来自快乐，没有快乐就没有善。但与阿瑞斯提普斯不同的是，伊壁鸠鲁认为真正的快乐应是永久性而不是一时性的。快乐不是一时的快乐感觉，而是一种内在的、可持续的快乐。在西方思想史上，文艺复兴时期的人文主义者、英国的经验主义哲学家、18 世纪法国百科全书派以及效益主义学派都继承和吸收了伊壁鸠鲁学派的许多思想，包括其快乐原则。马克思在他的博士论文《德谟克利特的自然哲学与伊壁鸠鲁的自然哲学的差别》以及《德意志意识形态》中，亦给予伊壁鸠鲁很高的评价，称他为古代"希腊最伟大的启蒙运动者"。马克思喜欢伊壁鸠鲁，其中一个原因是伊壁鸠鲁是个无神论者，挑战神的权威。他认为人死之后，灵魂离肉体而去，四处飞散，因此不存在所谓的死后生命。

尽管伊壁鸠鲁学派强调精神的快乐，"伊壁鸠鲁式"（Epi-curean 或是 Epicure）却成为"美食家"的代名词，俗称为"老饕"。因此，伊壁鸠鲁学派也就与"美食主义"挂上了钩。当美食主义被看作是吃喝玩乐时，伊壁鸠鲁主义又被解释成了享乐主义。走遍世界各地，我们可以看到，名为"伊壁鸠鲁"的餐馆比比皆是。美食网站也喜欢这个古老的名字，特别是那些自称销售 gourmet food（优质食品）的网站。

当代"美食家"或"享食家"更喜欢用 foodie 这个词。但 foodie 或 foodist 也是个有争议的词。英文中有几个词似乎可以通用，像 epicurean，foodist，foodista，gourmand。其中 epicurean 是老派的用法，指美食爱好者、美食家。但 foodist 有时会产生其他的意思。譬如，说一个人是 foodist 也许是说这个人有一定的意识形态的倾向，像环保主义、动物权利保护主义之类，或说一个人是 yuppie（雅皮）或 Bobo（布波族），意味着他/她对食物的选择非常挑剔。他们只在某些有机商店（如 Dean & Deluca 精品食品店）选择食材，或只在带有米其林（Michelin）星的餐馆用餐。也有人说，虽然都是美食爱好者，epicurean 族看 Anthony Bourdain（安东尼·波登，美国名厨及美食节目制作人）类型的饮食节目，而 foodist 是看 Paula Deen（宝拉·迪恩，美国名厨及一档流行电视美食秀主持人）类型的饮食节目。这两档节目都拥有众多的粉丝，但两位主持人关系似乎并不太好，譬如，波登认为迪恩是"美国最坏、最危险的人"。显然，"美食家"一词不一定是中性，其背后涵盖不同的社会阶层、政治以及流行文化的印记。

在西方思想史上，对于享乐主义或伊壁鸠鲁学派的指责很多，主要是对"至善即快乐"这个命题的质疑，认为追求快乐、逃避痛苦是缺乏道德担当的表现。柏拉图在《斐莱布篇》（Philebus）探讨快乐和至善的关系。柏拉图的这篇论文被看作是"苏格拉底对话"（Socratic dialogues）典范，也是柏拉图思想中主要的篇章。其中，苏格拉底问我们是否可以想象没有快乐但充满智性的生活。这是柏拉图展示苏格拉底作为高贵血

统的智者，对年轻人进行人生的教育。在苏格拉底看来，痛苦
是生物内部机能失调的结果，快乐及平衡是机能失调的回复。
所以智者既不选择快乐，也不选择痛苦，而是选择之间平衡的
状态。同时，苏格拉底提出四个"假快乐"：虚假判断的快
乐、其价值被高估的快乐、作为痛苦之免除的快乐以及带有痛
苦的快乐。柏拉图正是基于这个论点提出他自己的有关纯粹快
乐的思想。所谓的"纯粹快乐"，一定是非身体的快乐。

享乐与禁欲的较量

与伊壁鸠鲁直接抗衡的古希腊哲学的另一个派别，斯多葛
学派或斯多葛主义（Stoicism），其创建人是哲学家芝诺（Zeno
of Elea，约前 490—约前 430）。由于在雅典时他常"在门廊"
（希腊语发音为斯多葛）讲学，故学派由此命名。此学派流行
时间较长，除了芝诺之外，后来还有克里特斯（Cleanthes）、
西塞罗（Cicero）等著名的思想家。芝诺认为，宇宙是完整的
神圣实体，由神、人和自然世界共同组成，宇宙是一个统一
体，自然、人和神也是一体的。斯多葛学派强调人的理性，认
为人的理性来自神的理性，而且，理性是追寻德性生活的基
础。另外，斯多葛学派相信自然法则，主张人应该"依照自
然而生活"的理念。因此，个人之"小我"需要服从宇宙自
然法则的"大我"。"应自然"和"应理性"是斯多葛主义的
两大思想基石。

很显然，如果说享乐主义或伊壁鸠鲁学派强调的是个体以
及个体的快乐，斯多葛学派主张的人与自由一体的法则是整体

的程序。斯多葛学派渗入柏拉图思想后，也成为基督宗教中保罗神学的一个重要的组成部分。在政治思想上，斯多葛学派依据"自然法"或"世界理性"的原则，建立一个最高权力之下的世界国家之观念，而享乐主义或伊壁鸠鲁学派主张远离政治和责任，关注自我修行和自我享乐。尽管如此，斯多葛主义并非完全否定个人主义的观念，他们承认个体本身是自足的，以及个人的快乐依赖于内心的宁静和顺乎自然的行为。但同时，他们认为人的社会性（即城邦之人）至关重要，国家的秩序至关重要，因此提倡人类一体、天下一家的思想。相比之下，伊壁鸠鲁学派显然不受统治阶层待见，并受到维系统治阶层利益的知识精英的攻击和指责。《剑桥古代史》里提到："这个学派从一开始就不受统治者的欢迎，无论是在雅典还是在罗马，都是如此。与此同时，学派还受到知识界人士的鄙视（如西塞罗），并且总是被不恰当地与它的对手相比较。"（《剑桥古代史》*The Cambridge Ancient History*）。

在中世纪，斯多葛主义中的禁欲思想受到教会的支持，享乐主义和提倡个体快乐都受到严厉的抨击。举个例子，天主教有个"七宗罪"的说法，其中"贪吃"就是其中的一条。吃，是一种罪吗？在欧洲中世纪，贪爱美食被看作是受到魔鬼的引诱、是灵魂堕落的体现。在《馋：贪吃的历史》一书中，法国历史学家柯立叶（Florent Quellier）指出，口腹之欲被教会看成感官之恶，因此，"贪吃"与"色欲"一样，是人的罪恶（sinfulness）。然而事实上，从贫民到权贵，甚至神职人员，都无法抵制美食的诱惑。柯立叶指出，贫民与权贵的差别是，贫民百姓把对食物的渴望投射在理想国的幻想，而权贵和神职人员则是有能力纵情于珍馐佳肴。直到欧洲的"文艺复兴",这种食欲的解放才和对人的解放一起走进公共的领域。美食被一一展现在画家的笔下,文艺复兴时期的女人,不把体态吃得肥软丰腴,便称不上是美女。"舔油盘、刀子嘴、夹肉钳、吸汤碟、吮羹盘、啜酒杯——欢迎来到贪吃博物馆!"这又一次让我们想到了《芭比特的盛宴》。

前面我们提到过法国 18 世纪的政治家兼美食家布里亚 - 萨瓦兰,他可是一个实实在在的享乐主义者,提倡餐桌上的愉悦。美食学(gastronomie)不仅仅是关乎美的经验,也是一种生活态度。正如法国哲学家、随笔作家翁弗雷(Michel Onfray)在《享乐主义宣言》所指出的那样:"自己享乐并使他人享乐,既不伤害自己也不伤害别人,这就是全部的道德所在。"当然,这里的享乐主义,并不等同于当代消费主义所追求的物质主义和及时行乐的虚无主义的人生态度。相反,翁弗雷认为,食物美学本身也是关于"我"和"他者"伦理学,它是人与食物、人与人关系的主要环节。翁弗雷强调经验美食的感知主义和行动主义。"享乐是一种伦理形式"实际上是对人的身体、对人性的一种肯定,是对柏拉图主义的颠覆。生命,不应该是一种桎梏、一种欲望的压抑。

美国史学家和哲学家威尔·杜兰特(Will Durant)有句名言:"一个民族生于斯多葛,死于伊壁鸠鲁。"也就是说,生于苦行,死于享乐。澳大利亚作家格里高利·大卫·罗伯兹(Gregory Roberts)曾经说过:美食是身体的歌曲,而歌曲是心灵的美食。说到死于享乐,让我不由得想到意大利导演费里尼(Federico Fellini)的大作《爱情神话》(*Fellini - Satyricon*)。

Satyricon 原意为"好色男人"。这部影片既谈色也谈食，是关于古罗马的"饮食男女"。影片中有不少大场面的奢华宴席以及古罗马人寻欢作乐的特写镜头。其中一个令人难忘的场面是，一个厨师举起刀劈开一头猪的腹腔，里面是各式各样的美食：鸡肉、香肠卷、火腿、珍肝、鹌鹑、乳鸽、蜗牛……这些美食让所有的客人疯狂。饮酒作乐、夜夜笙歌，这正是 1 世纪罗马帝国贵族穷奢极欲生活的写照。所谓"费里尼的爱情神话"是导演透过瑰丽与浓烈的视觉色彩，为观众编织了一个有关古罗马的 la dolce vita（甜蜜生活），也就是那些想象中的幸福。

中国古代享乐主义者第一人

由此，我又想到中国思想史上，少有的一个被戴上"享乐主义"大帽子的战国时期思想家——杨朱。对，就是以"一毛不拔"著称的、被孟子斥为自私自利大混蛋的那个杨朱。两千年来，虽有几位先秦诸子为杨朱思想辩护，但因为孟子的儒家成为正统，杨朱的思想一直被歪曲和误解，直到 20 世纪初的"新文化运动"带入西方的个性自由解放的思想，作为"本土"自由主义先驱的杨朱才重新进入人们的视野。

那么，杨朱的"一毛不拔"到底是什么意思呢？它是杨朱所倡导的"为我"和"贵生"的学说。《孟子》有言："杨朱、墨翟之言盈天下，天下之言，不归于杨，即归墨。"从孟子的话可以看出，杨朱之学与墨家齐驱，并属先秦流行天下的学说。用现在的话说，杨和墨都是网红，有大量的粉丝追随。

所以孟子害怕了，认为他们两位是对儒家发展的最大障碍，因此一定要彻底铲除。

杨朱被认为是"道家"思想的前身，很多观点与《老子》和《庄子》有相似之处。尤其是《庄子》一书，其中杂篇的部分内容是杨朱的弟子借用庄子之名写的。杨朱的观点和伊壁鸠鲁学派的某些观点有相似的地方，譬如主张趋利避害、追求平静的生活、不为名利而伤身。同伊壁鸠鲁学派一样，杨朱强调快乐的基石是全性保真，而不是金钱和地位。

杨朱最主要的思想就是"为我"和"贵生"。他认为人只有短暂的一生，珍惜生命是最重要的道德原则。杨朱坚持，一切都要以人的存在为贵，自己不去伤害别人，同时也不要别人伤害自己。主张"全性保真，不以物累形"。这话听起来很像西方个人主义的"不伤害"原则（non‐harm principle），所以杨朱一再告诫世人："人人不损一毫，人人不利天下，天下治也。"在政治上，杨朱建议远离政治，以免伤身。他的"一毛不拔"的说法也与他的政治思想有关。这句话长期被儒家曲解，认为是一种极端的利己主义的思想。《孟子》说："杨朱取为我，拔一毛而利天下不为也。"但实际上杨朱所要表达的是维护自我拥有的权利。杨朱说，我不会给你一根汗毛去交换利益的，因为我今天答应给你一根汗毛，明天你会要我一根手指头，然后是我的手，然后是我的胳膊，然后是……所以，我首先要坚持的是一毛不拔。

杨朱学说具有深远的哲学意义。看起来杨朱提倡自私自利，其实不然，他宣扬的是尊重个人权益。他所要强调的是，当个人利益失去保障的时候，国家实际上也就失去其合法意义。有人说，"一毛不拔"是世界上最早的人权宣言。这有点夸张，但杨朱思想的确是中国古代思想中少有的对个人主义的坚守。难怪，民国时期具有自由主义思想的知识分子如胡适、梁启超都非常推崇杨朱。虽然杨朱没有美食方面的专门阐述，但从他的整体思想判断，我们可以推断出他的两个基本观点：一是珍惜当下的东西，包括美食，即及时行乐；二是要有节制，哪怕是面对美食的诱惑，因为他的养生思想强调平衡和限制。

现当代享乐大师林语堂和汪曾祺

如果要谈和美食有关的享乐主义者，这里我一定要提两位

我们消化的不仅仅是食物，更是情感和情调，甚至是我们因食物而构建的身份认同以及对日常生活的"小确幸"。

中国作家和美食家。一位是民国文豪林语堂，另一位是当代散文大师汪曾祺。两个人都是在百味人生中，领悟到生活的意义，并且义无反顾将享乐主义进行到底。

林语堂自认为是伊壁鸠鲁的信徒，是一位不可救药的享乐主义者。林语堂崇尚艺术的、快乐的生活，认为人生的目的就是享乐人生。他爱好抽烟、喝酒、饮茶、美食，以及和朋友聊天。林语堂尤其对美食情有独钟，他说："人世间如果有任何事值得我们慎重其事的，不是宗教，也不是学问，而是吃。"这真是赤裸裸的表白呀。林语堂说自己每到一个地方，首先要摸清楚的就是吃的地方，高级餐馆或者是街边小吃。林先生有口福，身边有位擅长做家乡菜的贤惠太太。林太太是鼓浪屿人，能做各式福建佳肴。据林语堂的回忆，林太太最拿手的是清蒸白菜肥鸭。这道菜的特点是鸭子很烂，肉质又嫩又滑，白菜在鸭油里浸煮得透亮，入嘴即化。另外林家还有一道请客的私房菜，是林氏焖鸡。先用姜、蒜头、葱把鸡块爆香，再加入香菇、金针、木耳、酱油、酒、糖，用文火焖数小时，让鸡和香菇的味道彻底融合。林语堂说，他每次吃这道菜，可以一口气吃下三大碗米饭。另外，林太太的厦门薄饼（春饼）也做得地道。后来，林语堂鼓励夫人和女儿合作编辑食谱。最终，母女二人写出《中国烹饪秘诀》和《中国食谱》。前者获得德国法兰克福烹饪学会的大奖。

林语堂出生于一个基督教家庭，父亲是牧师。但他自己从一位基督教徒慢慢转向老庄的道家思想，到了晚年又重新回归基督教信仰。道家对林先生的吸引一方面是道家的幽默（这点在《庄子》中尤为明显），另一方面是道家对"本真"的追求。林语堂的贪吃大概受道教养生学的影响，加之小时候没有机会吃好吃的东西，成年后一直在恶补。在《谁最会享受人生》中，林语堂细致地分析了中国人的生活方式以及饮食之道。他认为中国人骨子里是中庸的思想：不必逃避人生，但同时保持内心的快乐。换言之，中国人的人生智慧既不是全然的入世，也不是全然的超世，而是找到每一个人心中的那个最合适的位置，也就是庄子所说的"游世"的概念。

在《生活的艺术》这本书中，林语堂用了一个章节讨论中国文化中对如何享受生活的理解。其中提到食物和药物的关系，林语堂写道："我们如果把对食品的观点范围放大一些，则食品之为物，应该包括一切可以滋养我们身体的物品；正如我们对于房屋的观点放大起来，即包括一切关于居住的事物。"林语堂认为，中国人对于食物，向来抱着较为广泛的态度，在食品和药品上并不作严格的区分。凡是有利于身体健康的都是药物，也是食物。这个思想来自中医，也是道家/道教的养生哲学，其中"食疗法"是中医常用的方法。从传统美食的角度，最美味的食谱不是满足舌尖的享乐，而是能安抚情感以及滋补身心。

要说中国当代的文人美食家，自称"资深吃货"的汪曾祺一定是排在首位。他那句"唯美食与人生不可负"道出了中国式享乐主义者的最高境界。有人说，汪曾祺是最后一位风雅独殊的文人美食家。他不但会吃，而且会写。有关谈吃的散文近五十篇，且每一篇都具有强烈的画面感，令人回味有余。汪曾祺本是江苏人，却吃遍大江南北的美食：从家乡的各式小菜到昆明的过桥米线，从四川的怪味鸡到山东的炸八块，从辽宁人爱吃的酸菜白肉火锅到北京的羊肉酸菜汤——真可谓饱尝人间至味。有机会品四方美食，让汪曾祺真正懂得"五味"的美妙，生活艺术化的享乐。汪曾祺书中所介绍的食物，多半是他年轻的时候走遍大江南北品尝的奇珍异馔以及家常小菜。不过，汪先生也有禅宗式的超然。他说过："四方食事，不过一碗人间烟火。"

读汪曾祺的作品，有时会令人想到明末清初的大作家张岱。张岱亦以懂美食著称，而且文笔一流。张岱对"至味"的追求，可以说到了痴迷的程度。他在《陶庵梦忆》中记载往事，多提到对昔日饮食生活的回忆。其中描绘得最为动人的，要数对雁鸣湖蟹以及对以蟹会友的描述。汪曾祺也写过吃蟹。印象深刻的是他说醉蟹。提到他儿时，他的外公痴迷醉蟹，每年都要做上一两瓦罐。然后，是做醉蟹的工序：在水里养蟹，排尽污物。再放置两天，排干水气，在蟹脐上撒花椒、盐等调料，再入瓦罐中，浇上糯米黄酒。干渴之极的螃蟹立刻饱饮一番，终至大醉。封瓦罐一个多月，即成醉蟹。（汪曾祺：《螃蟹》）上海人爱吃醉毛蟹，用黄酒腌制，也等于消毒了。醉蟹的味道独特，除了酒香之外，就是软糯的膏和肉，其特色是软、绵、滑、糯。蟹的香味和酒的香味融为一体，令人常思再尝。香港有一家老上海饭店，到季节会有花雕醉蟹。但香港美食家蔡澜在一档美食节目中说过，青岛的醉蟹味道更好。我想，对汪先生来说，还是他外公的醉蟹最好。

汪先生还有一段回顾家乡高邮以及腌麻鸭鸭蛋的回忆，令人过目难忘。高邮水鸭有名，每年四、五月，是养鸭最忙碌的季节。高邮咸蛋，名满江南，具有鲜、细、嫩、红、沙、油的特点。袁枚在《随园食单》上有对咸蛋的描述："腌蛋以高邮为佳，颜色红而油多。"蛋黄红且油多，蛋白配粥味道极佳。可见只要用心，简单的原料和佐料也能信手制出可口的美味。汪曾祺说，端午节时的高邮，咸蛋是不可缺席的小吃。至于咸蛋的吃法，可以带壳切开吃，也可以敲破"空头"用筷子挖着吃。汪先生说，喜欢筷子戳入红油冒出的感觉。一口下去，香醇浓厚。另有一道名为"朱砂豆腐"的苏北菜，就是用高邮鸭蛋黄炒的豆腐。在北京，朱砂豆腐也很流行，据说是清真传统名菜，始创于北京鸿宾楼清真饭店。

汪曾祺的美食散文，让我们了解到什么是纯粹的快乐。他用一片"吃"心，教导我们如何品百味人生。所以我们常说，享乐主义是哲学中的践行派，思想不能只在理论体系中构建，而是不断指向当下离我们最近的生活。

自古文人多食客，所以文人谈吃，是文化传统。在中国人眼里，酸、甜、苦、辣、鲜、香、臭……这些字眼不仅仅是谈美食鉴赏，更是谈人生、谈哲理。我们有苏轼的"东坡滚肉"，有张岱的《老饕集》，有袁枚的《随园食单》。可我们什么时候听说过"莎士比亚牛排"、"歌德肘子"、《萧伯纳食谱》呢？

随着传统宗教的式微，美食无疑是当今世俗世界最大的信仰。人们对美馔的热情，犹如宗教般的虔诚。大众媒体的娱乐节目，需要不断地花样翻新，唯有美食节目，一直占据不败之地。从《主厨的餐桌》（*Chef's Table*）到《武士美食家》（*Samurai Gourmet*），人们可以在美食屏幕前毫无愧色地暴饮暴食。食物既是舌尖上的味蕾对象，也是精神上的兴奋剂。就现代人而言，食物不只是为了糊口和充饥，更是具有安抚和疗愈的功能；我们消化的不仅仅是食物，更是情感和情调，甚至是我们因食物而构建的身份认同以及对日常生活的"小确幸"。

在饮食议题上，给享乐主义"正名"是必要的。

第6章　一个人的美食

孤独的美食家

"两个人一起吃的是饭，一个人吃的是饲料。"这种说法早已经成为过去。日本电视连续剧《孤独的美食家》（孤独のグルメ）把"孤独"一词发挥得淋漓尽致，自2012年上演以来，在东亚国家一直很火爆，也带动了一人食的生活风尚。其实，作为美食漫画版的《孤独的美食家》已在日本流行了近二十年，而电视剧大大超越了漫画的影响力。剧中除了吃之外，一切我们可以投射于男主角身上的想象（包括浪漫故事），一个也没有发生。可是，有美食陪伴，谁又会在乎呢？

说真的，《孤独的美食家》情节单一、平淡无奇。主要线索不过是一位瘦瘦的、外出跑业务的中年男子在路上走走吃吃，品尝各式各样的日本佳肴。然而就是这部单一主题的电视剧，自从进入人们的眼帘，就立刻吸引了无数的看客，同时也打破了不少人原有的减肥计划。吸引人们的不单单是各式美食佳肴，更多的是饮食者的内心独白和他在吃喝过程中那副自得其乐的表情。除了电视剧本身，和它相关的影评节目也异常火爆。像网络上有位名为"轻风乍起"的博主，以每集10分钟左右的时间将《孤独的美食家》的每一集剧情介绍得活灵活现，让人边看边有饥肠辘辘之感，对影片中一定会出现的那句话"必须赶紧吃饭，立刻、马上"超有同感。人们突然醒悟，原来吃是人生如此重要的一件事情，而且这件事情可以是单独行动的。就此，一场独食风潮，在不经意中扑面而来，形成独食浮世绘的全球漫游。全世界的单身人士们更是兴奋不已，原来我不是唯一的孤独的美食家。"独食"（"Gourmet Solitaire"或"Solo Dining"）成为当今的时尚。"独食"成为"独自享用"的代名词。也就是说，一人食已不再是一种遗憾之事。

俄国著名的无政府主义者巴赫金（或译为巴赫汀，M. M. Bakhtin，1895—1975）曾经说过："艺术和生活不是同一回事，但应该在我身上统一起来，于责任中统一。"（巴赫金：《对话的想象：巴赫金的四篇论文》）如果说巴赫金试图以责任统一艺术和生活，那么《孤独的美食家》则是在膳食中，将吃的艺术和填饱肚子的生活统一起来的完美写照。至于对责任的解释，每个观众想必自有答案。

在电视剧中，用孤独的状态吃遍天下美食的旅人井之头五郎，是由日本资深演员松重丰出演。五郎（亦称五叔）未婚，是个快乐的单身汉。他整日踽踽独行于城乡的大街小巷，边走边吃，向观众介绍日本和其他地方的美食，也顺带表现一下周围的人和事。沿街觅食成为五郎生活的重心和享受，而观众也在不自觉中成为他的觅食伙伴，并在观看他人享受美食的场景中找到了自己的兴奋点，在自我陶醉于窥视他人之乐趣中得到抚慰，何况被窥视的对象包括令人过瘾的一道道美食！

其实，在世界不同的角落，独自用膳是一件最平凡不过的事情，特别是那些不太讲究的快餐店，更是独食者经常光顾的地方。但《孤独的美食家》展现的不是如何填饱肚子，而是如何享用美食。那一间又一间的日本小馆，不豪华、不张扬，却不乏各种美味佳肴：日式的、中式的、韩式的、泰式的、美式的、意式的、法式的、混搭式的。食客任意挑选、自由用餐。偶尔，独食者相互之间可以搭个话，聊上几句。因为有美食陪伴，"孤独"似乎并不是问题。有人说，一人食的真谛，是可以旁若无人却内心澎湃地享受味觉的体验。所以，在觅食—点菜—品食—再觅食这一整套仪式的背后，是孤独的美食家百味人生的滋味。

　　当然，也会有人不喜欢一人食的形式。他们认为，吃的经验应是一种娱乐（否则怎么能叫做"饭局"？），美味佳肴需志同道合的人一道分享，而一人食少了一份热闹，也少了一道滋味。也会有人说，所谓吃，不只是吃桌子上的食物，而且吃的是情调，即抓不到的时光，留不住的人。这各种说法，都是把吃的中心放在了食物以外的东西上。所以无论是"热闹说"还是"情调说"，都是借美食寻找其他心灵的慰藉。

　　我曾在 YouTube 上看过一个名为《一人食》的美食短片，每个节目几分钟而已，不同的人物，精心制作一道美食。我很喜欢这个美食节目，它所要表达的意思很直白：一个人吃饭也要好好用心地做饭。后来节目制作人蔡雅妮（一位典雅的上海女士）出了书，用了同样的名字——"一人食"。作者写道："以往总是学着如何与人共处，现在要慢慢练习与自己相处。偶尔让自己一个人，可以想一些事，也可以什么都不想；可以和自己说话，也可以什么都不说。"台湾美食作家叶怡兰也有自己的自煮哲学："取悦自己，从眼前这一顿开始。"其实，很多吃货都喜欢自己动手。有时，做饭的过程比吃的过程更有 therapeutic（疗愈）之功能。有新鲜的食材，在各种调料中自由搭配，那是一种自我创造、自我构建的人生体验。没有比自己烧饭自己享用这种独自消磨时光更好的选择了。

一人角落

香港这几年也开始流行"一人角落"（独食），推出一系列一人食单：有日本和风、英伦风尚、意式的"妈妈料理"、北欧的"慢生活料理"、中式的"改良老字号"。另外，还有为独食准备的一人自助餐、一人火锅……台北的"独食餐厅"，大概也是类似的用意。大多以精致日式烧肉为主，食客可以坐在吧台区，慢慢享用现点现做的美食。另外，一人食的火锅在台湾也很流行。虽然是一个人，但在选择内容上不受限制。我第一次体验一人食火锅，还是在洛杉矶的一家台湾餐馆。后来旅行到台北，我特意品尝了躲在一个无名小区楼群角落中的一家火锅店。在武汉，也有一家深受学生们青睐的"一人席"餐馆。在馆内，单人的小隔间如学校的自习室，但每个位置之间的隔板是活动的：想独处，可以拉下，保证私密的空间；想聊天，可以拉上，与邻座的食客交谈。

很显然，"一人角落"或"独食餐厅"，与大城市越来越多的单身人士的出现密不可分。人落单，百味人生可不能落单呀。尤其在这个快节奏的时代，一个人吃饭、一个人喝酒、一个人看电影，已经不足为奇。当然，还有手机，一个能时刻把

人需要独处的时间，或许，独享美食是独处的一个好方法。

如果当今的城市人很难「退隐」到自然之中，

那就「退隐」到美食之中吧。

我们带入虚拟空间，并制造虚拟亲和力的现代科技。当食客与他人的网络连接着，孤单似乎成为一个过时的词语。偶尔也会看见有些独食者，拍下自己享用的食物，然后透过社交网络发送给其他的朋友。让手机先吃，不知这样做是为了自我炫耀，还是为了化解孤独的寂寞。有人建议，餐馆里不应设置 Wi-Fi，这样食客才能不受干扰地享用美食，认真体验味觉的感受。

《孤独的美食家》向世人证明："独立性"已经取代"孤独"。日本一人食的拉面馆，座位是一间间由小隔板隔开的间隔，每个小隔间坐一个人，互不打扰，自食其乐，品味当下的幸福。但我们不得不承认，不是每个人都可以从容地面对孤独，尤其是寻求食物之外某种感受的食客。所以也有餐馆，向不愿一人食的客人提供陪食伙伴的服务，以消解独食的寂寞。在日本有所谓的"陪吃娃娃"，是指各种不同造型的陪吃玩具娃娃。不难想象，该服务一经推出，立刻吸引不少独食者前来用餐，形成一个新的主题餐厅类别。据说内地一家品牌火锅店"海底捞"，也推出了类似的服务。日本有间餐厅叫"The Moomin Café"，是以姆明（Moomin）卡通人物为设计主题。用餐者可以选择自己心仪的卡通人物，作为陪吃娃娃。点菜时必须是二人份，并为陪吃娃娃摆好碗筷，结账时当然也是二人份的价格。你想跟陪吃娃娃 go Dutch（AA 制），没问题，你付两次就好了。也有人会说，这是现代都市人的悲哀，一种"社会性退缩"（social withdraw）心理的体现。

但换个角度看，"一人食"的一个特点是自由。你什么时间吃、吃什么、吃多久，都不需要和别人商量。在哲学上，我们常问，人是否曾做过一个完全属于我们自己的决定？即是否存在绝对的自由意志？在很多情况下，我们都会怀疑这一点，因为我们的每一个决定，都至少要受到某些外在因素的影响。我们的自由选择，其实并不是我们想象的那样自由。但"一人食"的确提供了一种自由：我行我素、不拘小节、潇洒自在。在《孤独的美食家》中，独食男五郎的幸福，正是来源于这样的自由。难怪每次有人给五郎提亲，都被他婉言谢绝。为了美食，他也必须将孤独进行到底。

20 世纪 30 年代，《美国时尚》（*American Vogue*）杂志编辑黑利斯（Marjorie Hillis）出版了一本小册子，题为《喜欢一人生活：独善其身的艺术》（*Live Alone and Like It：The Art of Solitary Refinement*）。黑利斯描述的是当时英、美的传统女性。由于种种原因，要面对独处的生活。其中一章就是写"一人食"，并附上了精美的独食菜单。我们今天看这本书，一点也不会觉得这本快有一百年历史的书已经过时。作者虽然不能算是现代意义上的"女性主义"的倡导者，但她所谈论的女性议题却超越时空的局限。譬如，单身女性如何战胜自卑感和恐惧感（即便被看作"剩女"中的"齐天大剩"），如何全方位地自我接受和自我完善，如何让独身成为一种生活的优势……其中重要的一点：善待自己，好好吃饭。

孤独与无聊

一个人吃饭是什么感觉？我们是否在一人食中观察到寂寞的效应？或许你被问到："唉，你敢不敢一个人去吃麻辣火锅？"（注意，在网络国际孤独调查表上，一个人吃火锅排在孤独第五级，排在吃火锅之前的是一个人去唱 KTV），这里的关键词是"一个人"。当下流行的书籍有《一个人的幸福餐》《一个人也要好好吃饭》《一个人也得下厨房》《一个人的好食光》《一个人的粗茶淡饭》等等。这类书籍都是针对一个人的、一种情绪的。存在的孤独，是人生最根本的孤独。人生的孤独有不同的种类，比如语言孤独、思维孤独、伦理孤独、情欲孤独等等，而我们感受最深的就是存在的孤独。但就现代人而言，存在主义哲学称之为"存在之孤独"（existential isolation）不一定是消极的东西。我们或许会说"我孤独，故我在"，因为我们意识到人终将是"自己的来，自己的去"。所以有句存在主义哲学名言就是："人终将孤独地面对孤独。"存在主义大师萨特则说："人因孤独而感到自由。"孤独在一定意义上也可以是自足的形态。

以写《无聊的哲学》出名的挪威哲学家拉斯·史文德森（Lars F. Svendsen）教授曾经说过，无聊会使人产生孤独感。在无聊的时候，外在的事物失去本身的意义。这时候，人必须转向内在去寻求意义的存在。如果做不到这点，人就不能摆脱孤独感。我想，吃货在这个层面上看是不会孤独的，因为美食作为外在的事物永远充满着意义，而且，它的意义是由外到内的：食物把温情传递给人的味蕾，随之温暖到人的胃脾，然后是温暖到人的心。这是一种全神贯注、沉浸其中的经验。人在专注一件事情时，是不会有孤独的感觉的。专注过后，再放空自己。

禅宗有专门就吃的行为进行的修行活动，即所谓的 the practice of eating mindfully 或 mindful eating，在西方世界蛮流行。譬如，英美都有"正念认知疗法"（MBCT, Mindfulness

Based Cognitive Therapy），是结合西方心理治疗的禅修疗愈方法。这种修行是"对食冥思"，专注舌尖触碰食物时的每个细节感官，然后是身心对食物的反应。在佛教修行中，mindful eating 是"正念进食"。修行者在此时是百分百专注于进食的过程，吃饭时除了要慢咽细嚼、品尝食物的滋味，还要以感激的心情欣赏咀嚼的食物，以及念及食物与世界的关系。有这样的修行，就不会产生孤独和无聊的思绪。牛津大学临床心理学教授威廉姆斯（Mark Williams）在他的《正念：八周静心计划》（Mindfulness：An Eight - Week Plan for Finding Peace in a Frantic World）中写道："我们都趋向活在过去或未来，甚少专注当下，正念进食展示正念修行的一个主旨，就是重新学习觉察日常生活的每个细节。"

最近在台湾有一部火爆的闽南语偶像剧《若是一个人》，剧情以所谓的"国际孤独等级表"为题材，呈现当代都市中一个人生活的种种面貌。女主角方佳莹在与男友分手后，开始了一个人的生活：一个人喝咖啡、一个人吃饭、一个人旅行。她觉得是快乐的，但她终究还是会难以忍受与自己共处，有种来自内心的恐惧。这个剧的情节来自该剧的编剧杜政哲自身的生活经历。据说他曾结束一段长达七年的恋情，花了五年才走出情伤。"天底下哪有什么天长地久？很多时候单身是被迫的。"失恋的孤独寂寞，有过经验的都明白。但是孤独并不一定是件坏事。在很多时候，孤独是生命赐给我们的礼物，我们可以有时间沉浸在自己的世界中。台湾著名的美学大师蒋勋曾经说过："孤独是生命圆满的开始，没有与自己相处的经验，不会懂得和别人相处。"（蒋勋：《孤独六讲》）17 世纪法国哲学家及文学家拉布吕耶尔（Jean de la Bruyère）则认为，人的不幸是不能承担孤独。然而一个人在独处的时候，恰恰是这个世界上最美好的时光，因为这个时候，人可展现自己的本真，不用为了别人而扮演不同的角色（拉布吕耶尔：《品格论》）。

内地知名学者和作家周国平最擅长谈孤独的问题，毕竟是研究尼采哲学的学者。他认为，交往和独处是人在世上生活的两种方式。人们往往会把交往看作一种能力，却忽略了独处也是一种能力。周国平指出："孤独之为人生的重要体验，不仅是因为唯有在孤独中，人才能与自己的灵魂相遇，而且是因为唯有在孤独中，人的灵魂才能与上帝、与神秘、与宇宙的无限相遇。"（周国平：《文化品格》）显然，在周国平看来，人因孤独而丰盛。独处就是自己思想的避难所，生命的觉悟往往在孤独和绝望中产生。不过，相对于品美食，周国平似乎更偏好"吃书"。台湾哲学学者、艺术评论家史作柽写过一本很有意思的哲学书，叫《一个人的哲学》。他说，一个"人"的哲学也是一个"人的哲学"，也是一个人的独身哲学。解读自己、认识自己，这本身就是在书写自己的哲学。

人需要独处的时间，或许，独享美食是独处的一个好方法。如果当今的城市人很难"退隐"到自然之中，那就"退隐"到美食之中吧。

活着，就是一种哲学。生活中人来人往，可我们注定要一个人走一段路。是的，一个人，以独立的姿态面对这个世界。

我们需要好好地善待自己，从吃开始。

第7章 食色文人李渔

文人的"食"

谈论"食色，性也"这个话题，有一位史上文人不能不提，就是明末清初的风流才子李渔（自号湖上笠翁，1611—1680），一位兼文学家、戏剧家、美学家和美食家于一身的多面才子。倘若给中国传统文人冠以享乐主义者的称号，李渔一定会排在前三名。他书写物质和感官享受，讨论美食和性，是明清之际文人的"浮世"生活的写照。李渔说："吾观人之一身，眼耳鼻舌，手足躯骸，件件都不可少。其尽可不设而必欲赋之，遂为万古生人之累者，独是口腹二物。"李渔的人生观体现在他对身体和美食的欲望，采取享乐但不放荡的立场。在戏剧创作方面，李渔是一位多产的剧作家，他将写作、编剧、导演的角色集于一身，是清代知名出版社芥子园的老板。他编写的《芥子园画谱》流传至今，被齐白石、潘天寿视为经典范本。李渔的戏剧作品及戏剧理论还流传到江户时代的日本，直接影响了那个时期的日本文学。

其实，李渔既不是官二代，也不是富二代，更谈不上文二代，父亲是卖药材的小商人。李渔本想走传统文人之路，考科举，再进入体制。可惜运气不佳，几次考试都未能中举。士大夫所向往的功成名就似乎离他甚远，最后不得不搞了个家庭戏班，走南闯北，以演戏为生计。李渔在他的《凤凰台上忆吹箫》一词中感叹道："昨岁未离双十，便余九还算青春。叹今日虽难称老，少亦难云。闺人也添一岁，但神前祝我早上青云，待花封心急，忘却生辰，听我持杯叹息……"事实上，这首咏叹词是李渔一生对于生命历程的惆怅感受。李渔除了靠戏剧班之外，还不断地创作、出版，并自售自己的作品，包括流行的传奇和情色作品。

　　四海游荡的生活没有让李渔放弃传统文人的雅兴，包括对美食的追求。这一点在他的名作《闲情偶寄》中表现得淋漓尽致。所谓《闲情偶寄》，顾名思义，有闲之人，随便聊聊的事情。但实际上，这是一部实用的生活百科和审美指南。从书中涵盖的内容，可知作者情趣的广泛，以及对精致生活的品味：词曲、演习、声容、居室、器玩、饮馔、种植、颐养。书目分八部，共二百三十四个小题。其内容涵盖层面已非单纯一般意义的休闲观念，而且是对明末清初日常生活方方面面的审美品鉴。其中的《饮馔部》对饮食有着独到的旨趣和审美风格。李渔的饮食思想可以归纳为"尚节俭、近自然、鄙肉食、鲜本味、巧烹调、重养生、美器物"七个原则，被认为是养生学的经典。难怪林语堂称《闲情偶寄》是中国人生活艺术的指南，还大胆直言：读懂李渔，就读懂生活。

　　《闲情偶寄·饮馔部》中提到食材的选择。李渔把蔬菜放在首位，坚持"饮食之道，脍不如肉，肉不如蔬，亦以其渐近自然也"。蔬食第一，谷食第二，肉食第三。这三项是以崇俭、复古、切近自然之道作为实践宗旨。在这点上，李渔很像法国的卢梭，都属于"食草类"的偏执狂。李渔对《左传》所说"肉食者鄙，未能远谋"的观点表示赞同，认为肉食确实能够"蔽障胸臆，犹之茅塞其心，使之不复有窍也"。他的理由是肉中的肥腻之精液会结而为脂，为此他还以"补人者羊，害人者亦羊"为例来论证自己"肉食无益处，甚至有害"的观点。显然，李渔主要是受佛教不杀生思想的影响，他认为"猪、羊之后，当及牛、犬"是人们日常所畜养的，而牛、狗二物更是"有功于世"。同时，李渔认为蔬食更接近自然，对养生有益。据说，他还创制了独家的素食五香面和荤食八珍面，对"手工面"的制作颇有心得。所谓的五香面是用酱、醋、椒末、芝麻和焯笋或煮虾的鲜汁做成调汁，然后与面搅拌在一起。八珍面包括鸡、鱼、虾三物，加之鲜笋、香蕈、芝麻、花椒四物，再加上鲜汁，共为八种，与面同食。李渔食素，所以五香面给自己吃，八珍面则给客人享用。李渔是南方人，但在食面的方法上却与南方人略有不同。南方面往往酱汁调料的味道是在汤里，手工切面则是附着在汤中，所谓汤有味而面无味。而李渔的面是让面和汤都进味，而主要的味道则在面中，尽量保持汤的清爽。遗憾的是，我们今天没有"李渔面"这样的称谓，否则可以与"东坡肉"并驾齐驱。

值得一提的是，李渔并没有将《闲情偶寄·饮馔部》视为一部纯粹的食谱，且暗示自己的饮膳书写另有别意。他的人生态度展现出晚明文人对生活享乐的专注和自信。在《闲情偶寄·颐养部》中，李渔视养生为现代社会要务，也是精致美学的一部分。饮食上的考量、情欲上的节制，都是颐养之道。所谓"行乐"，不是没有节制的寻欢作乐，而是学会如何保持心情的舒畅。另外，李渔虽然主张素食，但对醉蟹还是情有独钟。据说每当螃蟹上市期间，他家大缸总是装满了螃蟹，每天都要抓出来吃，家里还有专门为他做蟹的、名为"蟹奴"的丫鬟。而螃蟹刚退市，李渔就开始准备下一季的买蟹钱，他把这笔钱称为"买命钱"。在论醉蟹之美时，李渔这样写道："世间好物，利在孤行，蟹之鲜而肥，甘而腻，白似玉而黄似金，已造色香味三者之至极，更无一物可以上之。和以他味者，犹之以爝火助日，掬水益河，冀其有裨也，不亦难乎？……出于蟹之躯壳者，即入于人之口腹，饮食之三昧，再有深入于此者哉？"好一个吃客！与张岱有一拼。

文人的"色"

除了谈美食，李渔还是写情色文学的高手，如《怜香伴》《风筝误》《意中缘》《玉搔头》《无声戏》及《十二楼》皆出自他的手笔。用今天的话来讲，李渔是名副其实的"畅销书作家"。但他最被后人记住的作品，还要数那个大名鼎鼎的《肉蒲团》了，港台的三级片都喜欢用它做电影的脚本（出了2D、3D、4D）。除了食物，情色是感官世界的另一个重要部分。《肉蒲团》那个叫未央生的风流才子，在女色面前放弃科第功名，一心寻欢作乐，把整个人生看作满足肉欲的春宫大戏。有人说《肉蒲团》比《金瓶梅》好看，因为它比写市井生活的《金瓶梅》更狂放大胆，更具有魔幻现实主义的风采。当然，就肉蒲团——女人的身体而言，李渔书写的角度完全是男性中心主义的。用现代心理学的术语，是男性之"性欲型投射性认同"（sexual projective identification）的典型。

　　书中有一些对"偷窥"的描写蛮有趣。其中一个情节是未央生为自己准备了一个册子，将偷窥的经验一一记录在册。他还时不时地把册子拿出来，仔细品味，评判高低。在李渔的时代，已出现由西洋传教士带来的一件稀奇之物，叫"千里

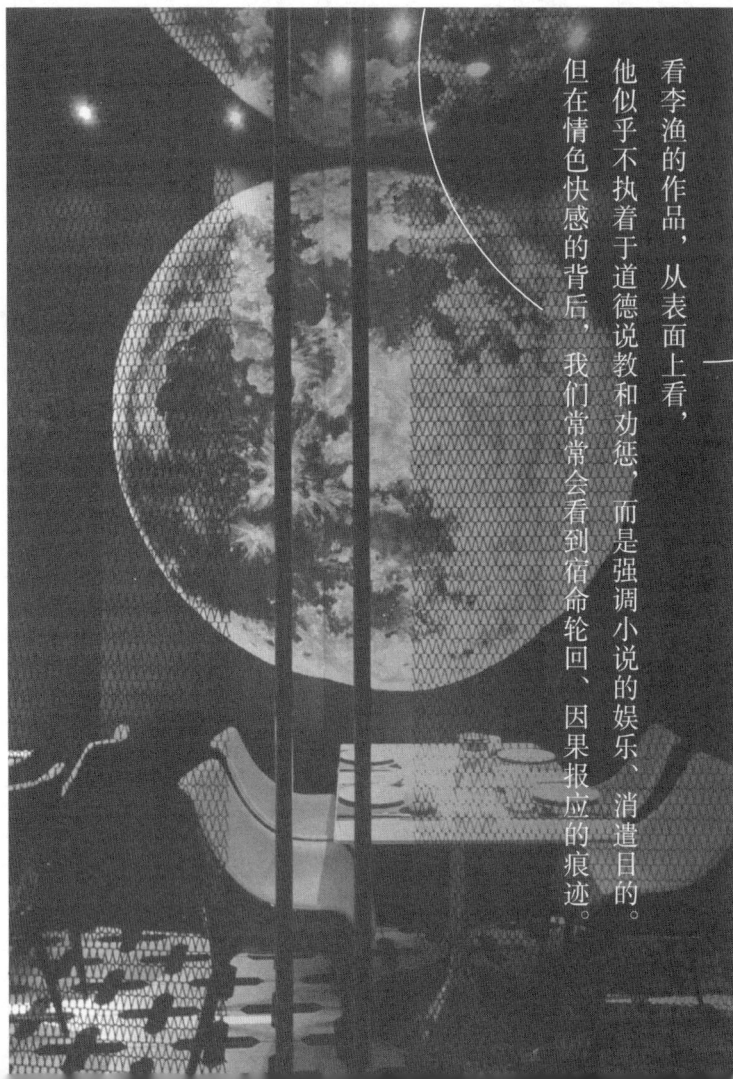

看李渔的作品，从表面上看，他似乎不执着于道德说教和劝惩，而是强调小说的娱乐、消遣目的。但在情色快感的背后，我们常常会看到宿命轮回、因果报应的痕迹。

镜"，也就是我们今天所说的"望远镜"。李渔在他的多部作品中，如《夏宜楼》和《十二楼》都提到如何妙用千里镜这个"神目"做"偷窥"的工具。《夏宜楼》中写到一位书生因为有千里镜在手，所以可以从山上的某寺院的僧房偷窥某名门闺女房内的一举一动。在《十二楼》中，李渔提到千里镜如何激发他的想象："居室中用……千里镜，则照见诸远物；其体其色，活泼泼地各现本相。"其中女人的小脚，必是李渔喜欢窥视的对象，这或许是传统中国男人共有的"恋足癖"吧。

由于李渔生活在礼教盛行的时代，情色显然是对道德说教的叛逆，即对禁忌（taboo）的反叛。然而，这种反叛中又同时存在顺服的一面。正如学者庄仁杰所指出的那样，中国小说"对道德规准有其服从与叛逆的两面——服从传统文化中道德思想的警示概念；叛逆于政治意识下操作道德对人性自主的压抑——去除意识形态所制造的价值批判，情色的议题反而成为小说家们回顾人性纯良、针砭当政者道德虚伪的一种利器"。（庄仁杰：《晚清文人的风月陷溺与自觉》）看李渔的作品，从表面上看，他似乎不执着于道德说教和劝惩，而是强调小说的娱乐、消遣目的。但在情色快感的背后，我们常常会看到宿命轮回、因果报应的痕迹。《肉蒲团》在 1965 年被翻译为德文版时，小说的标题是《肉蒲团：一部明代的性爱—道德小说》。西方学者认为，李渔的作品反映了三个基本要素：感性、自然、说教。这正是中国文学的三个核心特征。（范劲：《〈肉蒲团〉事件与中国文学的域外发生》，《中国比较文学》，2019 年第 3 期）李渔不仅书写身体，而且表现了一种特有的

"身体能量学"和爱欲观。

值得一提的是，在传统文人行列中，李渔带有浓厚的商人色彩。从今人的角度来看，他是一个休闲文化的宣导者和文化产业的从业者，他的作品，属于畅销文学。在李渔看来，生活在末世的人们，喜欢读消愁解闷的书。而这类通俗读物"贵浅不贵深"。如果具有教化意义，当然更好。李渔善写当代人当代事，加之情色的内容，自然更受欢迎。李渔本可以靠作品大发其财。没料到，明朝末年之时，印刷业快速发展，不少书商靠翻版赚钱，反而没李渔这样的作家什么事。李渔被迫到处抗议，成为中国历史上反盗版的第一人。尽管在明清之际，李渔的情色作品被列为禁书，也被官方一再地查禁，但人们却始终无法抵挡其字里行间所散发的那无尽的情欲魅力。

情色文学在晚明的盛行，固然与印刷业的兴起有关，就像道教内丹的房中术，经过商人的翻刻印刷，就成了流行的春宫画。其实，情色文学的流行，可以追溯到唐代。白行简（776—826）的《天地阴阳交欢大乐赋》，是一部以文学的形式来叙写房中男女交欢的仅见之作，比《金瓶梅》早了约七百年。白行简为唐代大诗人白居易之弟，本人也是文豪。他所写的传奇故事《李娃传》已失传，多亏《太平广记》有记录，而得以流传至今。《李娃传》，又名《节行娼娃传》《汧国夫人传》《一枝花》，讲的是郑生和妓女李娃之间的爱情故事。

唐代的情色文学

《天地阴阳交欢大乐赋》原藏于敦煌石窟，19 世纪末被法国考古学家汉学家伯希和（Paul Pelliot）发现，带回巴黎，现藏于巴黎法国国立图书馆。我们今天看到的版本属于海外汉籍回流中国。《大乐赋》被称作中国的古典"爱经"，但与印度那本被称作"性爱瑜伽"的《爱经》（*Kama Sutra*）有所不同。作者在序言中写道："夫性命者，人之本；嗜欲者，人之利。本存利资，莫甚乎衣食。衣食既足，莫远乎欢娱。欢娱至精，极乎夫妇之道，合乎男女之情。"全书有不少对各种性爱的描述，譬如：第一、二节先述天地阴阳交会之道，男女交接为人之大乐；第三节讲男女从出生到青春期的变化；第四节是谈新婚之夜；第五节为更为详细的性交过程描述；第六节讲男子与姬妾性交；第七节盛美夫妇四时之乐；第八节专写帝王的性欢乐；第九节描写鳏居的和漂泊在外的男子的性压抑；第十节讲放荡男子如何潜入陌生女子的闺房偷香窃玉；第十一节描写盛美与婢女交欢之乐；第十二节旁征博引，描写丑女；第十三节论佛寺中的非法性交；第十四节讲男子的同性恋关系；第十五节反映农民与乡间的性关系。我们可以看到，全书从性欢乐到性压抑，从偷情、偷窥到同性恋，应有尽有。但作者认为，作品的主旨就是叙述伦理纲常，讲求夫妇和睦，并透过性研究延年益寿的方法。听起来，颇有大唐道教的风范。

荷兰汉学家、外交官高罗佩（Robert Hans van Gulik）在《中国古代房内考》一书中详尽介绍了白行简的情色大作。他对这部情色作品的评语是："文风优美，提供许多关于唐代的生活习惯的材料。"上段中提到的十五节的叙述就是来自高罗佩的解释。（van Gulik：*A Preliminary Survey of Chinese Sex and Society from ca. 1500 B. C. Till 1644 A. D.*）高罗佩对中国传统文化情有独钟，致力于向西方介绍中国的古典文学和文化。他编写的《大唐狄公案》塑造了一位中国的大神探福尔摩斯，同时创作出世界上唯一一本用英文写就的章回小说。高罗佩对中国性文化的情趣与研究使他在汉学界独占一席之地。《秘戏图考》是他的代表之作，所谓"秘戏图"就是春宫图。

唐代另一部著名的情色文学是《游仙窟》，由张鷟所著，被称作中国第一部自传体情色/爱情小说。故事讲述男主角"下官"在赶路时，因时辰已晚，人马俱疲，于是投宿神仙窟，与崔十娘、五嫂（寡妇）二女邂逅。然后三人饮酒作诗、调情戏谑。这部作品可以看出唐代文人对性与性生活的态度，对后世爱情小说的创作影响深远。《游仙窟》在中国已失传千年，但在日本盛传不衰（《旧唐书》曰"日本每遣使入朝，必出重金购其文"），清末再由日本抄印回中国。白先勇小说《孽子》中的"游妖窟"就取材自《游仙窟》的文本。同《大乐赋》一样，《游仙窟》是典型的出口转内销的作品，鲁迅手稿中亦能见到（《鲁迅先生手写游仙窟》）。

《天地阴阳交欢大乐赋》指出："衣食既足，莫远乎欢娱。"说到食，当时唐人的主食主要是粥（如麦粥、面粥）和大饼（如胡饼、蒸饼、煎饼）。《游仙窟》除了对美酒佳肴以及药膳的描述之外，还有男女以食物和器皿为咏诗对象，以表达他们对性爱的期待和向往。尤其是美食的部分，作品中有细致的描述："穷海陆之珍羞，备川原之果菜，肉则龙肝凤髓，酒则玉醴琼浆。城南雀噪之禾，江上蝉鸣之稻。鸡膓雉臛，鳖醢鹑羹。楂下肥豚，荷间细鲤。鹅子鸭卵，照曜于银盘；麟脯豹胎，纷纶于玉叠。熊腥纯白，蟹酱纯黄。鲜脍共红缕争辉，冷肝与青丝乱色。蒲桃甘蔗，软枣石榴。河东紫盐，岭南丹橘。敦煌八子奈，青门五色瓜。大谷张公之梨，房陵朱仲之李，东王公之仙桂，西王母之神桃。南燕牛乳之椒，北赵鸡心之枣。千名万种，不可具论。"这里有海中和陆地的珍美肴馔，还有大江南北的果品蔬菜，其中提到蒲桃（即葡萄）、甘蔗、软枣、石榴等果品，都属于"舶来品"。

中国的古典情色（所谓风月之事），与中国的美食一样，都是传统文人喜好用浓墨重彩去描绘的对象。两者都指向感官欲望，相互映衬，可谓唯有美食与爱情不可辜负。对了，我想到一位当代的享乐主义的美食大师——香港的才子蔡澜。食色本性与李渔有一拼。早年在写作之余，也拍了不少情色影片。后来拍摄美食节目，身边永远是两三位与节目不搭边的美女，陪伴左右。美女加美食，不能不说蔡澜知道如何吊观众的胃口。

"性科学"与"性艺术"

法国后结构主义哲学家福柯（Michel Foucault）在他著名的《性史》（*History of Sexuality*）一书中，以系谱学为基础，加之现代心理学，将"性意识"和"性行为"与意识形态的权力放在一起考察。由此，性压抑假说与压抑的权力观，是福柯的《性史》所呈现的主题。福柯说："我们社会的众多特征之一，便是热衷于谈性……对被性的强烈好奇心所驱使，拼命要问出它的究竟，怀着热切的渴望要听它谈、听人谈它，迅速发明各种魔戒想使它放弃谨慎。……性，可用来解释一切。"

（福柯：《性史》）福柯认为，性压抑说背后隐藏着压抑的权力观。所以我们只有抛弃压抑的权力观，才可以重新从策略的观点去理解什么是权力，并由此真正掌握到性事的系谱以及性这件事。福柯把性分为两个传统，一个是"性科学"（scientia sexualis），另一个是"性艺术"（ars erotica），前者注重性的知识，以权力为基础；后者注重性的经验，以快感为基础。福柯认为中国人的性观念以及房中术属于"性艺术"，对人的肉身以及感官经验抱有开放的态度。而现代西方的"性科学"是基于压抑的假设，而这种压抑的假设本身，按照福柯的解释，是知识和权力的性行为之间联系的产物和表达。

福柯试图用"性科学"和"性艺术"说明人类性历史为什么会有时性奔放、有时性压抑，而不同的性意识与社会的意识形态必不可分。但这并不意味性压抑是社会自上而下的结果，而是自下而上的自我禁制的结果。其实，福柯对中国的房中术的认识是有误解的。作为道教内丹修行的重要组成部分，房中术的性并非只是"性艺术"，而是中国思维的"性科学"，即阴阳生化的思想。性的主要目的除了延续生命，还是修炼长生不老的手段。道教的房中术基于"积精治身"的概念，是内丹存思法的一部分。男女性事包括神灵的交感，其功能不是"性艺术"可以概括的。正如中国古代房中术创举之作《素女经》所言："交接之道固有形状，男以致气，女以除病，心意娱乐，气力益壮，不知道者则侵以衰。欲知其道在安心和志，精神统归……定身正意，性必舒适。"

但就中国传统的情色文学来说，如上述所提到的唐代情色小说和李渔的小说，福柯的"性艺术"理论有一定的道理。

总体而言，福柯揭示了性科学与性爱艺术的对立，但这种二元划分还是西方式的而非中国式的思维模式。"非二元"思维或"关联性"思维，是理解中国传统对食色的认识。这种思维的前提是身体与精神的统一性，故能接受"饮食男女，人之大欲存焉"的说法。当然，中国文化中也有"谈性色变"的一面，这一点在宋明理学的传统中表现得尤为明显，像"存天理，去人欲"的说法。由此才会产生李渔这样的文人，对儒家的"假道学"、"伪君子"进行无情的讽刺。在一定的角度看，李渔称得上是一位启蒙思想家，他敢于挑战朱熹理学对儒家的诠释，要求对传统的礼教以及被社会视为至高无上的"圣贤"和"经典"进行"重新评估"。就此一点来说，李渔颇有德国哲学家尼采的风范。当然，李渔之所以这样做，或许是因为他没有考上科举，没有成为体制内的一员，我们才有食色文人李渔。

"世间奇事无多，常事为多；物理易尽，人情难尽。"这是李渔对人生的感悟。享乐主义的林语堂，当然会欣赏李渔。做一位会吃、会写、会生活的文人，这不也是林语堂的追求吗？

第 8 章　尼采的吃相

尼采的"酒神精神"

德国哲学家尼采（Friedrich Nietzsche，1844—1900）是欧洲 19 世纪最有影响力的思想家之一，被认为是西方现代哲学的开创者。尼采虽然天资聪颖，四岁就开始阅读，但从小孤苦伶仃，终日沉默寡言。少年时代，尼采在他家附近的佛尔塔学院读完了中小学，之后选择了波昂大学读古典学，后来又转到莱比锡大学（Leipzig University）攻读同一个学科。在莱比锡的两年中，尼采遇到他的恩师、古典学教授李契尔（Friedrich Ritschl，1806—1876），以及对他影响至深的另一位德国哲学家叔本华。李契尔影响了尼采对语言学的兴趣，而叔本华的悲剧哲学观影响了尼采对权力意志的思考。年仅 24 岁时，尼采就成了瑞士巴塞尔大学的德语区古典语文学教授，专攻古希腊语和拉丁语文献。

由于从小就接触教会音乐，尼采对音乐产生了浓厚的兴趣。自 15 岁他便特别喜欢理查德·瓦格纳（Richard Wagner，1813—1883），1869 年尼采正式与瓦格纳见面，并成为瓦格纳的追随者。尼采甚至自己尝试作词作曲，幻想自己哪一天能成为瓦格纳那样的伟大音乐家（我们在 YouTube 上可以找到尼采创作的音乐作品）。也就是在此期间，尼采开始构思他的第一部学术专著《悲剧的诞生》（ *Die Geburt der Tragödie aus dem Geiste der Musik* ），并将此书献给他所崇拜的瓦格纳。从表面上看，《悲剧的诞生》是探讨悲剧的起源，但实际上是反思欧洲现代社会过度重视理性所带来的文化价值危机。

　　说到这部举世闻名的美学著作，其灵感来自尼采所迷恋的希腊酒神狄奥尼索斯（Dionysius）以及他所代表的世界观。在古希腊神话故事中，狄奥尼索斯是酒神和音乐之神，同时也代表死亡与新生之神。根据欧里庇得斯《酒神的伴侣》的记载，狄奥尼索斯是宙斯和忒拜公主塞墨勒的儿子。狄奥尼索斯的神话当中最吸引人的就是与他相伴的迷醉和狂欢，也就是尼采所说的"狄奥尼索斯精神"（Dionysian Spirit）或"酒神精神"，意指人在狂醉中放纵自我、与自然交融的精神境界。与"狄奥尼索斯精神"相对应的是"阿波罗精神"（Apollonian Spirit）或"日神精神"，它代表从古希腊时代发展起来的理性传统。换言之，"酒神精神"是激情与混乱，"日神精神"是理性与秩序。尼采以这两种精神作为范式典型，并以醉境和梦境分别形容酒神状态和日神状态。尼采认为，日神状态在很大程度上压制了人的主观感受和直觉，同时还否定和逃避了人类悲剧和疯狂的事实，而酒神代表的感性和非理性，却因此肯定了人性和真实——这也正是这个时代所需要的。在其自传体作品《瞧！这个人》（ *Ecce Homo* ）中，尼采指出此书最伟大的两个洞见：一是发现酒神精神作为人生救赎的力量；二是指出古希腊文化衰微的原因是苏格拉底哲学的出现。尼采强调，痛苦只不过是追求快乐意志的结果。人不应该回避痛苦，相反，人在痛苦中体验真正的生命的诱惑。

尼采如此颂扬酒神精神，那么生活中的尼采会不会嗜酒如命呢？恰恰相反，尼采几乎滴酒不沾。他平时只饮水，早晨会喝茶，偶尔喝些牛奶，但不喝咖啡。据说尼采对酒精的厌恶与他对基督教的厌恶如出一辙：因为两者皆麻痹了人们的感官，让人将希望寄托于一个虚幻的现实，从而消减人的意志。也就是说，在尼采看来，欧洲文明有两大毒品：酒精和基督教。酒神精神就是摆脱理性或宗教戒律的束缚，回到人的激情、生命力和创造力，以真挚与热情达成反世俗教养中的内在独创价值。说到酒神精神，我就不禁想到魏晋时期的刘伶、阮籍等竹林七贤和他们饮酒作诗的形象。我猜想，尼采不饮酒，是否与他的身体状态有关。在与瓦格纳相识的第二年，普法战争爆发，尼采自愿从军并担任看护兵，结果染患赤痢与白喉而不得不退伍，后来身体状况一直不佳，尤其是饱受胃痛和消化不良的折磨。当然，也有部分学者将尼采对酒精的厌恶与他少年时并不愉快的醉酒经验联系起来。但无论如何，就酒神精神这点，竹林七贤比尼采更加身体力行。

把哲学拉回身体

或许正因身体状况，尼采非常重视饮食的营养。他曾经尝试素食，后来放弃了，反而迷上肉食。不但如此，尼采开始攻击那些主张素食主义的人士，认为素食者把吃素食变成一种宗教信仰。是啊，尼采笔下，那个具有反抗象征的狮子，怎么可以是素食主义者呢？所以尼采说，智商高、情感丰富的人，是需要肉（火腿）的滋养。与此同时，尼采批评现代人消极饮食的习惯，坚持将饮食与肯定生命的哲学观联系在一起。尼采的饮食理念和习惯可以参见于他的自传体一书《瞧！这个人》。在书中，尼采从人的胃出发，探讨肉体和精神的实质。尼采认为，传统哲学的弊病在于，当哲学家在思考时，他们时常忘记自己的身体，特别是进食时身体里累积的东西，以为自己只有大脑和灵魂。所以，尼采要把哲学拉回身体，拉回胃的消化的体验。正如翁弗雷所描述的那样："我们首先要忽然发现食物，然后让身体从食物出发，追上其精神并对之发号施令。"这就是尼采的身体哲学与传统的形而上学的不同之处。在《快乐的科学》（*The Gay Science*）中，尼采问道：饮食是否有道德影响？有没有食物的哲学？尼采之所以提出这样的问题，是因为他的哲学开始"身体的转向"的范式。

尼采指出，身体是由各种力量所构成的有机体，这种力量是多元的，是不可简约的。（吉尔·德勒兹：《尼采与哲学》）因此，尼采严厉抨击传统哲学中对身体的蔑视和否定，认为这是对生命本身的蔑视和否定。尼采指出，我们必须承认一个主宰的存在，但这个主宰不是只存在意识中，因为意识属于器官，如同人的胃。（尼采：《快乐的科学》）法国哲学家米歇尔·翁弗雷（Michel Onfray）指出，尼采是在身体经验的基础上做出"生命奋斗"的主张。他进一步指出，尼采《快乐的科学》一书"认证了人的肉体与思维是相关联的，并且提到，由于肉体的复杂而脆弱，或是说，由于肉体被病态的敏感所纠缠，所以肉体更能成为思想的源头。没有过于敏锐的感觉，就不可能存在思维。思维是肉体存在的象征，思想是肉体存在的证明"（翁弗雷：《享乐的艺术》）。尼采的哲学与饮食之道密不可分，因为疯狂是要有美食做基础的。

但为了健康的身体，尼采的饮食讲究节制的必要：不要食用过多大米、土豆这类碳水化合物的食品（米饭和土豆多余的葡萄糖就会被转化为脂肪，而且它们所导致的不良消化会造成"思考和感觉的麻痹"）；不要食用过少肉类，如牛排、火腿；另外，避免过于刺激性的饮食（如酒、咖啡），以此达至在必要饮食与健康饮食之间的一种和谐。除了饮食的本质和性质，尼采在饮食学里加入进食方法、用餐方式以及操作要求。譬如，首先要了解胃的大小；其次，与其吃清寡的，不如吃丰盛的，胃装满了，消化就更容易了；最后，算算在餐桌上花的时间，不能太长，否则胃会过于阻塞，也不能太短，以避免胃部肌肉用力过大和胃液分泌过多。（翁弗雷：《哲学家的肚子》）有意思的是，在尼采眼里，食物消化问题类似知识进程中的诠释和理解。消化不良就像一个人或一种文化接触了某些知识，但却无法去掌握它们和转化它们。知识不是"已在那里"的客观事实或思想，而是要作用于人的意识和生活经验的东西，必须是体验过的（即消化过的）东西。这里值得提及的是，尼采把他自身对西方传统思想的不适，比喻为当一个人必须面对不合自己饮食习惯的食物和话不投机的饮食伙伴时，他应该如何应付这顿饭局。（尼采：《善恶之彼岸》）实际上，在尼采早期和中期的作品中，他常常用"消化"的概念指代现代主义对历史的不适之感，称这种现象为"现代知识论上的饮食失调"（modern epistemological eating disorder）。

尼采常常会诟病在他眼中的德国菜肴——厚重油腻、缺乏细致，并指责一般德国人吃每道菜都要配大量的葡萄酒和啤酒，认为这种习俗既缺乏品味也不利于健康。与此同时，尼采把德国菜的失败原因归罪于女性——德国的家庭主妇们，说"女人用恐怖的无知完成煮食这项任务"；"做饭的女人糟透了，厨房里没有丝毫理智，所以人的进化才延缓了最为漫长的时间，受到最为严重的损害。这个状况在今天几乎没有任何好转"（翁弗雷：《哲学家的肚子》）。尼采喜欢讽刺、挖苦女性，尼采的崇拜者都知道这一点。那句著名的"你要去女人那里吗？别忘了带上你的鞭子"，成为后来女权运动中所批判的"厌女症"（misogyny）的样板。然而，尼采在《瞧！这个人》中写道："也许我就是阐明永恒女性的最初的心理学家。"我们如何看待尼采的女性观呢？在西方传统文化中，女性是被理性所排斥的"他者"，作为反传统价值观的尼采，应该为女性说话才对呀。

其实，真有早期的女性主义学者为尼采做辩护的。譬如，《作为女人的人》一书的作者露·安德烈亚斯－莎乐美（Lou Andreas–Salomé）坚持认为，尼采自身的精神本性蕴含着某种女性的东西，他的创作本质上是一种女性的创作。莎乐美是19 世纪末俄罗斯著名的心理学家和作家，对宗教和哲学充满热情。在罗马，莎乐美见到了她所崇拜的尼采，尼采也对她一见倾心。遗憾的是，两个人最终并没有走到一起。后来大多的尼采研究学者都认为，单从尼采哲学的角度看，他的思想充满了女性（feminine）的符号：大地、身体、狄奥尼索斯、生命、激情。他们甚至认为，在尼采那里，"真理是女性"，而这种女性真理观解构了以理性中心主义为主旋律的西方传统哲学。同时，也有学者将尼采对女性的负面性表述归于尼采与他现实生活中的两位女性（他的母亲和妹妹）的不愉快经历。我们可以判断的是，尼采的女性观存在着矛盾的一面。这种矛盾性也反映在尼采的饮食观上。

《尼采与伊壁鸠鲁：自然、健康和伦理学》（*Nietzsche and Epicurus：Nature，Health and Ethics*）是一部少见的将尼采与古希腊哲学家放在一起审视的论文集，主题是围绕健康、苦难的哲学。前面，我们谈论过伊壁鸠鲁的哲学以及这一学派与美食的关系。其中有篇文章颇有趣，题目是《美食家：同伊壁鸠鲁和尼采共进七道餐》。这七道餐是："给嘴巴的娱乐"（即食前小点：亚里士多德的名句"食欲是人的天性"）、"汤"（代表隐喻或真理，或二者都不是）、"开胃菜"（代表历史相似之处）、"主菜"（main course，代表食物和道德）、"主菜"（Plat principal，代表美食或胃的原则）、"甜点"（代表品尝哲学）、"消化"（代表吃尼采）。（Ryan J. Johnson：*The Gastrosophists！ A seven-course meal with Epicurus and Nietzsche*）作者以幽默的笔法展示尼采哲学与伊壁鸠鲁/享乐主义的关系，并创造了一个新词：gastrosophia（美食哲学）。所谓美食哲学，就是认真地对待胃，思考人和饮食的关系。

食肉与"权力意志"

如何消化食物一直是尼采关心的问题，这显然与他自身肠胃不好有关。他常常提醒自己要避免油腻的饮食方式。尼采强调饮食节制，但他对肉食的钟爱可以说是毫无节制。尼采喜欢肉的味道，尤其是火腿（以威鲁瓦火腿为上）和香肠。他写给母亲的信里大多是要火腿、香肠这样的肉类食品。他也喜欢牛排、野味，皮埃蒙特出产的白松露、炖肉等。上帝死了，但肉类食物不能死。由此，尼采为吃肉食寻求理论根据。他认为，智力产出多、情感丰富的人，需要肉的蛋白质的补充，尤其是要做"超人"（Übermensch）或"人上人"，吃肉更为重要。我们可以想象哲学家在一串串香肠下撰写《反基督——对基督教的咒诅》（Anti – Christ）的情形。世界就是一种无始

尼采告诫我们：人类的拯救不能靠"神"的他度，而是靠"吃"的自度。

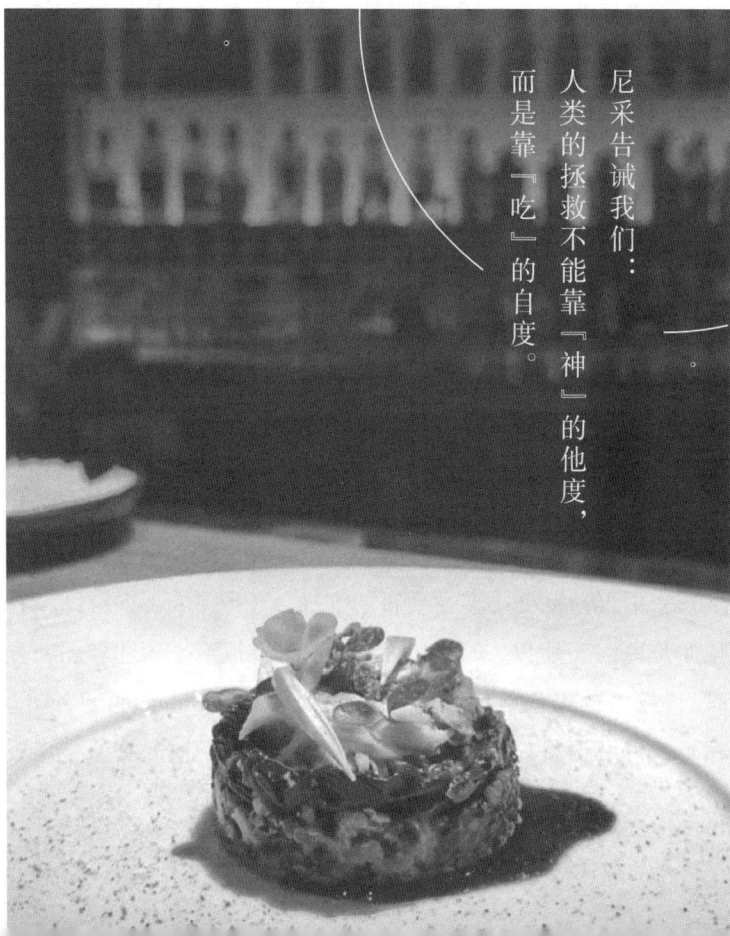

无终，追求强力、权力的意志，积极创造，追求统治、奴役和支配。每种事物都有成长壮大、向外进发和向上冲创的意志。人活着应当坚强，经得起磨炼、失败和痛苦。面对苦难，也要有战斗的精神。在尼采看来，肉类食品不但可以提升应对世界的智慧，还可以增加人们面对生活的勇气。尼采告诫我们：人类的拯救不能靠"神"的他度，而是靠"吃"的自度。

尼采提出的"权力意志"（will to power），成为尼采哲学中核心的思想。这个经过中文翻译的术语常常被误解，认为"权力"具有强烈的政治意涵。实际上，尼采的"权力意志"也可以理解为"强力意志"，是一种生活态度，是一种新的贵族精神（aristocratic spirit）。也就是说，"权力意志"的指向，不是人与人的关系层面，而是个体的心理层面。换言之，"权力意志"代表追求卓越和高贵，与一般人不同的气质。这种高贵不是血统的高贵，而是生命内在的高贵。也就是说，直面人生的痛苦与虚无，乃至永恒的回归（即无目的之循环），让生命活出真实、活出色彩。尼采把逃避人生、拒绝痛苦的"超脱之人"（the ultimate man）称为没有个性的"末人"，认为末人"放弃了一切理想和抱负，也放弃了痛苦。他按部就班、得过且过，追求此刻的舒适和满足，他完全受自我保存的欲望所驱动；所有的潜能、所有的积极性和主动性、所有的超越性都被放弃了。他们没有渴求、没有爱、没有创造……不再生长、不再勃发……享受平庸的安逸"（尼采：《查拉图斯特拉如是说》）。所以，"权力意志"意味着拒绝平庸和软弱。同时，"权力意志"与价值的"重新评估"（reevaluation of evaluation）密切相关，尼采希望透过"权力意志"，把欧洲带出虚无主义的迷茫，或者说，尼采试图以"权力意志"取代传统形而上学的"本体"或"物自身"（thing‐in‐itself；康德称Noumenon）。这样一来，有学者认为，"权力意志"实际上是尼采哲学体系中一个全新的形而上学，即一种"宇宙—逻辑的教义"（the cosmo‐logical doctrine）。

我们在读尼采的《快乐的科学》时，都不会忘记书中一个著名的段落："他叫道：'神到哪里去了？我告诉你们吧！是我们杀了神——你们和我——我们都是杀神的人，为什么要这样做啊？…… 看！我们不是在无边的虚空中彷徨迷失了吗？可不是该白天提灯了吗？掘墓人葬神的喧哗还没有听到吗？神腐臭了没有？——神已腐烂了！神已死！神没有活！是我们杀了神！我们是凶手中的凶手！如何安慰自己呢？我们已经用刀刺死了世界所曾拥有过最神圣、最有力的——谁能拭去我们满身的血迹？什么水能洗净我们的身体？什么方式能赎我们的罪？啊！多么神圣的音乐，对我们来说，这件工作不是伟大得过分了吗？我们竟然有完成此事的资格，那我们自己不也可做神了吗？没有比这更伟大的工作了——后来的人，因为我们所做成的，将要升入历史更高的一层。'"我曾经认为，这是尼采喝了酒之后的醉言。后来知道尼采不喝酒，一直纳闷这样的疯话是如何产生的。现在明白了，可能肉吃多了，也会有这样的效果！我可以想象，尼采一手拿着火腿肠，一手奋笔疾书的样子。

然而，尼采的饮食实际上很难做到他所说的节制。这里的一段记载来自翁弗雷对尼采的描述：1877 年，他的饮食安排为：中午，速成汤，餐前喝四分之一罐，两个火腿鸡蛋三明治，六到八个核桃加面包，两个苹果，两块生姜，两块饼干；晚上，一个鸡蛋，面包，五个核桃，甜牛奶加一片面包干或三块饼干。1879 年 6 月，他吃得还是这么多，增加了无花果，或许为了减轻胃痛，牛奶的分量加倍。几乎没什么肉，肉太贵。1880 年之后，他写给母亲的信里大多是要香肠、火腿。他抱怨火腿腌制得不细致，请母亲不要再给他寄梨子。在瑞士的恩加丁居住期间，尼采很担心食物供给，尽力确保买得到腌牛肉罐头。1884 年，他在信里写到自己悲惨的垮掉的身体：胃痛、剧烈的偏头痛、眼睛痛、呕吐，午餐只吃一个苹果。翁弗雷指出，尼采的饮食实践与他的饮食理论存在巨大的鸿沟。正如尼采自己所言："我是一样东西，我写的是另一样东西。"翁弗雷指出，尼采式的饮食实际上是"一种梦想的道德，一种幻想的关注，一种可能导致消化不良的进食咒语"（翁弗雷：《哲学家的肚子》）。

在《道德之系谱》（*On the Genealogy of Morals*）中，尼采透过查拉图斯特拉的嘴这样说道："我的胃——也许是一只老鹰的胃吧？因为它最爱吃羔羊的肉。可是不管怎样，它肯定是一只飞禽的胃…… 这就是我的本性：我怎能说不是有点飞禽的本性呢！"这里，尼采不仅谈论了吃肉的本性，而且暗示了一种消化的力量。消化在这里意味着解释的形式：人不仅仅是被动地摄取食物或成为他所摄取的食物，而且食物与食物消费者之间存在一个互动。食物的转化能力过程，亦是食物消费者的"自我"交替代谢的过程。因此，食物的选择是一种价值的评估和判断，其结果直接影响"自我"的交替与代谢的过程。尼采把控制饮食的营养看作"品味制造者"（tastemaker），宣称："你不能只靠嘴巴饮食，而是要用脑袋饮食。"（Robert Valgenti：*Nietzsche and Food*）。

美国尼采研究学者毛德玛丽·克拉克（Maudemarie Clark）指出，尼采的"权力意志"是以经验而不是以形而上学为基础的。"权力意志"可以看作是尼采欲望论证中的第二序（a second order of desire）；需要得到满足的欲望，譬如人的食欲和性欲则是第一序（first order）。由此推论，"权力意志"是一种后设欲望，其作用是确保第一序欲望（first order desires）的满足，因为所有的欲望都是权力驱使的，或是为拥有权力寻求借口。（Maudemarie Clark：*Nietzsche on Truth and Philosophy*）把这个推论放入尼采的饮食欲望以及他由于权力的欲望而对食欲的预设和依赖中，我们可以看到"权力意志"内在的自我矛盾性，但尼采没有刻意逃避这一矛盾性的存在。

对于尼采，如果身体是体现"伦理的现场"，那么人的胃以及他所消化的食物，自然也成为伦理的现场。无论如何，饮食体现了身体消化的自由精神。所以，尼采才会大言不惭地宣称：精神（spirit /Geist）就是人的胃！（尼采：《善恶之彼岸》）

食欲和胃的消化，是权力意志的开始。

第9章 小资 "布波族" 的口味

"知食分子" 的品味风格

自从《纽约时报》专栏作家大卫·布鲁克斯（David Brooks）在 2000 年出版了一本畅销书《布波族：新社会精英的崛起》（*Bobos in Paradise*：*The New Upper Class and How They Got There*），布波族文化就开始在全球流行，包括布波族的饮食文化。"BoBo" 一词是英文 Bourgeois（布尔乔亚）和 Bohemian（波西米亚）两个单词的合拼，意指两种文化气质的融合。说白了，就是 "嬉皮士"（Hippies）和 "雅皮士"（Yuppies）的融合，或者说，"嬉皮士" 开始从重精神转向重物质了。20 世纪 90 年代，布波族在美国开始兴起，代表新经济的崛起及新兴上层、知识精英的出现。他们有钱、有文化，讲究品味，但同时关心环保、关心社会公义。他们认为，工作是个人创新的机会，是心灵充实的需要；但与此同时，他们认为最理想的状态是能将自己的梦想转成产品，获得经济上的效益。布波族的口号是：追求自由、挑战自我，获得心灵上最大的满足。虽然都怀揣发财梦，但布波族与美国传统基督教的灵恩、致富、拣选等思想有很大的差异。

布波族对生活的品味有一定的要求，这也反映在他们对食物的要求上。其一，他们要求食物是有机的，没有农药的侵蚀；其二，以蔬食为主，理由主要是政治正确（不杀生）和健康考量（防止三高）；其三，在美食类别上，他们喜好混搭的菜系，这符合布波族追求文化多元的潮流。最近《旅人志》（*Traveler Luxe*）刊登一篇文章，介绍法国布波族所倡导的"环保蔬食主义"。何谓"环保蔬食主义"？它对食品的要求是低碳排放、有机天然及无麸质。引领这一绿色蔬食风潮的人物是一位叫马格的女孩（Angèle Ferreux – Maeght），她是法国著名艺术商人的重孙女，也是时尚界的达人，掌控像 La Guinguette d'Angèle 和 L'Alcazar 等多家高档环保蔬食餐馆。马格把饮食当作自然疗法（有些类似中国传统的食疗法），积极推广健康蔬食的生活模式。我们可以看出，布波族注重物质享受，但同时喜欢谈论环保和健康议题。

"环保蔬食"目前成为巴黎时尚与品味的代名词。"蔬食主义"是"素食主义"的另一种说法。法国名厨侯布雄（Joël Robuchon）宣称：蔬食将是未来十年料理的主流。巴黎有两家主打蔬食的米其林三星餐厅，一家是 L'Arpège，另一家是 Alain Ducasse au Plaza Athénée。两家的主人皆为法国一级厨师，但他们的餐厅却不是以像肥肝酱、封鸭腿、勃艮第炖牛肉等这样的法国名菜著称，而是以素食为主。从开胃菜到主菜，再到甜品都十分精致，在口味上展示了厨师的创意，尽管有些也属"食物色情"类的美食。布波族少不了光顾此地，并以宗教般的情怀把这类餐厅看作他们的朝圣之地（现在有的餐馆，直接起名为 Pilgrims Pantry）。低碳排放、有机天然及无麸质——这就是布波族的一场"饭桌革命"。看来不把"无肉不欢"的老传统彻底打翻在地，他们是誓不罢休呀。

美国的布波族当然不能输给法国的同道。*Vogue* 时尚杂志大力推荐唯素主义的环保蔬食之道。2019 年《经济学人》年刊主打的文章的主题是：为什么现时吃素很"潮"？文章指出，美国二三十岁千禧世代中，甚至有高达四分之一是素食者，他们是美国"素食运动"（vegan movement）主力军，而那些还在大口吃肉的人似乎已经与时代脱节。有些娱乐场所为了迎合部分人"伪素食主义"的喜好，推出"蔬食美食游园手册"，像纯素三明治、纯素热狗、纯素西南起司汉堡等速食。

在健康饮食的口号下，科学和厨艺巧妙地结合起来，出现了美式的"美食法则"（molecular gastronomy）以及与它相配的各式高档的蔬果搅拌器。当然，美国的布波族也非常讲究餐馆的"质感"，尤其是像加州硅谷这种布波族聚集的地方，如 Loving Hut、Mint and Basil，都是价位偏高的素食餐馆。有些餐馆的装修故意做旧，营造出恍若使用已久的生活感。除了"环保蔬食"，一些布波族喜好东西合并的混搭美食（fusion cuisine），这些美食不一定都在素食范畴，但也受到 hipsters（时尚青年人）的热捧，如意式三杯鸡面、打抛蛤蜊面、甜酸花椰菜、松露麻油鸡炖饭，还有改良后的日本寿司、泰国咖喱炖鸭等。

环保蔬食的食尚

其实,"环保蔬食"餐厅往往价格不菲,自称是朴实与豪华的结合体。精致的美食配合布波族的优雅气质,餐厅的设计大多带有艺术情调。譬如 L'Arpège 就出自名设计师之手,其20 世纪初的"新古典"装饰艺术的家具与布景,让顾客置身于第一次世界大战之前欧洲的黄金时代。由此,"环保蔬食"餐厅外在的酷、炫、型,会与传统"素食者"的低调形象有些反差。另外,"素食者"的概念一直不是很清晰:有些人完全不碰任何肉类,有些人会吃鸡蛋和奶制品,有些人不吃一般肉类但吃鱼类。我的一位朋友称自己是"锅边素",英文是"弹性素食主义者"(flexitarian)或"半素主义者"(semi-vegetarian)。这类素食者基本上食素,但有时可以因具体原因,打破习俗。

我以前还有位印度同事,自称是素食主义者,但却吃鸡肉。问他何故,答曰:鸡肉是蔬菜类(当然是玩笑话)。素食主义以往大多与宗教信仰有关,如印度教、佛教(但不是所有佛教徒都是素食者)。基督教传统中也有礼拜二只吃鱼不吃肉的习惯。犹太人吃 Kosher 食物,即"适合的"或"适当的"的食物,其中有"奶类与肉类不可混吃"的习俗,但不是所有的肉类都不能吃。穆斯林的清真食品也非全是素食,但他们对肉食(像牛羊肉)的屠宰方法有一定的讲究,素食的制作过程也有自己的一套方法。

布波族的"素食主义"大多与宗教信仰无关,主要是环保和健康的考虑。对有机蔬菜和瓜果的要求首先来自保护土地，要求食品无污染、无公害，并维持生物多样性。食品与环保的话题近些年一直很热，这与全球环保意识的抬头有关。提倡绿色生活，首先要提倡绿色食品，这是后现代对所谓"人类进步"的反思，也是对早已消失的"田园生活"的一种怀旧方式。现在绿色食品有很多名称，如"生态食品"、"自然食品"、"蓝色天使食品"、"无公害农产品"、"健康食品"、"有机农业食品"等。其实，"有机"也好"自然"也罢，并不是指食品（如粮食、蔬菜和水果）本身，而是指它们的生产和加工方式是有机和自然的。也就是说，生产和加工过程没有使用任何人工合成的化肥、农药、生长激素、饲料添加剂等"非自然"的手段。

从健康的角度，人们更在意吃进肚子里的食物是否符合多纤维、低脂、低胆固醇的健康标准。由此，我们看到美食的悖论：有了健康，破坏了美食。著名美食家蔡澜曾经说过，享受美食意味着在健康上作出一点牺牲。吃货能吃出健康，不是一件容易之事。可见布波族在享用美食上是有节制的，所以他们被称作 mindful foodists（慎食者），或可称作"知食分子"。布波族追求自由，但这个自由首先是自由地不去做什么。管住自己的欲望就是要管住自己的嘴。不是有机的不看，不是绿色的不睬。不知从几时起，乡下人的食物华丽转身为精英食物。

殊不知，只要打上"有机食品"或"绿色食品"的认证标志的食品，价格就会比一般食品翻一两倍。有机食品完全禁止使用化学物质，而且对生产环境的要求更为严格，所以比低残留的农药以及化肥等化学物质的绿色食品价位更高，而绿色从健康的角度，人们更在意吃进肚子里的食物是否符合多纤维、低脂、低胆固醇的健康标准。由此，我们看到美食的悖论：有了健康，破坏了美食。

食品中又有 AA 级和 A 级的划分。由此可见，"生态食品"不仅仅是生态问题，也是经济问题以及由此产生的阶层问题。"你的饮食说明你的阶级成分"，这一点布鲁克斯在《天堂里的布波族》一书中已经做出明确的表述。他提到那些布波族喜欢光顾的咖啡厅（如 Chez Panisse Café、Peet's Coffee）以及那些"舒适、典雅"的餐馆。布鲁克斯对布波族多多少少带有嘲讽，他认为在自由、个体、创新的光环背后，是布波族自以为是的虚荣和浅薄。布波族在消费主义盛行的社会中，和其他人并无本质的区别，只是他们比美国"镀金时代"的"土豪"（nouveau riche）显得有文化、有品位：他们会买做旧的家具，会到 Whole Foods（美国一家有机食品连锁店）买昂贵的乳酪，到高尚素食餐厅点精美的什锦沙拉。他们在秩序中寻求放荡，在放荡中寻求秩序。

舌尖上的波西米亚

按照布鲁克斯的解释，布波族是一只脚踏在追求新奇的波西米亚（Bohemian）世界，另一只脚踩在雄心勃勃、寻求尘世成功的布尔乔亚（Bourgeois）王国的现代精英群体。按照布鲁克斯的解释，布波族不像老一辈 WASPs（White Anglo‒Saxon Protestants，指白人/盎格鲁‒撒克逊/新教徒）那样思想保守，喜好附庸风雅，装腔作势，而是用另一种方式表现他们崇尚艺术，崇尚自然，追求品位的心态。他们在文化上一般比较开放，即便不是民主党的支持者，也会说自己是一个"文化自由派"（cultural liberal），鼓吹"文化多元主义"（multiculturalism），热衷于异族风土民情（exoticism），提倡"知识资本"与"文化产业"完美地结合。布波族在食品上的口味，也证实了这一点。

　　英国作家伊丽莎白·维尔逊（Elizabeth Wilson）在《波西米亚——迷人的放逐》（*Bohemian：The Glamorous Outcasts*）一书中曾经写道："波西米亚是一种思想，是一种神话的化身。这个神话包含罪恶、放纵、大胆的性爱、特立独行、奇装异服、怀旧与贫困。"英文 outcast 一词带有"在社会阶层之外""不被社会接纳"的意涵。而贫困二字，更是凸显波西米亚作为底层社会一族的特征，正如普契尼著名歌剧《波西米亚人》中的三位艺术家那样。由此看来，布波族更近乎小资，而非波西米亚。他们不但不是"在社会阶层之外"，而且是被人羡慕的社会精英分子。难怪布鲁克斯说，布波族既要钱又要闲，若是二者不能兼顾，他们还是宁做有钱的忙人，不做有闲的穷人。说到底，这些现代精英还是法国作家福楼拜（Gustave Flaubert）笔下的布尔乔亚，因为他们到底不能像真正的波西米亚族那样洒脱超俗、无拘无束，到底还是喜欢炫耀他们所驾驶的名牌车子，以及他们所居住的邮政区域号码（zip code）。今天我们所说的波西米亚，更是一种形式上的东西。从这个意义上看，维尔逊说得有道理：一方面波西米亚已经死了，另一方面，波西米亚又是无所不在。只可惜，很多时候，我们追求波西米亚风格就像追求时装一样。本来想是与众不同，到头来反而成为自愿从众的一分子。但愿"素食运动"不要从时尚成为从众，这是我们对任何"运动"都要有所小心的事情。

日式 "精进料理"

与欧美布波族的 "环保蔬食" 相似但又有所不同的是近年在日本流行的 "精进料理" （shōjin ryōri）。从名字上看，"精进料理" 是带有佛教意味的佛门禅食。这种料理不以肉类或鱼类作为主要食材，而是会随季节转变而更改食材的搭配。"精进" 一词来自菩萨修行的方法之一，原意指不懈怠放逸，现指佛门禅寺中的没有五辛的素食料理。这种料理方法源自中国，后随佛教传统一起传入日本，并形成日本特色的料理方法。起初，精进料理只是面对出家的僧侣，后逐渐扩大为一般人。随着旅游文化的深入，精进料理成为日本美食游的一部分。由于以顺应自然为主，多使用当季食材烹调，精进料理被称为日本料理的 "原点"，既有精神上的修炼，亦有健康的食品。

大豆在精进料理的食材上占很大的比例。由于是素食，大豆成为蛋白质的主要来源。以大豆为基础的豆制食物种类繁多，如豆豉、酱油、味噌、豆浆、豆皮、豆腐等等。另外常用的食材有野菜、根菜类、香菇、麸、蒟蒻、萝卜、竹笋、昆布等。同西方的 "环保蔬食" 类似，精进料理对食材非常考究，蔬菜（包括野菜）要做到当季新鲜、饱满甘美。厨师要考虑每道蔬菜自身的味道和特点，而不是用做荤食的方法来做素食。受到佛教传统的影响，精进料理的制作过程严格按照戒律的指导，在五法（烤、煮、炸、蒸、切）、五味（甜、辣、酸、咸、苦）、五色（红、绿、黄、白、黑）三原则上下功夫。除了味道的把握，精进料理也强调食物在视觉上的美感。不同颜色和形状的食物选用不同颜色和形状的日本陶瓷或漆器盛装，质朴中透露出精致。在味觉之外，也展示了视觉上美的飨宴。食客在品尝美食的同时，还可以欣赏摆盘的色彩和美感，品尝吃进嘴里每一口味道的组合、搭配和转变。

精进料理有时也被称为"食养料理"（macro – biotics）。除了受中国传统医学和道教食疗中的阴阳平和思想影响外，还融入了西方的营养学以及主张简单生活与愉悦相互调和的理念。中国传统的食养重在自然与平衡，提倡"医食同源"和"药膳同功"。譬如，唐代道士医学家孙思邈在《千金方》中说道："善摄生者，薄滋味，省思虑，节嗜欲，戒喜怒，惜元气，简言语，轻得失，破忧阻，除妄想，远好恶，收视听，勤内固，不劳神，不劳形，神形既安，病从何来？故善养性者，先饥而食，食勿令饱，先渴而饮，饮勿令过。食欲数而少，不欲顿而多。盖饱中饥，饥中饱，饱则伤肺，饥则伤气。若食饱，不得便卧，即生百病。"元代的营养学家忽思慧有一本养生书籍《饮膳正要》，亦有类似的说法："夫上古之人，其知道者，法于阴阳，和于术数，食饮有节，起居有常，不妄作劳，故能而寿。今时之人不然也，起居无常，饮食不知忌避，亦不慎节，多嗜欲，浓滋味，不能守中，不知持满，故半百衰者多矣。夫安乐之道，在乎保养，保养之道，莫若守中，守中则无过与不及之病。"我们看到，中国传统的饮食之道，反对随性放纵，而是主张搭配得体、饮膳有方。这是中国古人对食物与调和生命的"中和之道"。

可以想象，精进料理的简单、健康、素朴、雅致成为年轻人追捧的对象，也成为时尚的符码。虽然素食料理根基于佛教的饮食文化，但其惜材爱物的"供养"精神，亦能让现代人找到共鸣。精进料理除了重视烹饪者在耗时费心之际所获得的体悟，也重视饮食者的体悟。烹饪者慢慢地制作，享用者慢慢地品尝。这是感受美食的基本方式。精进料理提倡从饮食静思生活。城市人平时生活节奏太快，速食文化更是让人填饱肚子但不知吃了什么。精进料理让我们收拾当下的心情，认认真真地品尝食物的原味。

体验食物的真味道——此养身养心的理念，始创于曾在大宋朝留学的日本禅师道元（1200—1253）。他曾在日本临济宗开山祖师——荣西禅师的门下学禅。道元于镰仓时代初期创立曹洞宗，主张"日常生活的一切皆为修行"，并进一步阐明"烹调饮食与享用饮食皆为修行的一环"。所以，精进料理不只是关注食物本身，更是关注饮食者自身的精神意识，以达到自身疗愈的目的。饮食者从食物作为切入点，挖掘和认识内心的那份纯粹，也就是道元禅师所说的人的"本来面目"。

和佛教相关的另一种日式美食是"怀石料理"（kaiseki ryōri）。"怀石"一词是由禅僧的"温石"而来，原指的是佛教僧人在坐禅时在腹上放上温石以对抗饥饿的感觉。怀石料理后流行于日本茶道，是主人请客人品尝的饭菜。最早的怀石料理多半是素食，以量少、精致、考究为特色，料理的精神在于呈现食物的原味，追求"不以香气诱人，更以神思为境"。怀石料理采用精致讲究的陶器、瓷器、漆器盛装，显现出整体的质感。同普通的精进料理相比，怀石料理更是讲求食具精良，以及坐席、轴画、花瓶等所营造的独有的空间美，给人一种仪式感。但料理仍然保有惜物、悟道的精神。演变至今，一汁三菜的怀石料理已成为高级日本料理形式。欧美的布波族来日本，少不了体验一番这种"怀抱石吃饭"的感觉。

在小说《挪威的森林》中，村上春树对怀石料理情有独钟，并把这份情感写进了他的作品之中："渡边第一次去绿子的家，绿子给他做了一大堆好吃的，黄嫩嫩的荷包蛋、西京风味鲅鱼、炖茄块、莼菜汤、玉蕈饭，还有切工很是考究的黄萝卜干咸菜，并沾了厚厚一层的芝麻。"绿子说："都是从一本最好的食谱上学的。看了书，我就攒钱去吃正宗的'怀石料理'，于是就近乎了这个味道，以后自己就会做了。"绿子对人生巅峰的描述是"用真漆碗吃怀石料理"，可见怀石料理在日本人眼中亦是精细与宝贵的食物。

生活，就在每一口当中。从"环保蔬食"到"精进料理"和"怀石料理"，我们看到了食养生活的哲学。前者是个人自由的彰显，而后者更注重自我世界的内省。两者有一个共同点，这就是对食物的尊重，还有对自然的尊重。

第 10 章　酱汁背后的哲学

法式五大"母酱"

法国菜的精粹在于调味酱汁（sauce），形形色色的酱汁是法式料理的灵魂。我们知道，中华美食在很大程度上也是依赖于各种调料和酱汁，但法式料理的依赖程度远远大过中餐。学习法式烹饪，首先是学习如何用鸡牛鱼的高汤来制作酱汁，也有用烹煮食材时收集到的汁液来制作酱汁。在法式烹调中，酱汁制作的过程称为"烹调的根基"。在法国，能有资格配制调味酱汁的，一定是顶级的厨师。难怪有人说：酱汁是法式菜的荣耀和光芒。

法式调味酱汁，基本有五款，被称为五大"母酱"（Mother Sauce），分别为白汁（Sauce Béchamel）、棕汁（Espagnole Sauce）、荷兰汁（Hollandaise Sauce）、红汁（Tomato Sauce）和丝绒浓汁（Veloute Sauce）。据《法国美食大全》记载，荷兰汁是后加上去的。在这五大母酱的基础上，厨师可以以高汤为基础进行变化和创新，演变出不同风味的、五彩斑斓的美味酱汁。譬如，五大母酱之一的白酱，是最常见的调味酱汁，据说是太阳王路易十四的宫廷御厨用奶油面粉糊所调配出来的经典酱料。棕汁是以牛高汤、牛骨制成的棕啡色酱汁。荷兰汁是用澄清牛油和蛋黄制成。所谓的红汁，顾名思义，就是番茄汁。丝绒浓汁是以鱼高汤或鸡高汤制成的白色酱汁。酱汁制作过程中，常常会用面粉和牛油制成的面糊状的增稠剂（roux），这样就更有质感和色泽感，还可以安全地"趴在"食材上。香港流行的"蘑菇忌廉汁"，就是丝绒浓汁的一种，以忌廉、鸡汤和面粉为基础，加入炒香的蘑菇，美味香滑，让人难以拒绝。

　　法国酱汁可以追溯到古罗马，正如法国文化可以追溯到古罗马。早期古罗马及拜占庭帝国烹调最常使用的酱汁叫 garum 鱼酱。"garum"一词来自古希腊语"garos"，这是一种以海鱼的内脏为基础发酵而成的调料，相传古代的腓尼基人就已经懂得制作鱼酱，并传播至古希腊以及地中海地区。据说古罗马帝国征战，士兵们也会随身携带 garum 鱼酱，吃一口下去，顿时精神抖擞，张口吼一声，熏倒一排人。其实，不只是酱汁，大多法国美食都可以追溯到罗马帝国时期，譬如，法式餐中有名的蜗牛是罗马人常吃的食物。当然，像鹅肝酱蜗牛则是法国人后来的创新。

　　古罗马美食古籍《阿皮基乌斯》（Apicius）曾提到味道较重的鱼酱，可同韭葱、洋葱、酒、蜂蜜、橄榄油等食材混合运用。《阿皮基乌斯》据说与古罗马美食家阿皮基乌斯（Marcus Gavius Apicius）有关，他写过一部名为《论烹饪》的食谱，是至今最古老的美食食谱，被称作古代的 art of cooking（烹调艺术）。然而古代的 garum 鱼酱现已失传，但我们可以想象这种鱼酱的风味类似于中国各式的、味道浓厚的海鲜酱，如虾酱和鱼露。今天市场上可以买到的各式 Garum de Mujol 都是后来的改良品，但依然奇臭无比，被称为天王级暗黑调料。但就是有人要这口味道，或许是由于割舍不去的罗马情怀。

　　与 garum 鱼酱不同，法国还有一种用醋和葡萄酿造而成的高酸"青葡萄酒汁"（verjus），其中由于醋的不同（如米醋、麦芽醋、雪莉醋、葡萄醋），酱汁的味道有所不同。法语 verjus 原意是"绿色果汁"。自中世纪起，法国葡萄农会将酿酒用的未成熟酸葡萄压榨成汁，制作青葡萄酒汁，作为食品增加酸味的调料。但经过几个世纪，青葡萄酒汁不再流行，被醋和柠檬汁所替代。另外，由于气候原因，勃艮第会有一部分葡萄直至冬天都无法完全成熟，并不能用于酿酒，便制作成葡萄第戎芥末酱（Dijon Mustard）。第戎（Dijon）是位于法国勃艮第的一个地区，自古以来即以生产风味独特的芥末酱闻名。酸葡萄酒汁代替传统配方中的醋，是第戎芥末酱中的点睛之笔。现在第戎芥末酱是最常食用的调味品之一。在餐厅里，你会看见它用于巴萨米克醋和调味汁。第戎芥末酱的颜色比美式芥末颜色要淡些，口感更浓郁，还带有一点香料味。以第戎芥末为原料的法国风味菜肴被称为"à la dijonnaise"。

　　还有一种常使用的酱汁叫"雷莫拉德蛋黄酱"（remoulade sauce），也称为"风味蛋黄酱"或"法国沙司"。做法是在蛋黄酱里面加入芥末、水瓜柳、酸黄瓜碎、香草和银鱼柳后制成。一般都在冷藏后用来配冷的肉、鱼和海鲜，亦是鸡尾酒油炸海鲜食品的最佳配料，也可以和塔塔汁（Tartar Sauce）搭配。美式蛋黄酱"mayonnaise"是由蛋黄和油制作而成的厚稠、奶油状乳化剂，中间加了柠檬汁或者醋。千岛酱（thousand Island dressing）是一种沙拉酱式调味料，是由雷莫拉德蛋黄酱演变而来。里面可放入番茄沙司、剁碎的酸黄瓜、煮熟的鸡蛋碎，有的还会放点橄榄碎、洋葱碎和青椒碎。现在流行神户芝士汉堡配雷莫拉德蛋黄酱，是新加坡厨师 Wolfgang Puck 所制作的汉堡。可见蛋黄酱不仅有不同的制作方法，其搭配的形式也可以有所改变。

作为“餐盘的主角”的酱汁

酱汁在法式佳肴中已成为法式料理的代名词。它们所属的角色不仅仅是提升食材风味的配角，更是成为“餐盘的主角”。用后结构主义哲学的术语来说，酱汁成为“解构”（Deconstruction）的符码。解构，意指分为“分解”与“构成结构”，是对于结构的破坏与重组。餐盘的食物不再有所谓的主角食材（如牛肉）和配角佐料（酱汁）的这样的“餐盘本质主义”或“餐盘中心主义”的结构。基于不同的食材，餐盘结构也不是固定不变的。餐盘中食物的结构由一系列的差别组成。由于食物与酱汁的变化，结构也跟随着变化，让美味变换无穷。酱汁打破既定的食物配置框架，即佐酱与食材的搭配，因而打破了餐盘食物中“主”与“次”的二元结构。在这一意义上，“酱汁决定论”成为一场“餐盘的料理革命”。由此可见，法式的酱汁料理，突破食物界线的解构主义风格，将大众对于食物的既定形象重新拼凑，往往更令食客期待。

法国哲学家加斯东·巴舍拉（Gaston Bachelard，1884—1962）是著名的将诗学与科学、哲学融为一体的人。他以地、水、火、风四大元素论述诗与想象的关系，写下《火的精神分析》（*The Psychoanalysis of Fire*）、《水与梦：论物质的想象》（*Water and Dreams：An Essay on the Imagination of Matter*）、《气与梦：论流动的想象》（*Air and Dreams：An Essay on the Imagi-nation of Movements*）。巴舍拉认为，水在四大元素中占有非同一般的地位。"水一经热烈的颂扬，就成为乳汁……就物质想象而言，水如乳汁，是完整的食物。"（巴舍拉：《水与梦》）法国人为什么如此钟爱酱汁，因为它们既是搭配料理的液体，也是乳汁般的神物。法国美食家布里亚－萨瓦兰从"味觉生理学"的角度解释酱汁在我们的舌头上所产生的特殊化学反应。人生首先尝到的东西就是母乳，既有麸胺酸的含量，也有甜咸的味道。所以说，喜欢酱汁，这是人类的天性。

说到酱汁，就要提到作为调料的香料。中世纪欧洲对香料的迷恋在史书上有不少的记载。使用香料成为身份的象征，也给中世纪压抑的气氛带来几分思想上的放松和精神上的狂想。在当时，像桂皮、丁香、胡椒、孜然、肉豆蔻和生姜这类香料不仅是奢侈食物的一部分，同时也成为昂贵的药材，人们认为它们可以治病（譬如桂皮可以治疗胃寒）以及控制瘟疫（譬如鼠疫）。香料还被看作是春药，有壮阳催情的功效。我们今天的香水工业，有时也会打出类似的带有诱惑的广告。有些香水品牌的确加入了诸如生姜、豆蔻皮、丁香、胡椒这类的香料。（杰克·特纳：《香料传奇：一部由诱惑衍生的历史》）香料的观念也反映了欧洲人对宗教、社会、人性乃至世界的看法。法国1395年的古籍《巴黎良人》（*Le Menagier de Paris*）

是一本生活在中世纪的绅士教导年轻的妻子如何成为贤妻良母的书，其中部分内容涉及烹饪技法与食谱，例如香料的使用方法。另外，中世纪的酒大多苦涩，口感欠佳，加入香料后可以掩盖酒的涩味。

　　在物质领域，历史上的香料大多是"进口"食品，价格高昂，只限于贵族享用。普通百姓根本无缘享用带有香料的精致菜肴。这种以食物区分贵贱的传统，在当时的欧洲是普遍的社会现象。在精神领域，香料与基督教信仰中的"伊甸园"密切相关。在信徒眼里，香料是天国的气息，亦是神圣的符号，当然也是饕餮之徒梦想的"天国美食"。但与此同时，由阿拉伯人传来的香料又带有很强的情欲色彩，有时会成为欲望、贪婪、浮华、傲慢、愚蠢的象征。中世纪以后，随着香料消费向更广的社会阶层扩散，新兴的资产阶级成为消费大户，也引发教俗两界人士在香料问题上相互厮杀。所以，味觉和食

如何调剂五味，是烹饪的艺术。所以中国传统美食，讲究荤素调配、五味俱全，主料配料，相互渗透。

物不只是与吃相关，它们还会成为意识形态的斗争。过去是如此，现在也同样。

从"香料共和国"到"五味和羹"

英国文化学者约翰·欧康奈（John O'Connell）写过一本非常幽默有趣的书，名为《香料共和国：从洋茴香到郁金，打开 A－Z 的味觉秘语》（*The Book of Spice：From Anise to Zedoary*）。这是一部从中世纪至今香料史和烹饪史的百科全书。作者带领读者从历史、艺术、宗教、医学、文化、科学等各种角度来认识香料的特性、药效以及神奇的魔力。这本书的魅力不只是向读者解释大量和香料历史相关的食谱以及当时人们的饮食习惯，而且是揭示香料的发展如何改变世界、成就欧洲的现代化进程。在欧康奈的笔下，香料是给食物"镀金"的。而这个"镀金"的说法，来自阿拉伯中世纪的传说故事，认为食金箔可以长寿，类似中国道教中的食丹药。难怪，西方人将中世纪的厨师称作"炼金术士"，只是他们所追求的是色彩，而不是黄金。

有香料点缀，便可以制作更丰富的酱汁"高汤"。在欧洲中世纪，煮一只鸡可以用白酱，也可以用黄酱，获得的口味有所不同。当时坊间还有一种驼色的酱汁，采用的是叫亚麻荠（cameline）的一种油料植物。13 世纪法国的烹饪书《塔伊旺的肉类食谱》（*Le Viandier de Taillevent*）有对制作亚麻荠酱汁的具体描述，其中也提到使用其他的香料，如肉桂、姜、丁香、天堂子、豆蔻皮、长胡椒等。阿拉伯人对香料极为讲究，不同的食材需要用各自相应的香料调味。记得我在卡萨布兰卡逛集市时，就被五颜六色的阿拉伯香料吸引了。有一种称为北非综合香料，看上去类似印度的香料。

由于阿拉伯饮食对欧洲贵族的影响，大量的酱汁制作也引进了阿拉伯人带来的食品及香料，如椰枣、无花果、葡萄干、杏仁以及甘草、郁金和绿豆蔻。香料酱汁不仅直接赋予人们感官上的愉悦，也就未知的神秘世界为人们提供了无限的遐想。

从西方的酱汁，我想到了中国传统中的五味和羹。"五味"包括辛、酸、咸、苦、甘；"羹"是指带肉浓汤。"和羹"就是五味调和的羹汤。按照《说文解字》，"五味和羹"意指由羊肉及五味调成的带汤汁的菜肴，加水勾芡后成为羹。故古代常有"大羹肉汁，不致五味"或"和羹备五和"这样的说法。中国古代烹饪主张五味之调，芬香之和，类似今天制作的"高汤"。调味主要是两个目的：激发食物的美味和清除食物的异味。早期的"羹"解释为"五味盉（后通作'和'）羹"。这意味着人们懂得使用五味调料后，首先把它使用在制作羹汤之中，做成调羹。自《尚书·顾命》以来，中国人把做宰相比为"和羹调鼎"。《左传》有一段对"五味之和"的描述——公曰："和与同异乎？"晏子对曰："异！和如羹焉，水、火、醯、醢、盐、梅，以烹鱼肉，燀之以薪，宰夫和之，齐之以味，济其不及，以泄其过。君子食之，以平其心。"作为战国时代著名的宰相，晏子对"和"与"同"的分别是这样解释的："和"好似做鱼羹，需要将火、水、醯、醢、盐和梅子等各种因素考虑进去。同时，透过用火加热以及靠厨师的调和，让各种味道得到均和，增强那些味道不足的，减弱那些味道过重的。

　　其实，"五味之和"是中国古典"和"文化的一个关键部分。和谐，是当时思想家追求的理想。无论儒家还是道家都有与"和"相关的哲学思考。先秦思想中"和"可以分为两大类：一类是"五声之和"（即"音乐之和"）；另一类是"五味之和"（即"羹汤之和"）。所谓的"五声"调式，亦称五声音阶，是中国音乐中的音阶，这五个音依次定名为宫、商、角、徵、羽，大致相当于西洋音乐简谱上的唱名。所谓的"五味"就是上面所说的包括辛、酸、咸、苦、甘五种味道。如何调剂五味，是烹饪的艺术。所以中国传统美食，讲究荤素调配、五味俱全，主料配料，相互渗透。

　　早期经典中有不少"五声之和"的例子，譬如，《礼记·乐记》以"天地之和"来定义"乐"的本质。《左传》有曰："耳不听五声之和为聋。"《尚书》说："声依永，律和声，八音克谐，无相夺伦，神人以和。"这里的"和"可以做动词，有"应和"的意思。因此，"和"有协调、合作之意。孔子说"和而不同"，就如不同乐器合奏，虽然各有各的声音，但最终需要达到和谐之音。因此，儒家十分看重礼乐文化在陶冶心性上的作用。《中庸》有言："喜怒哀乐之未发，谓之中；发而皆中节，谓之和。中也者，天下之大本也；和也者，天下之达道也。致中和，天地位焉，万物育焉。""中"的意思是"尚和去同，执两用中"，即中正和平，不偏不倚。

　　"五味之和"也有协调、合作之意。如《尚书·说命下》曰："若作和羹，尔惟盐梅。"比喻良相贤臣辅佐国君处理朝政。《吕氏春秋·本味》记伊尹以至味说汤那一段，把最伟大的统治哲学讲成惹人垂涎的食谱。这个观念渗透了中国古代的政治意识，（钱锺书：《吃饭》）但与"五声之和"不同的是，五味更强调各种味道的不同功能，五声则更强调不同中的主弦乐。所以"五味之和"更符合道家哲学的和谐思想。《老子》说"万物负阴而抱阳，冲气以为和"，意指万物的阴阳互补之和。"五味之和"的主要原则是"五味不出头"，讲究五味保持平衡，要适口，味道不宜过重。道家认为，"过"则失之，故《老子》曰"五味令人口爽"，其意是味道过重反而失掉口感。伊尹是中国第一个哲学家厨师，在他眼里，整个人世间好比是做菜的厨房。道教和中医更是把五味和人体五脏结合在一起，提出"夫五味入胃，各归所喜，攻酸先入肝，苦先入心，甘先入脾，辛先入肺，咸先入肾，久而增气，物化之常也"（《黄帝内经》）。由此发展成一整套的养生思想，追求"和"的效果与境界。

今天我们常吃的中式酱汁主要是酱油、糖、盐、醋、香油，再加以葱姜蒜及辣椒等辛香料，偶辅以红葱头、酒及中药材等材料，像黄酱、麻酱、桂花酱、XO 酱等。与西方酱汁调味有点不同的是，中国传统的调料配置不是一味地追求浓烈（辣酱除外），有时往往用减法，强调"清淡"。另外，自宋代以降，更注重调味与火候的关系，尤其是考虑"高汤"的油、水、气的性能。特别是宋代，更是推崇"清淡"的美学，从文学、绘画到厨艺都是追求超越华丽之美的道家美学观。无论是谷类食物还是蔬菜的调配，都尽量保持食物的原汁原味，不让酱汁的味道破坏食物原本的营养和滋味。同时，酱汁不能喧宾夺主，而是要起到画龙点睛的作用。中式酱汁与法式酱汁的调味地位不同，主要是由于中国烹饪的原料更为丰富，除了蔬菜类，还有山八珍、海八珍和禽八珍，加之不同的主料、配料、辅料、调料之间的搭配方法，形成中国佳肴的和合之美。

美食需要酱汁和香料，人生不也是如此？的确，生命不能没有酱汁和香料！有了汁和料，生命会更有厚度和色彩。

第 11 章 "慢活"中的慢食风尚

"慢食运动"

"快"是现代性节奏的特征。我们在周边生活中，随处可见与"快"字有关的字眼，如快餐、快车、快递、快班、快报、快件、快车道、快时尚，甚至快知识（什么七分钟一部电影，八分钟一本书）。在"信息大爆炸"的时代，快速就是一切。"快"——无处不在的都市符码。在电子时代的快节奏中，人变得更为单一化，仿佛不断失去某种生理机能和独有的精神个性。正是这种"快"，让很多现代人看到疲倦和厌烦，他们希望换一种方式生活。由此"慢活"，亦称"减速生活"（down shifting）的这个词渐渐进入人们的视野。"慢活"提倡注重细节和品质、注重当下的体验、不要让生命流逝得过于匆忙。

其实，"慢活"是受到另一个概念的启发，这就是"慢食"。1986 年，意大利人卡罗·佩屈尼（Carlo Petrini）开始推动"慢食运动"，提倡慢活以慢食为起点。慢食运动逐渐扩大，并引发欧洲社会的"慢城运动"（Citta Slow）。近几十年，欧洲一直提倡悠悠生活，其中也包括慢食风尚。慢食协会也很快成为一个国际性的组织，并出现遍及各地的分会组织。组织成员协助各地小农捍卫当地的原生物种，并积极建构世界食物社群网络，举办大型国际食品活动，如美食方舟（Ark of Taste）、大地母亲（Terra Madre）、品味沙龙（Taste Saloon）、传统食材守护（Presidia）、布拉市起司节（Bra Cheese Festival）等。这些活动力争缩短食物与消费者的距离，鼓励人们追求有品质的食物，了解产生某一食物的那块土地上的人、事、物及其相关的历史，并在与食物的互动中学会珍惜慢食人生的体验。2003 年，意大利的普拉镇成立了一家慢食大学（UNISG），由国际慢食协会支持。这是全世界第一家将美食文化与科学结合并列入学科的大学，其主旨为创造全世界在食品上面的慢食艺术。

加拿大知名记者卡尔·欧诺黑（Carl Honoré）在其《慢速赞》（*In Praise of Slowness*：*Challenging the Cult of Speed*）一书中指出，自西方工业革命以降，速度成为衡量生活的标志。数字时代的当代人更是形成对速度的顶礼膜拜，每天把自己的生活搞得很紧张，常常会有透不过气的感觉（用英文来说，就是 living on the edge of exhaustion）。生活的一切都是根据"时间"的逻辑来运行，而赶不上步伐的人恐怕已经输在起跑线上了。由此，人们患上"时间病"，常常"速度成瘾"（speedaholic），其症状就是整天惶惶不可终日。与此相反，"慢活主义"主张"该快则快，该慢则慢"的平衡生活模式。生活品质，是慢生活关注的重点。

欧诺黑指出，我们强调慢生活，并不是要将每一件事都"龟速化"，而是在这个不断加速的时代中找到放慢脚步的理由，调整适合自己的生活步调，避免沉沦在快速文化的洪流中不能自拔。《慢速赞》写于 2005 年，距离今天已经 16 年了。回头看看，我们是否放慢了生活的速度呢？的确，"慢活"颠覆了速度、人群、商品、消费和城市，以及它们所代表的价值；"慢活"颠覆了浮躁、慌乱、庸碌、匆忙；"慢活"颠覆了目光短浅、急功近利、人情淡薄。因此，我们需要在"慢"中重新找回内心宁静、找回我们自己。法国哲学教授斐德利克·葛霍（Frederic Gros）在《走路也是哲学》（*Marcher une Philosophie*）中有这样一段话："慢慢走的日子更加悠长：它让人活得更长久，因为每一分钟、每一秒钟都得到了呼吸、深化的机会，而不是被塞到接缝被撑开。匆忙就是同时火速进行好几件事。这件事做着又做那件，然后另一件事又来报到。人在匆忙的时候，时间拥挤到爆裂，仿佛一个被各种物品塞得杂乱无章的抽屉。"

"快"是一种节奏，一种慌乱；"慢"却是一种态度，一种浪漫。从"速食"（fast food）到"慢食"（slow food），这不只是有关"食"的转向，更是有关"活"的转向。所谓"慢食（slow food）"，不单单意指放慢动作的 slow eating，一顿饭吃上个三四个小时（像西班牙人的晚餐那样），也意指与"慢活"相似的一种生活态度。再有，"慢食"也针对食品本身，它指向与大机器时代加工的"速食"不一样的绿色食品。由此，"慢食"代表了在吃的问题上的返璞归真、对过度加工食品的厌弃、对几乎消失的厨房记忆的复苏。"慢食"已经不只代表对饮食本身的尊重，更引申出对我们生活环境的责任感。回到餐桌前，缓慢下来，对食物、对自己、对家人朋友，都有了新的认识和感受。"慢食",亦可以是植基于日常的小确幸。

慢食新世界

饮食,是一种生活的方式。在佩屈尼的代表作《慢食新世界》(*Slow Food Nation*)中,他告诉我们,"慢食"不只是慢慢吃而已,也不仅是反对速食文化。"慢食"是一种生活态度,是一种精神追求。佩屈尼以新美食家的身份,捍卫世界人类享受美好、干净、公平食物的幸福权利。佩屈尼建议我们要与食物建立一个亲密的关系,这意味着要了解我们所消费的食物:来源、品质、历史。在此基础上,我们学会尊重每一种食物,尊重每一位制作食物的人,尊重地球上每一种生物。佩屈尼希望我们每个人不只是食客,更是"餐桌前的农夫",是食物的"共同生产者"。而所谓的"慢食",就是有时间去思考和咀嚼这些问题,并把意义赋予我们日常的生活中。

同时,佩屈尼提出"生态美食家"的说法。所谓"生态美食家"是指在选择食物上要考虑三大原则:优质(good)、干净(clean)、公平(fair)。"优质"要求食物没有经过外在改造的天然风味,人们可以捕捉食物背后的历史足迹和个人记忆;"干净"要求对生态环境的保护,从土地到生产的方式,以保证食品的安全性以及物种的多样性;"公平"要求生产者与消费者之间在买卖交易价格上的合理性,以达到双方共赢的结果。在佩屈尼看来,每位食物的生产者和消费者,都应该成为"生态美食家"的倡导者。当然,也有人提出批评,认为

"生态美食家"的说法过于精英，一般的消费者也难以承担过高的绿色食品的价格。对此质疑的声音，佩屈尼的回答是："吃好一点，品质比量更重要。"他认为，由于垃圾食品价格低廉，人们反而容易吃过量而造成不健康的体质，如肥胖、三高等。

美国加州柏克莱有一家颇有名气的餐馆，名叫"帕妮丝之家"（Chez Panisse），主打当季的有机食材和法式料理。主人是享有"美国慢食教母"和"美食缪斯"称号的美国美食家、企业家和社会活动家爱丽丝·沃特斯（Alice Waters）。沃特斯在大学主修法国文学，对欧洲文化，尤其是法国文化情有独钟。毕业后，她游历欧洲，最后落脚于法国。在法国的日子，沃特斯迷上了法式的美食——一种与美式加工的食品（如罐头及冷冻食品）完全不同的饮食经验。法国的美食也唤起她自大学时就萌生的烹饪兴趣。在欧洲生活的那段时间，沃特斯也受到欧洲慢食风尚的影响，她决定把这个风尚带回美国，让美国人重新回归自然悠闲的饮食文化。

于是，一场现代饮食革命在美国兴起。沃特斯号召美国人"绿色饮食"，尽量远离来自罐头的食品和冷冻食品，其中包括肉类、豆类、蔬菜、沙拉、水果及甜点。沃特斯指出，这些垃圾食品（junk food）不仅有害健康，而且严重污染环境。沃特斯向工业化、全球化农业单一性的生产方式发出挑战，主张回归有机的生产方式，以及食物的多样性和自然性。

2019 年《纽约时报》刊登一篇文章，是有关沃特斯要在弗吉尼亚州著名的托马斯·杰斐逊故居蒙地切罗山庄（Monticello）引进绿色菜园以及改变现有咖啡厅的饮食来源。这不是沃特斯第一次做这样的尝试。近半个世纪以来，担任国际慢食协会国际副总裁的沃特斯，一直利用自己的名气向社会推广健康饮食，推广慢食的理念。1996 年，沃特斯在加州伯克利分校的马丁路德金中学，发起食用校园专案（Edible Schoolyard Project），即在校园里建立起一个一英亩大小的菜园，还有一个烹饪课堂。这个计划为学生提供亲身实践体验的机会，其中包括种植、收割和烹饪。沃特斯希望透过这一专案，为孩子们提供更多的机会，去了解餐桌上的食物从何而来，是用何种方式栽种、生产；并透过饮食，让孩子们认识当地的生物品种和饮食传统。2009 年，在沃特斯的呼吁下，有机菜园还进了美国白宫。总统一家人也被拉进慢食运动的队伍中，并在白宫后院花园里开辟自耕小菜圃。

作为饮食界的大咖（"a big name in a foodie land"），用食物改变世界，这是沃特斯的信念。沃特斯的《绿色厨房里的小技巧》（*In the Green Kitchen：Techniques to Learn by Heart*）是她在 2010 年出版的作品，一经问世，立刻畅销欧美。这并非一般的食谱书，只向读者介绍各种美食的做法。作者将全书的重点，放在一些最平常但却容易被人忽视的烹饪技巧上，像如何煮面条、做米饭、洗生菜、切面包。每个细节都充分体现了食物创造者与食物之间的亲密关系。沃特斯表面上是传授烹饪的小技巧，但实际上是教授我们如何乐于发现一种缓慢制作美食的姿态。

近年来，有机小菜园也流行于香港，配合绿色生活和慢食运动的推广。像"长春社"从成立以来，便成为香港自然保育的一个重要机构，于几年前开发了水田动物派对的项目，还专门为小朋友介绍环保的社会意义。香港的休闲农场指南向市民介绍香港本地的绿色农场，鼓励大家时不时地让自己远离都市的烦嚣，在休闲农场里尽情享受大自然的怀抱，并在其中发现慢生活的乐趣。

"请慢用"

回到东方饮食文化，慢食对我们来讲，从来不是陌生的概念。"请慢用"（粤语是"慢慢食"），这是中国人在饭桌上对客人挂在嘴边上的话。这个"慢用"很有意思，含有享用之

从「速食」到「慢食」，这不只是有关「食」的转向，更是有关「活」的转向。

意，只有美好的东西才值得花时间慢慢咀嚼、慢慢享用。在中国的餐桌文化中，吃的不仅仅是食物，更是一份情感：亲情、友谊、乡愁……我们会把不同的情感，移情于食物中以及饮食的过程中。这一点很像最近在西方流行的一个词，fooding（情食），即 food & feeling（食物加感情）的缩合，或 emotional eating（情感饮食）。事实上，比起吃的内容，慢食更希望人们重新探索、享受食物带来的惊喜和兴奋，这也是人们常把慢食分会称为"宴会"（convivium）的原因。"convivium"一词来自拉丁文，原指一群人在一起享用和倡导美食。慢食者相信，饮食是人类最原初的身体与情感需求。对食物、对味道的热情，就是对生命的热情。中国的饮茶文化更是如此，重视以小壶、小杯，慢慢冲泡、慢慢沉淀、慢慢品饮的乐趣。在弥漫的茶香中，追忆人间百味。可谓"世间绝品人难识，闲对茶经忆古人"。（宋·林逋：《茶》）因此，"细细品茶"一定是要慢慢来。就像人们常说的那样：细细啜饮叫作"品"；大口灌茶称作"喝"。

东方的禅宗文化则是把"慢食"看成个体修行的过程，这一点在日本的精进料理中得到具体的呈现。在《禅食慢味：宗哲和尚的精进料理》一书中，日本佛教学者藤井宗哲指出，禅宗饮食注重个体的切身经验与深刻体悟，同时主张在饮食料理中，展现敬天惜物精神。禅宗重实际的经验，尤其是当下的经验，"慢食"，可以看成是禅修的方法。修行者在咀嚼食物的过程中体验食物的味道以及观察自己的味觉。万般思虑，在对食物的静观中，转化为心的空灵。当年弟子问道元禅师如何修行，道元回答"Just sit"。现在，他或许还可以说"Just eat"。我们暂且称它为"慢食三昧"(Slow – eat Samādhi)。

受到"慢食运动"的启发,台湾饮食文化达人徐仲在宝岛推广慢食风尚。他将慢食文化与观光旅游结合起来,把台湾各地的美食与饮食文化推广给旅游者。自 2008 年开始,徐仲将欧洲美食科技大学(University of Gastronomic Science)的学生请到台湾实习,既向西方人宣传台湾的饮食文化,又让台湾人了解慢食风尚。徐仲带着西方游客到云林参观传统纯酿的酱油工厂,讨论台湾农业的发展与变革;到猫空参观有机茶园,与茶农一起采茶、了解制茶过程,再泡茶品茗;到台南关庙直接走进凤梨田中,品尝刚采摘下来的凤梨;也将台湾的食材与他们熟悉的食材作类比,让外国人可以轻松记住台湾食材,如小米酒与葡萄酒,台湾蜜饯与意大利北部的芥末蜜饯等(Davis:《从产地到餐桌,慢食与观光》)。这种强调当地饮食传统的活动,在文化趋于同一的全球化时代尤为珍贵。

2018 年,台湾另一位美食作家谢忠道出版了《慢食之后:现代饮食的 31 个省思》,这是他十几年前出版的《慢食:味觉艺术的巴黎笔记》一书的续集。谢忠道常年生活在巴黎,自称"这辈子在吃喝间白白活着"。他写了不少与食风相关的书,如《巧克力千年传奇》《餐桌上最后的诱惑》以及《比流浪有味》。谢忠道透过他的眼光,审视法国的饮食文化,向读者说明如何在吃什么以及吃的方式上来诠释一种文化独有的特质。就"慢食"而言,这个词更接近于法文的 prendre ton temps(花点时间),意思很像中国传统文化中"慢用"的含义。其后涵盖对摆在餐桌上那盘食品的态度和思绪。每一道佳看背后，我们可以看到一位食材生产者的辛勤劳作，一位厨师在厨房快炒慢炖的功夫，一位食客体验美食时的心境。著名台湾饮食旅游作家叶怡兰曾为《慢食之后》作序，并在自己的部落格（即博客）中推荐此书。

与"慢食"相关的就是"少即是多"（less is more）的人生哲学。提倡简单，反对过度。在饮食上，主张"少而精"的原味健康食品，即"在地"、"当季"和"有机"，反对各种过度包装的垃圾食品。"生态美食家"眼中的美食永远是："新鲜"、"简单"、"不花哨"。在"慢食"背后，暗藏着"小农 vs 大农"、"有机食品 vs 加工食品"的博弈。

"慢食"的生活哲学亦可以追溯到 19 世纪的美国超验主义（Transcendentalism），是一场美国的文学和哲学运动。超验主义哲学对现代主义提出质疑和批判，主张在自然中净化心灵，提升自我。最著名的代表作就是亨利·梭罗的（Henry Thoreau）《瓦尔登湖》（Walden）。作者描述自己在简朴的慢生活中，体验生命的意义："我步入丛林，因为我希望生活得有意义，我想我活得深刻，并汲取生命中所有的精华。然后从中学习，以免在我生命终结时，却发现自己从来没有活过。"受到中国老庄思想的影响，梭罗提倡亲近自然，回归本真。《瓦尔登湖》中的梭罗，好像道家隐士，只身走入瓦尔登湖边的森林，在那里亲手盖了小屋、种植豆子，享受自然的乐趣和思想的自由。梭罗在他的小木屋隐居了两年之久。他在田园牧歌的自然环境中耕耘、思考、写作，倾听自己内心的声音。他厌恶都市，因为他厌恶都市的快节奏。在饮食上，梭罗是一位素食主义者，提倡自然、简单的饮食习惯。然而，梭罗也有自相矛盾的一面，譬如他一方面提倡食素，一方面又亲自打猎，吃土拨鼠和烤野鸽。所以，食素更多是一种理念的表达。

返璞归"真"

近几年，一位名为李子柒的中国网红博主在 YouTube 上颇为火爆。身着质朴但不乏时尚服饰的李子柒被称为"古风美食第一人"。在桃花源般的背景下，我们看到一位美丽的乡村仙女慢慢地向大家展示家乡各式古老饮食的制作方法。还有，她所使用的古法工序以及古朴炊具，把观众带入了另一个世界。她会播种黄豆，知道如何制作最原始的、香醇的酱油；她不但会做玉米面、玉米汁等，知道如何用玉米调味，而且是从播种玉米再到管理和收割的能人。她在烹饪时所使用的蒜苗，是蒜瓣上慢慢生长出来的新鲜绿苗。她还会把蒜苗的茎秆编成辫子，挂起来成为自然有机的装饰品。她用古方酿造桃花酒和樱桃酒，让它们成为佳肴中的美味调料……人们有时会不相信自己的眼睛：难道真是仙女下凡了吗？

显然，李子柒的美食视频符合城市人对即将逝去的乡村浪漫生活的一切想象：很乡土的吃食，道地的有机绿色食品，而且一定是慢慢制作出来的。每道菜中都倾注复杂而密集的劳动，以及制作者对食材的热爱。至于她烧的菜到底是否好吃，谁又会在乎呢？只要她所呈现给大家的自然之美能够抚慰观众的心灵，具有独特的疗愈功能便已足够。据说在 YouTube 上，李子柒的粉丝已破千万，全球粉丝已经过亿。我的一位好友几次向我推荐她的视频。当我对她说，这些视频不一定是真的，好友答道：Who cares？（谁在乎呢？）她创造了我梦中的田园生活！

　　网络数字时代，我们很难分辨什么是"真"，就像布西亚所说，有的时候，"超真"（超级仿真）（hyperreal）比实际的"真"（real）更"真实"。我在媒体上看到，李子柒的故事上了《纽约时报》（2020 年 4 月）中文网络版，记者在文章中问了一个关键的问题：我们如何思考李子柒的"生活"？我想有一点是肯定的，这就是浮躁的都市生活让人们向往昔日田园的岁月静好，渴望一种可以随性的慢生活。在某种意义上，李子柒展现了当代的梭罗《瓦尔登湖》的愿景：自己种植、收获，并制作可口的美食。撒在餐桌布上的，是自己种植和采摘的玫瑰花瓣。这样的美景，是我们在莫奈的油画上看到过的。

　　返璞归"真"。慢活、慢食，是现代人所寻求的"真"。台湾美学大师蒋勋曾经说过："让生活慢下来，人才不会焦虑。"是啊，让生命慢下来，可以入秋、入冬。

　　喜欢一种闲适、让心慢下来、细细品味生活的滋味。"慢食主义"，超越了形式，是一种生活哲学与人生态度。毫不夸张地说，我们可以透过饮食，了解一种生活、一种思想、一种文化。

第12章　舌尖上的乡愁

小时候的味道

无论中外，很多美食家喜欢说"小时候的味道"或"妈妈的厨房"。谈食物，不可不谈食物的乡愁。人的美食经验常包含了所有的感官感受，除了对食物本身，还有用餐时的场域、气氛、人情，以至于食物由来的历史、典故等，因此才会留下深刻的记忆。正如法国著名作家马塞尔·普鲁斯特（Marcel Proust，1871—1922）在他的《追忆似水年华》（*À la recherche du temps perdu*）所表述的那样：通过嗅觉和味觉与食物发生偶遇，小说的主人公可以慢慢搭起一座记忆的楼房。是的，我们正是在食物中追寻逝去的时光，以及时光中的人和事。

陈晓卿，因导演纪录片《舌尖上的中国》，成为内地家喻户晓的人物。他也是我喜欢的一位美食专栏作家。记得他那本《至味在人间》的第一篇就是写他小时候母亲做的一罐酱。陈晓卿说："关于食物的记忆总是绵长的。"陈晓卿出生于皖北，他说并没有什么太多有关儿时食物的记忆，除了家乡一种特殊的酱，当地人叫"捂酱"。酱分两种：装在坛子里带汁的，叫

"酱豆"；还有一种把酱豆捞出来晒干的，叫"咸豆"。在书中还有一篇名为"一碗汤的乡愁"，陈晓卿记述他在一家皖北土菜馆，品尝家乡的 SA 汤，即"啥汤"（也写为"潵汤"）。这是奇怪的名字。根据陈晓卿的解释，史上曾有位大臣微服私访到了皖北，当地人以鸡汤招待。大臣问道："这是什么汤？"地方官员不知汤的名字，就支吾道："那个啥汤。"于是"啥汤"这名字就传开了，据说现在成为当地的金牌旅游小吃。但对陈晓卿来说，"啥汤"就是他儿时的记忆，是一份属于他的乡愁。

陈晓卿说："每个人的肠胃实际上都有一扇门，而钥匙正是童年时期父母长辈给你的食物编码。无论你漂泊到哪里，或许那扇门早已残破不堪，但门上的密码锁仍然紧闭着，等待你童年味觉想象的唤醒。"（《陈晓卿：《至味在人间》）

故乡的山，故乡的水，故乡的食物。在中国传统文化中，乡愁和故乡的食物总是有着天然的联系。内地作家、美食家汪曾祺在《故乡的食物》中借故乡江苏的穿心红萝卜、荠菜、炒米、虾子豆腐羹、咸菜慈姑汤，感受的是唇齿间的乡愁。他的那篇《故乡的野菜》讲到家乡凉拌荠菜的各种吃法，它是当地宴席上不可缺少的八个凉碟之一。这让我想到周作人也有一篇《故乡的野菜》的散文，其中也描写了荠菜，看来荠菜是江浙人都喜欢的野味。汪曾祺承继了中国文人的怀乡散文——《五味人间》《日常滋味》《食事与文事》，看似平凡而琐碎的事物，但在不经意中，作者把对故土的爱恋投入到对每一道食品的讲述中。他说："不分地域，最喜欢的永远是母亲做的菜，还有童年的那些琐碎的食物记忆，喜的、哀的、平淡无奇的。"在汪曾祺的笔下，食物的故事都是人的故事，亦是有关乡情的故事。我尤其喜欢汪先生画面感极强的语言："现在，这里是日常生活。人来，人往。公共汽车斜驶过来，轻巧地进了站。冰糖葫芦。邮筒。鲜花店的玻璃上结着水汽，一朵红花清晰地突现出来，从恍惚的绿影的后面。狐皮大衣，铜鼓。炒栗子的香气。"（汪曾祺：《故乡的食物》）这里，我们看到，"食物记忆"在人—景—物中的自由呈现。

汪先生告诉我们：我们的味觉就是我们的乡愁。

现代著名散文大师梁实秋说他的《雅舍谈吃》实属"偶因怀乡，谈美味以寄兴"。这本散文集向读者展示了作者熟悉的各式美食，从烧饼油条到腌猪肉、火腿、萝卜汤，大多是书写他年少时在北京生活的记忆。《雅舍谈吃》写于 20 世纪 70 至 80 年代。那时梁实秋已人在台北，但浓厚的思乡之情却不经意地滑落在记忆中的美食上，将以"食"写乡愁的方法推向极致。书中提及代表北京的各式小吃、食材、当时一起享用美食的亲朋故友、有关食物的做法等等。文字幽默诙谐、妙趣横生，保持了梁先生作品的一贯风格。从写作题材来说，这是一本将优雅散文与美食食谱融为一体的杰作，形成中国传统文人崇尚的一种文体（genre），即散文式的饮食书写。

梁实秋曾经写道："大概人都爱他的故乡，离乡背井一向被认为是一件苦事，其实一个人远离家乡，无论是由于什么缘由，日久必有一股乡愁。"（梁实秋：《故都乡情》）《雅舍谈吃》有一篇名为"火腿"，梁实秋对各时各地的火腿一一作比较，描述火腿的味道如何随着作者的心境和社会环境而改变。譬如，作者写道，当他生活在上海时，火腿在他的眼里是

"瘦肉鲜明似火，肥肉依稀透明"，令人"思之犹有余香"；而当他身处南京时，火腿是"味之鲜美无与伦比"，令人"盛会难忘"；在重庆的云南馆子，火腿则是"脂多肉厚"、"丰腴适口"。显然，这里的火腿不仅仅是食物，而且是浓浓的乡情，是作者舌尖上的乡愁。相比之下，梁实秋到了台湾，再品尝火腿，却说它除了"死咸"和"带有死尸味"，什么都没有。如此夸张的描述哪里是在说火腿的味道，显然作者是在呈现自己由于远离故乡而产生的"不适"心境。因此，食物在梁实秋的散文中，不仅是作者书写的对象，更是作者给予的一个符号。食物，就是那个早已失去却又魂牵梦萦的故乡。

食物是最原始的乡愁

人们常说：食物是最原始的乡愁。移居海外的华人常常依靠家乡的食物解乡愁，所以我们可以在世界各个角落看到中餐馆的身影。我在美国生活二十余年，自认为已经很"美国化"，酷爱德州牛排和纽约乳酪蛋糕。如果想多点情调，也会到甜饼店找法式的"杏仁酥饼"（macaron，法文原意是"少女的酥胸"），我喜欢它奶油加杏仁的甜甜的味道。然而，我还是发现如果我三天没有吃米饭和中式菜，就觉得不舒服。由于买不到想要的中国食材和调料，我开始创作各式中西混搭的食物，满足味蕾对故土食物的思念。后来搬到美食天堂香港，才让我这个吃货如鱼得水，好不自在。本来只想在香港混一两年，没想到一住就是十四年。朋友常问：为什么会留在香港这么久？我从来都会毫不犹豫地回答：香港美食！

　　两年前，我在诚品书店看到一本书，名为《食光记忆：
12 则乡愁的滋味》，一下子就被书名吸引了。上海、东京、纽
约三个移民城市的饮食料理及其背后的历史文化是该书的主
线：上海的罗宋汤、栗子蛋糕及蝴蝶酥；东京的日式烧肉、咖
喱、红豆包；纽约的川菜、珍珠奶茶、元禄寿司…… 三个大
都会城市，充斥了多少有关移民、流亡、异乡人和食物的关系
和食光记忆。作者说：城市，是乡愁的起点与终点。对于身处
异乡的人来讲，所谓的美食最终是怀旧的（nostalgic）滋味。
对于流散在异乡的人来讲，故乡是在远方。英文有个词，是
"diaspora"，这个词源自希腊语"diasperien"，其中前缀 dia -
表示跨越，sperien 意为分散、离散。"Diaspora"常指失去家
园的犹太人的散居，现在 diaspora（小写的 d）可以指代其他
族裔的散居状态。因此，"海外华人"亦可称为"Chinese
diaspora"，并由此产生食物与"身份认同"的关系。像纽约这
样的大都市，我们可以顺着中餐馆的足迹找到华人移民的轨
迹。华人移民用餐馆养活了自己、满足了同胞的思乡情，也为
美国人提供了物美价廉的中国美食。没有人过于计较"此中
餐"非"彼中餐"，只要少盐免味精即可。像炒面、炒饭，还
有宫保鸡丁都是美国人喜好的中餐。中国老城有一家粤式速食
厅，老板只要问一句是"人吃还是鬼吃"（是老中还是老外），
就知道如何不同地处理同一道菜。

　　《纽约时报》华裔记者李竞（Jennifer Lee）曾参与制作过一
部纪录片，名为《寻找左宗棠》（*The Search for General Tso*）。
"左宗棠鸡"（General Tso's Chicken）是美式中餐馆常见的一
道菜，是美国人喜爱的甜酸口味。据说影片的导演伊恩·钱尼

在中国传统文化中，乡愁和故乡的食物总是有着天然的联系。

（Ian Cheney）在拍摄此片的三年中，吃了上万道"左宗棠鸡"，希冀解开这道中华料理的身世之谜。最终发现，这道所谓的"新湘菜"实际上是来自台湾改造过的"台式湘菜"。引进美国后，为了进一步迎合美国人的口味，湘菜的辣中多加了甜酸。从此"左宗棠鸡"成为"正宗"的中餐馆的招牌菜。如今在美国，我们还可以看到"左宗棠牛排""左宗棠三明治"这样的混搭食品。布朗大学的历史学者李罗勃（Robert G. Lee）指出："正统的价值其实是创造出来的，没有真正的传统中国菜，各地的中国菜都有不同转变。"（《〈林阿炮：寻找左宗棠〉：美式中菜背后的一页沧桑》，《关键评论》2018年12月26日）说到"创造"一词，让我不禁想到在美国中餐馆用餐时不可缺少的一个仪式，就是结账时服务员送上的"fortune cookies"（"幸运饼"）。这个传统在中国是见不到的，只有在美国可以看到。据说是一位喜爱中国菜的犹太人发明的，是典型的"融合中西"的产物。我们可以确认的是，很多美式中菜，像"左宗棠鸡"，早已不是家乡的味道，而是经过多次改良过的"移民食品"。

也许正因如此，许多在国内很少下厨房的留学生，到了国外"被逼成"大厨。他们拿出家乡菜的菜谱，自己动手，制作家乡的食物，只是为了那口过去的记忆。即便不是纯正的小时候的味道，只要可以慰藉唇齿间的乡愁，也就心满意足了。

正在消失的老味道

在香港，没有比茶餐厅更为香港的符号，是地道的 made

in Hong Kong。茶餐厅遍布整个城市的各个角落。很多人会把平民食肆茶餐厅看作香港身份认同的一部分。甚至说，香港茶餐厅是香港精神的象征，也是香港的集体回忆。茶餐厅的特点是食物的中西合璧（即港人眼里的"半唐番"），体现香港中西文化的融合。西多士、炸鸡髀、沙嗲牛肉意粉、火腿奄列、星洲炒米、莲蓉蛋黄包、干炒牛河等等，菜式俱全，随意挑选。各式冷热饮品有鸳鸯奶茶、杏仁茶、冻柠茶、红豆冰、菠萝冰等等。食客还可以对菜肴及饮料提出符合自己口味的要求，如"飞沙走奶"。"走"在广东话中是"去"的意思，故走冰就是去冰，走甜就是去甜。"沙"在茶餐厅里意指砂（沙）糖，所以"飞沙走奶"的意思就是"咖啡，不加糖不加奶"。这些独具香港特色的茶餐厅方言让人着实感受到港式饮食风情。香港某位女歌手曾经说，食物有时承载的不只是味道，还有回忆。普遍香港人的"集体味觉回忆"，必定离不开港式茶餐厅的各式食物。歌曲《我爱茶餐厅》有这样的歌词："我爱你个性朴素平民化/会教顾客畅快满意如归家/牛油餐包再配以百年浓茶/令倦透的身躯也升华/你最可嘉再世爸妈。"正像歌曲所言：香港的茶餐厅，见证了香港经济的繁荣与低谷。多年前，香港电视台在网络上举办"最代表香港的设计"投票活动，结果是茶餐厅高票获得冠军。

有意思的是，台北忠孝敦化附近，有一家"波记茶餐厅"。走进这家茶餐厅，仿佛走进旧日的港式时光。一面油绿色的墙上，有一块烫金的"咏春正宗"牌匾，周围是李小龙摆着咏春拳姿势的各式照片和图片。另一面墙上，贴满了香港旧日的电影海报，是香港的老街景照片。餐厅还有个地下室，依旧是老香港风格。食客无论坐在哪个角落，都可以感受旧日香港的浓浓的情怀。茶餐厅里的食物既有港式、日式、韩式，亦有泰式、印式、马来式，多元、包容却又难以确切定义，就如同香港的文化。如果说在香港，茶餐厅呈现港人的身份认同，那么在台北，茶餐厅反映了台湾人对香港饮食文化的认知。这种把食物中最"土"的和最"洋"的融为一体，创作出新的饮食类别的举动，只有港人能做得如此自然，让茶餐厅成为唤醒群体记忆的催化剂。

曾几何时，香港一家经营几十年的小店，因为难以承受贵租而忍痛结业。当地的市民会争先恐后地排队，看它最后一眼，吃上最后一口，把熟悉的滋味保留在记忆深处。然而我们不得不承认，吃是一种不断发展和流变的文化。随着食物的工业化、全球化、同质化、单一化，不知食物的乡愁还能坚持多久。在谈到香港传统小吃消失时，梁文道写道："最近一两年，所有媒体都喜欢做些老店老行业的故事，一方面怀旧，感怀传说中的人情味和有板有眼的工艺程序；另一方面则批判，矛头直指地产霸权。……说到最后，便是香港变了，本土的、传统的、小户经营的老风味一个接着一个地消失。"（梁文道：《传统小吃的消失：双城记》）谁应该为此负责呢？作者认为，我们每一个人都有责任。梁文道说出了我们矛盾和虚伪的一面：既要可以怀旧的老街、老店、老食品，又要现代化的整洁、光鲜、舒适。像我这样的外来客，这种心态尤为明显。

从香港消失的传统小吃，我想到了我成长的北京。虽然我生长于学校大院的环境，但对北京的老胡同以及胡同里的传统小吃店并不陌生。炸藕合、羊肉氽面、麻豆腐、牛肉馅饼、驴打滚、杏仁豆腐、糖葫芦……现在，很多老胡同都拆掉了，取而代之的是像今天的大栅栏或南锣鼓巷这样的仿真复制品。离开北京三十余年，我还是怀念那些一片灰色的老胡同，还有那些儿时喜欢的食物。

哲学与食物都是一种乡愁

其实，哲学本身就是一种乡愁，是一种在任何地方都想要回家的冲动。因为一个人永远都在寻找那个本真的"自我"家园。所谓"你就是你的食物"就是说一个人的饮食习惯和身份认同的关系。这里所说的"身份认同"，除了个体的因素，实际上更是一种"文化认同"（cultural identity），即一个人对于自身属于某个社会群体的认同感。由于食物是一个地方的气候、地理、生态、文化和经济等因素结合而成的产物，所以不同地域的食物与不同地域人们对食物的偏好都有所不同。法国社会学家克劳德·费席勒（Claude Fischler）在《食物、自我、身份》（*Food，Self and Identity*）一文中指出，"食物是我们身份认同感的核心"。他认为，就个体而言，食物的生理属性、社会属性以及心理属性都会对一个人的身份构建起到重要的作用。另一位比利时社会学家彼得·舒利尔（Peter Sholliers）也指出，食物是一种"集体文化记忆"：食物有故事，有情感，属于过去，亦属于现在。舒利尔进一步指出："透过食物而显示归属情怀不但包括食物的分类及享用，也包括食物中的准备、组织、禁忌、结伴、地方、兴趣、时间、语言、符号、形式、意义以及艺术。"（Peter Sholliers：*Food，Drink and*

Identity：*Cooking*，*Eating and Drinking in Europe since the Middle Ages*）由此，当我们在讨论某个文化的某种食物或食物的流变时，我们需要关注的不仅仅是破译食物所要传达的密码，更是探寻意义成立的密码是什么。这个条件的形成，也是食物背后群体身份认同的形成。因此，食物不再只是食物，它是身份符号、文化符号。

法国著名哲学家保罗·李克尔（Paul Ricoeur）曾提出一个有趣的概念，即"叙述认同"（narrative identity），认为身份认同和文化认同都是在叙述中构建的。李克尔认为，假如没有叙述，我们对生活经验的理解，就无从谈起。由此，他提出了叙述的三叠式模仿理论（"三重模仿"）：一、"先构形"（prefigure）的阶段；二、"作品构作形体"（configure）的阶段；三、"重塑"（refigure）阶段。换言之，第一个阶段是预先赋予作品一个形体，塑造经验有赖于预期的叙述想象；第二个阶段是真正为作品构作形体，具体地讲述故事；第三个阶段是叙述与经验值再次塑造，它可以发生在读者阅读作品的过程中，读者将自己的生活经验带入叙事的过程中。汪曾祺《故乡的食物》，很好地证明了这一点。作者在食物的叙事过程中，加入大量作者自身的经验（如童年时的记忆、对故乡某种食物的想象）；然后，把这种经验带入其作品的构作形体（对当下乡愁经验的叙述）；读者在阅读汪先生的作品时，又将自身"读者世界"与作品的"文本世界"相互交融，产生"重塑"后属于读者自己的故事。这就是为什么我们在读别人的乡愁时，会引发自己的乡愁的原因，这或许正是李克尔所说的"叙述认同"。像我这样的海外游子，我在哪里久住，都会产生"他乡为故乡"之感，如果那里有美食，我的感觉会更强烈。

　　每次回北京，我都会去吃北京的传统小吃，并不是因为这些食物本身，而是它们留给我的记忆，以及记忆中的故土。我相信，哪天我离开了香港，一定会怀念香港的食物，就像会怀念曾经在这里遇到过的人和事。

第 13 章 "做饭"和"做艺术"

艺术家当厨师

"做饭"和"做艺术"中的"做"字实际上带有"表演"的演绎，类似英文中的"perform"或"performance"。美国著名美学家理查德·舒斯特曼的"身体美学"把饮食看作一门艺术，其中包括"做"的艺术和"吃"的艺术。舒斯特曼似乎对后者的兴趣更大。老实讲，哲学家里面喜欢做饭的人寥寥无几，可是艺术家就不同了。"做艺术"是个体力活，所以艺术家对自己的身体经验和身体意识会更为敏感。对于他们，烹饪是爱，是激情，要么全身投入，要么彻底放弃。

将"做饭"和"做艺术"并列而谈不乏其人，尤其是那些喜好烹饪的艺术家，像我们熟知的以画论吃，和以吃论画的中国国画大师张大千。很多人都听过他那句名言："一个不懂得品尝美食的人不可能懂艺术。"西方艺术家中爱好厨艺的人也很多，光是画家就能写出一串的名字，譬如法国印象派代表人物的莫奈（Oscar – Claude Monet）、西班牙超现实主义派的先锋人物达利（Salvador Dalí）、美国表现主义大师波洛克（Jackson Pollock）。佳肴美馔影响的不只是艺术家们的味蕾，还有他们的创作灵感。

　　在 17 世纪荷兰黄金时期各种与食物有关的静物画：华丽的桌子，上面半放着令人垂涎欲滴的食物。到了 20 世纪，食物更是成为波普（pop art）艺术家创作的一大主题。他们从抽象转向具体的符号，而所要建构的意义又取决于视者的视觉感受。如瑞典雕塑家克拉斯·欧登伯格（Claes Oldenburg），把罐装食物和美艳的裸体女人置放在一起。美国的安迪·华荷（Andy Warhol）把诸如汤罐、可乐或其他速食这些象征美国流行文化的食品，转化成艺术作品，由此带出流行与艺术的关系。荷兰艺术家玛瑞吉·沃格赞（Marije Vogelzang）透过视觉艺术，表现人与食物的关系，并形成独特的当代"食物艺术"。沃格赞称自己是"饮食设计师"。还有美国艺术家安娜·乔伊斯（Anna K. Joyce），她可以像魔术师一般，在瞬间把最普通的食材（如各种谷物、面条、蔬菜）转化为具有视觉冲击力的艺术作品。另一位值得一提的是这几年开始走红的美食艺术家劳雷尔·帕内尔（Laurel Parnell）。她擅长将蔬果转化成可爱的花草和小动物。帕内尔曾接受 CBS 的采访，介绍她如何将不同的蔬菜、水果（有时还会用剩菜）做成风味有趣的视觉美食。帕内尔说，食物艺术是 a killer combo，即是对食物的爱和对艺术的爱完美结合。当然，把食材做成只能看不能吃的艺术品，不能算是"做饭"，只是在美食之外，增加了艺术的成分。

　　中式美食讲究色香味，除了摆盘的艺术外，非常重视食材雕刻艺术。食材雕刻作为菜肴的装饰由来已久，成为中华美食的一个组成部分。譬如，宋代孟元老所著的《东京梦华录》

中"七夕"篇写道:"又以瓜雕刻成花样,谓之花瓜。"清代李斗所著《扬州画舫录》中亦提到:"取西瓜,皮镂刻人物、花卉、虫、鱼之戏,谓之西瓜灯。"这里面提到西瓜和瓜雕,让我想到苏州菜系里的一道名菜,西瓜鸡。厨师运用浮雕技术,在镂空的西瓜上雕刻出不同的花纹,再将紫砂汽锅蒸好的童子鸡放进西瓜里。西瓜的清香会慢慢渗入鸡汤里,别有一番滋味。其实,大江南北几乎所有的菜系都有雕刻的传统。美轮美奂的食物,常常令人不忍入口。就连最不重视雕刻的粤菜,近年来也在瓜果的雕刻上大下功夫,以满足年轻人"手机先吃"的要求。也有人会说:食材雕刻是"技",不是"艺术"。其实,这种区分,大可不必。雕刻是刀功,但也要求艺术的想象力。

亲自下厨的艺术家,中外皆有。下面说说几位西方的艺术家和食物造型师。

莫奈的家宴

1990 年,美国艺术史学者克莱尔·乔伊(Claire Joyes)和她的法国作者出版了一本书,题为 *Monet's Table: The Cooking Journals of Claude Monet*,直译为《莫奈的餐桌:莫奈的烹饪日志》,中译本书名为《莫奈的家宴》。乔伊和莫奈家族有亲戚关系,写过多本有关莫奈艺术的专著,该书是唯一的一部有关莫奈与美食的作品。书中除了对莫奈的艺术生涯作介绍外,所有的食谱皆翻译自莫奈的日记,涵盖法国经典的菜肴。莫奈喜欢招待朋友来家吃饭,并亲自下厨。他对食材非常讲也有人会说：食材雕刻是「技」，不是「艺术」。

其实，这种区分，大可不必。

究，使用的鸡鸭全部是自家小农场饲养的。

《莫奈的家宴》的作者除了谈美食，还专门谈及到莫奈家赴宴的艺术家和其他的名流食客以及他们在餐桌上的高谈阔论。譬如画家有雷诺阿（Pierre Auguste Renoir，1841—1919）、西斯莱（Alfred Sisley，1839—1899）、德加（Edgar Degas，1834—1917）、塞尚（Paul Cézanne，1839—1906），前三位都属于印象派风格，塞尚属于从印象派到立体派的过渡画家。另外，莫奈家宴的来宾还有著名的法国雕塑家罗丹（Auguste Rodin，1840—1917）、小说家莫泊桑（Guyde Maupassant，1850—1893）以及诗人瓦雷利（Paul Valéry，1871—1945）。书中的一些食谱，就是来自这些朋友的亲自传授。透过莫奈家宴上各式精美的食品，我们可以从一个全新的角度，了解这位艺术大师独特的性格和那个时代独有的品味，见证莫奈作为美食家的生活经历。

1872 年，莫奈创作了举世知名的作品《印象·日出》。这幅画作虽然遭到学院派的攻击，但却成就了一个新的画派的诞生，这就是印象派（Impressionnisme）。印象派将光与影的观念引入到绘画之中，改变了阴影和轮廓线的绘画技巧。莫奈的一生，被称作追光者的一生。画家大半生生活在吉维尼（Giverny）一间租来的乡间别墅，他在那里享受着诺曼底的自然风光，同时创作了大量的印象派作品。现在，吉维尼花园成为旅游胜地，每年吸引来自世界各地的游客。美食爱好者一定会参观一下莫奈的餐厅和厨房，想象自己与画家在布满日本浮世绘装饰的餐厅，享用烛光晚餐的一幕。

莫奈生性沉默寡言。虽然有妻子和八个孩子作伴，他还是喜爱独自作画，或独自思索。当然，喜欢厨艺的莫奈也把他对美食的热爱表现在他的创作中。在他那幅著名的《午宴》画中，我们看到在整齐的花园里，雪白的桌布上摆放着面包、水果、葡萄酒、器皿，与庭院里盛开的鲜花遥相呼应。我们还可以想象一个制作考究的菜谱，以及莫奈亲手烹饪的美食。这是一个夏日午后，阳光普照，晴空万里，桌子边的孩子安静地在玩着玩具，女人在远处的花丛中散步……这是莫奈所向往的乡间静谧的生活，带有"偷得浮生半日闲"的感觉。

　　《莫奈的家宴》的另一位作者是被称为法国世纪名厨的乔尔·侯布雄（又译若埃尔·罗比雄；Joël Robuchon）。他以改造传统法式大餐著名，能将精致的法餐与无拘无束的"简约主义"风格巧妙地融合起来。在香港和上海外滩，我们都能看到 L'Atelier de Joël Robuchon（侯布雄法式餐厅）连锁店，引得不少食客去这家高端餐厅朝圣。据说侯布雄拥有 32 颗米其林星星，曾荣获 Meilleur Ouvrier de France（法国最佳手工艺者奖）和 Cuisinier du siècle（世纪名厨）等大奖。只有具备这等厨艺的大师，才有能力将莫奈的食谱一一制作出来，展现在我们面前。侯布雄的名言是："没有所谓完美的一餐，因为我们总会做得更好。"

爱神的肉丸子

　　1973 年，西班牙画家达利（Salvador Dalí，1904—1989）也出版过一本食谱《卡拉的盛大晚宴》（Les Diners de Gala）。卡拉是他太太的名字，此书以他太太的名字命名，因为达利夫妇一直以举办奢华的食物晚会而出名。这本食谱让读者体验了一把超现实主义与满足多重感官的艺术之旅，许多珍贵史料首次曝光。书中提到 136 道佳肴，不少菜名都很怪异，但会让人浮想联翩，如"爱神的肉丸子"、"性爱之神的泥"、"侏儒的终极不安"、"被鸡奸的头盘－主菜"、"赛莲（人首鸟身）的肩膀"等等。达利曾经说过："做菜，就像做艺术，都需要活性和创造力。"烹饪"是严肃艺术的一部，是真正的文明最精巧的象征"。据记载，达利从小就对厨房有特殊的情感，曾经发誓长大一定要戴 toque blanche 帽子（一种专属厨师的高帽）。达利在他的自传《我的秘密生活》中，写到他小时候，常常会溜进厨房，乘大人不备，抓到一块肉或者一个烤蘑菇，迅速塞进嘴里。他说："我匆匆吞下它们，体会到一种难以形容之感，不安和负罪的念头使幸福感更加强烈了。"也许，就在那个时候，达利就已经知道自己是一个不可救药的吃货了。后来，他毫不遮掩地宣称："所有的觉悟都体会在贪吃上"，"烹饪才是文明的真正标志"。达利像研究艺术一样，努力研究自己的饮食哲学，并把心得体会写进他的食谱。譬如，他喜好那些被他称为"具有清晰形式的东西"，像甲壳类动物，说它们肉藏于内、骨露其外的特征反映了哲学的特质。相反，达利不喜欢菠菜，说这类菜"像自由一样没有定型"。无疑，达利是个怪咖，他说出的话常常令人一头雾水。

达利与毕加索（Pablo R. Picasso，1881—1973）、马蒂斯（Henri Matisse，1869—1954）并称为 20 世纪三大画家。达利的画风独特，具有魔幻的魅力。评论家常说，看达利的作品，就看到了人的潜意识。有些作品直接命名为"梦幻"。达利的性生活和性取向是艺术史中常被提及的八卦。有人说他是同性恋，有"恐惧女性阴部"的毛病，并展现在他的裸女作品中。达利在马德里求学时，与诗人罗卡（Federico García Lorca）的亲密关系也带有神秘的色彩。其实，女性生殖器成为达利"既恐惧又迷恋"的艺术对象，达利把它形容为"地狱的颜色"。还有人说达利有"坎道列斯情结"（Candaulism），喜欢观看伴侣与第三者性交等怪异的爱好。

也许达利的性生活与众不同，但他对美食的热爱更被世人关注。同法国一样，西班牙也是一个以美食著称的国家。达利对法餐也颇有研究，不过他更注重食物的艺术效果。他的食谱，也像他的艺术作品一样，充满了"超现实主义"的特色。他的临摹静物画很多是以美食为对象：肉类、海鲜类、水果类。达利的代表作之一《思忆中的女人》是用玉米、瓷器和硬纸板等材料制作的雕塑，女人的头上顶着一个金黄色的大面包。达利解释道："它（面包）是那么有用，是营养和食物秘密的符号，我要把它变得不实用而具美感，用面包来制造超现实。"（耿汉：《撒一点儿达利，你就能吃到一切刺激、诱惑的美食》）据说，这件作品上的面包在 1933 年参加巴黎独立沙龙的超现实主义画展时，被前来参观的毕加索所带来的狗叼走了。

不想当厨师的画家不是一个好吃货，比如达利。

食物的色彩

2015 年，《与杰克森·波洛克一起晚餐》（*Dinner with Jackson Pollock*）一书的特别版在美国问世。波洛克是一位有影响力的美国画家以及抽象表现主义运动的主要力量。作者罗宾·丽娅（Robyn Lea）生于澳大利亚，后移居意大利的米兰。多年前，她曾造访东汉普顿艺术博物馆（East Hampton Museum），当参观到波洛克与妻子的故居时，被他们的厨房所吸引。那是一间摆设十分考究的厨房，有知名的法国厨具 Le Creuset，美国陶瓷设计师 Eva Zeisel 的系列餐具等。在那一时刻，丽娅就决定要写一本波洛克和美食的书。她在博物馆找到波洛克的手稿，以及当年《纽约时报》的美食专栏。后来又亲自采访了波洛克的亲友，找到更多的有关波洛克与美食的素材。波洛克的侄女弗拉西斯卡·波洛克（Francesca Pollock）特意为这本艺术＋美食的书作序。

波洛克是美国 20 世纪 40—50 年代"抽象表现主义"（abstract expressionism）的代表人物，以独特的"滴画法"的风格著名（取消画架，把巨大的画布平铺在地上，用画笔把颜料滴溅在画布上）。抽象表现主义或称纽约画派，是第二次世界大战之后盛行二十年、以纽约为中心的艺术运动，一般被认为是一种透过形状和颜色、以主观方式来表达而非直接描绘自然世界的艺术。抽象表现主义是对传统的艺术交流方式的颠覆，其主要特质是反对把艺术品当作审视和表现的对象。画家不再站在视觉表现以外的角度观察和评判作品的形式和内容，而是从视觉形式入手，从精神建构的角度探讨和理解形式。抽象表现主义凸显对理性主义和艺术再现真与善的质疑。抽象表现主义艺术家坚持，艺术并非认知，亦非道德；艺术当下的感知及体验是否必然，这是一般语言所难以言传的。能够解释的并非语言概念和逻辑，就像生命的状态，能够解剖的是躯体，并非生命本身。观看艺术就是见证当下。而每个当下并非片段，而是存有的整体，生命是在实体中孕育其存在。同样，抽象表现主义所反映的个体经验也不只是属于艺术家自身，而是可以让观赏者产生共鸣。正如著名的抽象表现主义艺术家瓦西里·康丁斯基（Wassily Kandinsky）所言："真正的艺术家应能认识到抽象是一种美的情绪，这种美的情绪属于宇宙万物，是广大无边的。"同时，他又说："你要有能力摆脱开外在的事物，才有能力进入到内在世界。"（瓦西里·康丁斯基：《艺术与艺术家论》）

　　抽象表现主义在艺术形式上体现一种鲜明的风格，表现出两个重要的特征：第一，"形象"或"具象"在作品中不重要；色彩与造型成为最重要的语言。由此，抽象表现主义是一种"无形式主义的艺术"（art informia）。第二，创作的"行动"或"情绪"在作品中留下很清楚的痕迹。抽象表现主义的这两种特征清楚地表达了他们的一个创作观念：纯粹的色彩与造型是他们最重要的表达语言；"行动"本身也是一种艺术表现，波洛克的"滴画法"就是这种"行动"的再现，是"行动绘画"，也是舒斯特曼所说的体现身体美学的"表演"（performance）。波洛克随意在画布上泼洒，任颜料在画布上滴淌。他的作品第一眼看上去有杂乱无章之感，但看着看着，你就会被充满动感的画面所征服。丽娅在她的书中提到波洛克当年除了作画，就是对美食烹饪的追求。譬如，波洛克喜欢苹果派，他一直在研究自己的配方和烘焙的方法。不知在做好的苹果派上甩上几滴色彩会是什么样的效果？我想，波洛克反对束缚、崇尚自由的美国精神，也同样会反映在他的厨艺中。每天看着不同颜色的食物，他时刻都在想着如何把这些食物变成艺术作品。

舌尖上的设计

"饮食设计师"荷兰艺术家沃格赞把她的作品看作"舌尖上的设计"。有意思的是沃格赞不是从食物本身，而是从人的饮食行为的角度进行设计，创造了"关于吃的设计"概念。沃格赞指出，我们的每一口食物，从营养、食器、厨具、推广、生产、农业到销售，其实都充满着设计。她说："我从人们进行饮食这项行为展开研究，设计灵感启发自备餐、饮食礼仪、进餐仪式、食物文化与历史等面向，而非单单专注在食物本身。"1999 年，当沃格赞还是荷兰恩荷芬设计学院（Design Academy Eindhoven）的学生时，她设计了一套称为"白色葬礼餐"（white funeral meal）的白色餐具组合，专门为失去亲人的家属准备的。她指出："食物有抚慰人心的特质，但某些丧礼仪式并非如此，我想将一顿白色晚餐作为传统葬礼习俗的替代方式。"在这样的设计中用餐，人们可以与逝者透过饮食共享曾经经历过的快乐。所以，沃格赞强调，食物不仅仅是进入胃里而已，而且同时透过我们的意识和情感，让有形的食物转化为无形的记忆。

沃格赞指出，大自然创造的食物已近乎完美，而我们所要关注的是食物的内涵以及食物背后所蕴含的故事，包括隐藏在"吃"这个行为背后的人与人的关系、人与自然的关系、人与自身的关系。的确，食物与世界上的一切事物息息相关。在沃格赞看来，食物就是情感、是记忆。我们透过我们每日的饮食在塑造我们自己，同时也在塑造这个世界。受到沃格赞饮食艺术的启发，日本东京都美术馆举办了一场名为"便当"的展览，向人们展示如何把盒饭吃成一种艺术。中国的深圳华·美术馆也办了一场关于"吃"的展览，沃格赞亲自参与了本次展览，其中包括艺术家创作的与吃相关的摄影、装置、设计作品。关于吃的概念当然少不了盛装食品的器皿。弗格桑认为，食品的器皿是人们饮食的主要仪式，亦是食客叙述故事的工具。

沃格赞特意提到饮茶的仪式和设计：从茶叶的采集、加工到运输，然后是饮茶本身的一系列的仪式。这不由得令我们想到日本的"茶道"（又称为"茶之汤"），是经典的饮食艺术。整个严谨的程序，体现茶道的四大精神：和、敬、清、静。茶具和茶室，以及茶室内外的布置、书画也为仪式提供了特殊的氛围。东方的茶文化体现了现代艺术家所说的让饮食回到感官、自然、文化、社会和艺术。为了表达这一理念，沃格赞创作了她的代表作《共享晚餐》（*Sharing Dinner*）的"食验设计"：设计者把一片挖洞的餐巾吊在空中，只让人的头和手显示在餐桌上。整个画面一方面体现每个个体的独立和平等，另一方面又凸显餐桌前的每个人都是相互联系的共同体。每位食客的盘中只放一种食物，这就意味着他/她需要和桌子对面的人交换食物。沃格赞透过这样的视觉艺术，探索食物带来的各种感官体验。毕竟，饮食是人与环境互动的结果。

和沃格赞相似，另一位值得提及的把"做饭"和"做艺术"融为一体的艺术家是来拉·高海尔（Laila Gohar）。高海尔出生在埃及，后到美国读书，现在定居纽约，被称为"厨房里的艺术家"。食物就是她的画布和艺术材料，她的艺术活动就是挑选食材、设计菜品，到空间的装置和陈列。高海尔运用各种食物创造出各式的装置艺术，譬如悬挂在半空的面包，巨型橙色的、带玫瑰的虾塔以及用棉花糖搭建一座云朵山。这一切颠覆人们对食物的视觉感。高海尔说："食物是我说故事的方式。当食物、空间和人结合在一起时，就能创造一个故事。"在厨房里，高海尔是一边做饭，一边做艺术。虽然生活在城市，但她把自己和伴侣的家布置出田园的风味。

朋友们喜欢去高海尔位于曼哈顿的公寓用餐，因为她把餐桌当展览，把爱好当饭吃：食物、器皿、装饰——一切都是那么的赏心悦目。食物成为雕塑，五光十色，其中很多的食物雕塑都被送进了美术馆。她是厨房里的艺术家，做出来的食物被当成艺术品，摆在艺术馆的展览室中。因为作品富有现代感，她也常常为艺术或时尚活动提供餐点，奇妙的装置总会给人带来惊喜，让食客享受全新的饮食体验。因为食物的造型太美了，很多人都舍不得吃。两年前在米兰家具展的 MINI 展上，高海尔搭建了一个食物实验室，人们可以把新鲜采摘的蔬果，重新栽进"土壤"——用糙米、藜麦和菇米做成沙拉。高海尔解释道："我喜欢让食物保持本来的样子，它们本来就很美，我无法比自然再多做些什么了。"高海尔认为，社会应该打破美食与艺术殿堂间的藩篱。所以她要以独立食物艺术家的身份，扭转社会对食物的固有想象与观点。高海尔为电子公司 Bang & Olufsen 打造了一款融合饮食和声音的多感官装置，这令她名声大噪。墙上苹果一字排开，观众戴上耳机同时拿起苹果啃咬时，本应该听到喀喀声，却从耳机传来嘶嘶沙沙声；在吃薯片时，却又听到了嘎嘎声，扰乱观者感官判断。（Sora H.：《吐司沙发、混凝土晚宴食物装置艺术家 Laila Gohar 让艺术"更美味"》）把进食看作一种行为艺术，高海尔的角度的确独到。

动手做做看，饮食的乐趣部分来自制作的过程。比起吃，我更喜欢购买食材、烹调配菜、摆盘上桌的过程。

"做饭"就是"做艺术"，就是创造极致的美食体验。

第14章　舌尖上的音符

作为"数字调味料"的音乐

近年来，音乐与美食的关系受到一些学者的重视。他们发现，音乐不但可以是调味料，增强人的食欲，而且可以影响人们的味觉。牛津大学心理学家查尔斯·史班斯（Charles Spence）研究味道心理学，包括饮食与音乐的关系。他说："当人们想到食物的风味，他们会想到味觉，会想到嗅觉，会想到食物的样子，甚至会想到食物在嘴里的质感，但他们从来不会想到听觉。"（Charles Spence：*Gastrophysics*：*The New Science of Eating*）尽管如此，史班斯坚持认为，吃是多感官的体验（the multisensory experience）。他在研究中发现，某些食物搭配特定音乐能让食者产生有特色的风味，亦即在进食时如果同时聆听特定的音乐，会感觉味道更好，犹如"数字调味料"（digital spices）。

音乐没办法创造出味道，但是可以让人联想出食物或酒里的寓意，以达到增进食欲的效果。在一项实验中，史班斯要求受测人员先后吃两块一模一样的巧克力，同时聆听两种不同的古典音乐。结果发现，如果受测人员听到比较忧郁的音乐，他们会感觉巧克力的味道比较苦；如果播放的音乐比较欢乐，他们就会感觉巧克力的味道比较甜。很明显，人的味觉感知受当下心理因素的影响，而心理因素又可能受到来自音乐所产生的听觉的影响。史班斯由此判断，虽然音乐不会产生味觉刺激，但能使食客注意力集中到特定味觉上。例如高音会凸显酸味，低音凸显苦味，层次较丰富的声音则带出甜味。（《音乐影响味觉是真的》，转载于《关键评论》，2015 年）与多数研究味觉的学者不同，史班斯认为，味道是大脑而非舌头来判断的，音乐是一种数字调味料，它能够清洁味蕾，影响甚至改变食物的味道。难道是味觉细胞产生神经信号，将信息传递至大脑，再做出"甜"或"苦"的判断？

　　与史班斯合作的英国名厨赫斯顿·布鲁门索（Heston Blumenthal），曾设计过一款新菜，名为"海洋的声音"（The Sound of the Sea）。食客看到的是，放在沙子和海带上的鱼块，伴随着气泡的白浆，宛如冲击海滩的浪花。进餐时，每位食客带上 MP3 播放器，可以听到海浪的拍打声和海鸟的叫声。显然，除了色香味，布鲁门索给美食增加了声音。这种多感官的刺激经验，正是布鲁门索和史班斯所需要的。

　　史班斯发现，音乐对饮酒有特殊的效果。如果人们在喝酒时听匹配的音乐，其感受比不听音乐好很多。史班斯指出，音乐可以改变人们的口感。如果品酒时，选对了音乐，有助于提升酒的味道。如音乐高音会提升甜味，低音则增强苦味。法国玛歌酒庄（Chateau Margaux）在 2004 年品酒的活动中，专门搭配俄罗斯作曲家柴可夫斯基的《D 大调第一号弦乐四重奏》（*String Quartet No.* 1 *in D Major*）。而罗亚尔河区的普依－芙美

（Pouilly–Fume）红酒则应配莫扎特的《D 大调长笛四重奏》
（*Flute Quartet in D Major*）。

现任职于比利时布鲁塞尔自由大学和鲁汶大学的菲利普·卡瓦尔罗（Felipe R. Carvalho）是一名音响工程师。他曾与布鲁塞尔的一家啤酒厂和英国伯明翰摇滚乐团 Editor 合作，研究喝啤酒与听音乐之间的关联。Editor 在英国乃至欧洲都有一定的名气，其风格属于后朋克复兴。布鲁塞尔啤酒厂以 Editor 最新专辑的歌曲 *Ocean of Night* 及 *Salvation* 为灵感，打造与其调性相符的啤酒。啤酒厂还专门选用英式深色波特啤酒为基底，再以伯爵茶调味，以此配合乐队的专辑《在梦中》 （*In Dream*）所呈现的黑暗中透出曙光的视觉设计。据报道，"完成的啤酒微苦，带有黑巧克力与佛手柑的风味，柑橘的酸爽穿透色深而苦的啤酒，就如暗中透光的专辑封面"。卡瓦尔罗指出，"乐队带来的愉悦效果似乎也移转成啤酒的味道"。（Ting Wei 编辑：《音乐能让食物更美味?》）啤酒也可以有摇滚灵魂，太神奇了吧？

还有学者认为，古典音乐会促进食客的消费。因为古典音乐让人有高雅富贵的感觉，在餐馆点菜时，也会更愿意点较贵的菜肴。还有好事之徒，在乐谱上配菜单：什么小龙虾搭配莫扎特，海鲜搭配巴哈，生蚝搭配贝多芬，甜点搭配肖邦等等。轻柔的音乐，会给人一种轻松舒适的感觉，适合咖啡馆和较为幽静的餐馆。流行歌手在不同的餐厅或酒吧驻唱是常见的文化现象。美国的新奥尔良（亦称纽奥良），一个被称为"被爵士乐包围的城市"。作为美国爵士乐的发源地，新奥尔良爵士乐（New Orleans Jazz）无疑是当地的一道独特的风景线。边吃卡津（cajun）海鲜，加上当地的火烧香蕉冰激凌（bananas fos-ter），边听蓝调和爵士乐，是我当年学生时代的最美好的记忆。

美食交响乐

说到古典音乐和美食，让我想到现在一个流行的术语"美食交响乐"（gourmet symphony，简称 GS）。古典音乐＋美食，但这有别于我们平时熟悉的在餐厅用餐，背景是放古典音乐的 CD。除了在邮轮上，交响乐团还会巡游餐厅，这是怎样的一道风景线呀？2015 年，《华盛顿邮报》报道，三位来自美食交响乐团的乐手在华盛顿一家餐馆，表演了一场"木头功效 101"的特别演出。此演出是交响乐团酒吧音乐会系列演出的一部分，邀请了四十名食客前来体验一番耳边的飨宴。除了演奏，音乐家们还向食客介绍木管乐器的发声原理及在交响乐中所起的作用。餐厅则结合烹饪技术，讲述木头在烧烤食物中的作用，并奉上配合"木头功效 101"的佳肴。另外，美国国家交响乐团的小提琴家兼指挥贝尔（Joshua Bell）与著名厨师迈克尔·伊莎贝拉（Mike Isabella）合作，在华盛顿的雷根大厦完成了一次独特的美食音乐会。这是音乐艺术（musical art）与烹饪艺术（culinary art）完美的合作，被称作"taste your music"（品尝音乐）的艺术体验。

我们也许会问：交响乐团走出音乐厅，走进了餐馆，这会不会有损于 high art（高雅的艺术）的风格呢？或许不会，因为传统的二元划分，如"主要艺术"（art maggiori）和"次要

艺术"（art minori），或者是"高（级）艺术"（high art）和
"低（级）艺术"（low art），或者是"艺术"（fine art）已经
不再那么重要了。古典音乐是艺术，它可以在音乐厅里，也可
以在其他地方。音乐与烹饪和饮食艺术碰撞，这是多重艺术的

音乐除了可以做背景，烘托气氛，还可以配上歌词，让美食成为音乐的一部分。也就是说，美食不但好吃，也可以好听。

组合。

　　其实，古典音乐＋美食早就不是什么新奇的事物。如果你有机会造访莫扎特的故乡萨尔斯堡（Salzburg），就可以在那里体验一下莫扎特晚餐音乐会。坐在欧洲最古老的餐厅"圣彼得史蒂夫凯"（Stiftskeller St. Peter），在其巴洛克风格的大餐厅的烛光下，你可以尽情享用来自 18 世纪莫扎特时代的古典食谱。服务员穿着古装送菜，乐师也是穿着古装演奏莫扎特作品。晚餐是传统的三道菜式：奶油浓汤，带着柠檬和肉桂香味；主菜是烤辣椒鸡肉配焗烤马铃薯和蔬菜；甜点是以果子和焦糖为材料做成的冻糕，被称为"莫扎特的甜蜜秘密"。谁都知道，莫扎特本人酷爱甜点。在这里一边品尝萨尔斯堡美食，一边听歌剧演员演唱《费加罗的婚礼》《唐璜》以及《魔笛》，实在是身心的最高享受。当然，这种欣赏古典音乐的方式与在音乐厅正襟危坐的方式有所不同，这里不但可以动弹，而且有吃有喝。想当初在 18 世纪，人们观看歌剧，大概就是这个样子。

　　自然，萨尔斯堡有许多来自世界各地的游客和莫扎特迷。人们都说，在这里，你可以感受天堂的滋味。在这里，我们可以看到许多以莫扎特命名的各类美食：莫扎特咖啡（Mozart - Kaffee）、莫扎特茶（Mozart - Tea）、莫扎特马铃薯丸子（Mozart - Knöel）、莫扎特甜品酸奶（Mozart Dessert - Joghurt）、莫扎特旅行蛋糕（Mozart - Reisetorte）、莫扎特香肠（Mozart - Wurst），再配上莫扎特啤酒（Mozart - Bier）。或许在商业文化中，莫扎特作为城市的品牌被过分消费了。萨尔斯堡毕竟是一个著名的旅游城市，在这个音乐之都，有太多的莫扎特的商品，谁会太在意呢？

美籍华裔小提琴家吕思清是我喜爱的一位音乐家。18 岁那年，他获得帕格尼尼国际小提琴大赛金奖，是获得此项殊荣的第一位亚洲音乐人。我认为他所演奏的《梁祝》小提琴协奏曲是自俞丽拿之后最好的。他虽然是山东青岛人，却可以完美地表达浓郁的江南情怀。吕思清也是位吃货，喜欢用美食和红酒比喻音乐。他家的美食音乐沙龙也时常被朋友提及。吕思清说，他研究美食与研究音乐具有同样的乐趣。

懂音乐需要会听的耳朵。有些人很懂音乐，但对美食却毫无兴趣。譬如德国哲学家叔本华，他认为音乐是人类真正可以互通的语言。一段意蕴丰厚的旋律，无论走到哪里都可以被人理解。透过音乐，人们可以摆脱世间的苦难和孤独。（叔本华：《论美学》）叔本华的哲学名著《意志与表象的世界》以及他的唯意志论曾启发了瓦格纳（Richard Wagner）的歌剧创作；尼采也在他的影响下创作了数首艺术歌曲和钢琴作品。叔本华认为，我们生存的这个物质世界是由盲目的、无意识的意志（Will）所驱动，当人类意识到这种存在的痛苦、不满足感时，就渴望更高的存在，而音乐能够满足这种渴望。

叔本华的父亲是一位成功的商人，他在父亲去世后继承了丰厚的遗产，一生过着富裕的生活，然而他对"美食"却毫无兴趣。在叔本华看来，吃的快乐至多是满足生命力而得到的一时之快乐，被叔本华列为第一类的快乐，也是最低层的快乐；与之相对，音乐所带来的快乐属于第三类的快乐，是满足怡情而得到的快乐，亦是最高等级的快乐。

他指出，音乐是"意志的模仿"，是对意志赤裸的、最直接的感受经验，表达的是意志本身的"物自身"，所以具有最高的艺术价值。更为重要的是，叔本华所说的音乐是纯声音的音乐（如旋律的半音变化、大小三和弦的转换），是不含杂质的享受，因此他不能容忍将音乐作为语言歌词的陪衬和附庸。

音乐被拿来做食物的陪衬和附庸，不知叔本华如何看待当下流行的美食交响乐。

美食与音乐的互动

现在有些餐厅为了吸引年轻的食客，还举办主题音乐餐。透过一系列围绕一个主题的音乐节目打造身临其境之感，其口号是"家庭厨房＋社交场所＋美食体验"，追求"多形式，原滋味，接地气"。近年在中国内地，以朋克（又译"庞克"，punk）为主题的音乐餐厅受到年轻人的青睐。在广州有一家庞克时尚主题餐厅，是当地首间国际级美食音乐概念的沙龙。朋克无拘无束的摇滚，加上玩世不恭的时髦味颇受追捧。庞克时尚主题餐厅会不定期邀请国内外知名音乐人、乐队、演奏家举行狂欢派对或即兴现场表演，把美食的"疯"和音乐的"狂"融合在一起，创造饮食的新风尚。有意思的是，餐厅的主打菜不是西餐，而是川菜。想想带着辣味的摇滚，怎能不让人疯狂？

音乐除了可以做背景，烘托气氛，还可以配上歌词，让美食成为音乐的一部分。也就是说，美食不但好吃，也可以好听。一些流行歌手将美食直截了当写入歌曲之中，让听觉和味觉同时涌动。如林俊杰的《豆浆油条》、周杰伦的《麦芽糖》、王蓉的《水煮鱼》、陶喆的《宫保鸡丁》、阿肆的《我在人民广场吃炸鸡》、Kiki（富妍）的《咖喱咖喱》、蔡依林的《爆米花的味道》。英文歌曲更多，如披头四（The Beatles）的 *Wild Honey Pie*、唐·麦克林（Don McLean）的 *American Pie*、约翰·强生（Jack Johnson）的 *Banana Pancakes*、饶舌歌手 Drake 的 *Passionfruit*、hip hop 组合 Migos 的 *Stir Fry*、卡朋特兄妹（Carpenters）的 *Jambalaya*。听着歌曲，垂涎欲滴，这是什么感觉呀？

读过村上春树作品的人，都知道村上是音乐和美食的爱好者。不少读者读村上的作品，不是看他讲述的故事，而是看他听什么音乐，吃什么美食。对于村上，音乐不只是音乐，它往往是记忆的载体，就像美食，是舌尖上的记忆。村上的作品的名字不少来自音乐曲目，譬如披头四的《挪威的森林》（*Norwegian Wood*）、海滩男孩（The Beach Boys）的《舞舞舞》（*Dance，Dance，Dance*）、美国歌星纳·京·高（Nat King Cole）的《国境以南、太阳以西》（*South of the Border*）。村上对古典音乐也非常在行，《奇鸟行状录》的《贼喜鹊篇》《预言鸟篇》和《捕鸟人篇》，分别来自罗西尼、舒曼和莫扎特的作品；《没有色彩的多崎作和他的巡礼之年》则来自李斯特的《巡礼之年》。唱片公司还特意把村上春树作品中出现的音乐片段结集发行，如《海边的卡夫卡》中的贝多芬降 B 大调《大公》钢琴三重奏第一乐章、舒伯特《D 大调第 17 钢琴奏鸣曲》第四乐章；《舞舞舞》中有斯美塔纳的交响诗《我的祖国》片段《伏尔塔瓦河》；《国境以南、太阳以西》中舒伯特的《冬之旅》第五首歌曲《菩提树》等。村上春树曾多次说过："如果我没有这样着迷于音乐的话，我不可能会成为小说家。"其实，村上还是爵士迷，他曾亲自翻译美国爵士乐贝斯手比尔·克劳（Bill Crow）的作品，如《再见 Birdland——一位爵士乐音乐家的回忆》（From Birdland To Broadway）、《爵士逸闻》（Jazz Anecdotes）。

　　同时，村上春树也是美食达人。他笔下的男主角们无不是烧得一手好菜，即便是一人食，每道菜也绝不含糊。譬如长篇小说《奇鸟行状录》一开场就有一段对食物细致的描写："将薄牛肉片和元葱青椒豆芽推进中国式铁锅用猛火混炒，再撒上细盐胡椒粉浇上酱油，最后淋上啤酒即可。……我在厨房里切面包夹黄油和芥末，再夹进西红柿片和奶酪片，之后放在菜板上准备用刀一切为二——正要切时电话打来了。"另一部小说《舞舞舞》中出现这样一个场景："嚼罢芹菜，我开始琢磨晚饭吃点什么。细面条不错，粗点切两头大蒜放入，用橄榄油一炒。可以先把平底锅倾斜一下，使油集中一处，用文火慢慢来炒。然后将红辣椒整个扔进去，同大蒜一起炒，在苦味尚未出来时将大蒜和辣椒取出。这取出的火候颇难掌握。再把火腿切成片放进里边炒，要炒得脆生生的才行。之后把已经煮好的细面条倒入大致搅一下，撒上一层切得细细的香菜，最后再另做一个清淡爽口的西红柿奶酪色拉。"当然，村上的作品中也少不了他喜爱的各式西洋美食和饮料，黄鮟鱇鱼肝酱、荷兰芹味烤乳牛，洋酒有玛莉白兰地、苏格兰顺风威士忌、冰伏特加汽水等等。村上的故事，经常会让读者边读边流口水。而村上春树曾经坦白道，清淡的关西口味才是他本人的最爱。

　　村上对美食是如此的钟爱，以至让他的忠实读者（同时也是美食爱好者）热衷于专门以他的作品为基础的美食书籍。如一位名为猿渡静子的网红，曾翻译了《村上春树 RECIPE》一书，并号称要以村上的饮食方式享受生活。另一位是韩国著名的美食专栏作家车侑陈，她本人同时是一位村上迷，写过《村上春树先生，一起用餐吧!》。两位皆为女性，阅读村上的作品多少带有特定的女性敏感的视角。

黑胶、红酒、佳肴……有音乐和美食的陪伴，村上应该是幸福之人。即便是一个名副其实的宅男，与外面的世界有所疏离，但也不妨碍他活得有滋味。

感觉音乐

音乐通过声音表达意义。但音乐的本质是什么？"music"一词起源于希腊文"mousike（techne）"，意指"technology of the Muses"，即"献给女神缪斯的技术"。在古希腊神话中，缪斯是九位古老文艺女神的总称，也是艺术（包括诗歌、音乐与舞蹈）与技术的化身。到了古罗马时代，缪斯减为三位，成为歌唱、沉思和记忆的三位一体。譬如，17 世纪有一幅著名的油画，名为《诗歌三女神》，创作者是法国画家厄斯塔什·勒·絮尔（Eustache Le Sueur，1616—1655）。画中描绘的三位缪斯女神：一个拿书，指记忆；一个倾听，指沉思；还有一个拉琴，指歌唱。絮尔还有一幅描绘缪斯的画，名为《克莉欧、厄特佩与塔莉亚》。画中的三位缪斯女神分别是掌握历史的克莉欧，她手里是一本书；掌握音律及抒情诗的厄特佩，她的手里是一把长笛；掌握喜剧和田园诗的塔莉亚，她的手里是一副面具。同时代还有一幅名画，画面上的缪斯手里几乎都拿着一件乐器，好像一个室内乐团。那么缪斯为什么会和技术有关呢？在古希腊人看来，艺术，包括音乐，就像数学和物理一样，是对宇宙规律和秩序的描述。

法国哲学家飞利浦·拉库－拉巴特（Philippe Lacoue－Labarthe）在他的《缪斯的歌唱》（Le Chant des Muses）探讨音乐是什么，我们为什么需要音乐？音乐和哲学是什么关系？拉库－拉巴特以瓦格纳的音乐为例，研究音乐和哲学都在找寻答案的问题，这就是如何解释柏拉图所说的"哲学是最高形式的音乐"。柏拉图认为，音乐和哲学都体现了"灵魂－罗格斯－和声"（soul－logos－harmony）宇宙三大原则。希腊音乐之父毕达哥拉斯（Pythagoras，前570—前490）将音乐称为"哲学之魂"（the soul of philosophy）。毕达哥拉斯是最早提出音乐与数学的神秘关系的哲学家，他认为音乐的美，即和谐是理想的数学关系，也反映了宇宙的规律。这一理论对后人的影响可以从德国哲学家哥特佛莱德·莱布尼茨（Gottfried W. Leibniz，1646—1716）"音乐是灵魂无意识的数学运算"这句话中体现出来。这种抽象完美的论述赋予音乐形上乃至于本体的意义。毕达哥拉斯同时认为音乐表现人类的情感，正是在这个基础上，柏拉图与亚里士多德进一步提出不同的调式表现不同层面的情感、意志和情绪，并将这种对音乐的看法运用于他们的音乐教育理论中。

音乐属于抽象类型，它是不占据时空的类型，而对该作品的演奏却是具体的个案，如震动、和声、调性、响度，因而占据了特定的时空。虽然传统上有"模仿说"和"表现说"，但二者都不否认音乐本身的抽象特质。这个抽象特质体现在音乐的模仿或表现是在理念或情感还未形成"具象"之前。但问题是，我们如何创造抽象类型？根据形而上学的原则，身处时空中的人无法和非时空的或永恒的抽象事物发生因果关系（causal relations）。叔本华认为，音乐直接表现意志，直接表现情感，是情感自身的明晰的语言。

但从另一个角度看，音乐家和其他艺术家的经验一样，是与人的内在情感相关的。这个表现不但与创造相关，而且与听者有关，听者透过音乐声音的变化，引发与创作者的共鸣。从这个意义上，我们可以把音乐看成一种语言，具有本体符号学（semiotics）的特征。首先音乐的声音具有符号（sign）的功能，其中包括能指（signifiers）和所指（signified）；然后是声音通过大脑以及身心所体现的功能；从交流的层面看，它包含了创作者、作品和接受者（听众）的互动关系。从"接受美学"的角度看，听者的体验更重要。听音乐，就是聆听来自心灵的诉说，洞察另一种认知的体验，触摸音乐哲思的奥妙。

拉库－拉巴特指出，瓦格纳的"乐剧"带出直接"表现"（presentation）和"再现"（representation）之间的张力，是音乐和语言、形式和内容完美结合的艺术。这种张力影响了后来法国的象征派诗人，如夏尔·波德莱尔（Charles P. Baudelaire）和斯特凡·马拉美（Stéhane Mallarmé）以及德国的哲学家，如马丁·海德格尔（Martin Heidegger）和西奥多·阿多诺（Theodor W. Adorno）。

中国古人认为："乐出于人而还感人，犹如雨出于山而还雨山，火出于木而还燔木。"（孔颖达：《乐言》）许慎的《说文解字》中言："音，声也。生于心，有节于外，谓之音。"与古希腊相比，中国文化更注重内心，或者说是一种"内模仿"或"表现说"。无论如何解说音乐的起源，我们知道的是，音乐无时无刻不在影响着我们的生活。音乐首先是要听，我们可以把聆听音乐当呼吸一样的自然。至于听懂或听不懂、是否有所感受，这是另一个问题。在某种程度上，被打动了，就算是听懂了。"I can feel it in my body；I can feel it in my soul"（"我的身体有所感觉；我的灵魂有所感觉"），这是我们在当代流行歌曲中常听到的句子。这是一个从"听"到"感觉"的转变。我们的生活因为有了音乐的存在，因为有了听的感觉，而多了美好的点缀。

　　有趣的是，现代科技让"音乐流"（music streaming）成为音乐自助餐，你在上面可以选择你喜欢的音乐类型：古典、爵士、流行、乡村、独立等等，就像用自助餐时自选的方式一样。各取所需，Bon Appetit（祝你有个好胃口)！

第 15 章　食物的阴阳

中国传统的阴阳说

我们常说，中国人的思维方式是阴阳思维。在《论道者：中国古代哲学论辩》（*Disputers of the Tao*）一书中，英国汉学家葛瑞汉（A. C. Graham）称之为"关联性思维"（correlative thinking）或者"关联性宇宙观"（correlative cosmology）。其实，最早使用这个说法的是一位叫葛兰言（Marcel Granet）的法国汉学家。他在《中国人的思维》（*La pensée chinoise*）中，以"关联性思维"说明中国人不同于西方的思维特征，即具体的、非抽象的。但从中国的本体 – 宇宙论，详尽对"关联性思维"进行界定的应该是葛瑞汉。他在中国历史学家、儒学研究者徐复观有关阴阳五行的历史研究上做了进一步的探索，指出阴阳思想在古代中国有四个发展阶段：（1）早期与自然（有光、无光）相关的阴阳思想；（2）与六气相关的阴阳思想；（3）与哲思相关的两仪思想；（4）关联性宇宙观。葛瑞汉认为关联性思维方式在其他文化中也有体现（如古希腊哲学），但表现得最为完美的是在中国的汉代。受葛瑞汉的影响，后来的学者，如做中西哲学比较的安乐哲（Roger Ames）把"关联性思维"与美国实用主义哲学融合起来，构成他对儒家"角色伦理"（role ethics）的诠释。

阴阳学说是中国哲学理论的核心之根。天地乾坤，天为阳、地为阴，火为阳、水为阴，日为阳、月为阴等。香港学者王爱和把思维的关联性与中国人的宇宙观结合在一起。她在其《中国古代宇宙观与政治文化》一书中指出："中国的宇宙观以关联（correlative）为特征。……中国宇宙观是一个基于阴阳、四方、五行、八卦等概念进行关联构建的庞大体系。这样一种关联宇宙观是一个有序的系统，在宇宙不同现实领域之间建立对应关系，将人类世界的各种范畴，比如人的身体、行为、道德、社会政治秩序和历史变化，与宇宙的各类范畴，包括时间、空间、天体、季节转换，以及自然现象关联起来。"也就是说，中国的关联性思维首先是从宇宙观、自然观到文化

如果这世界的万事万物皆可以阴阳论，那么食物也有阴阳之分。

观的体现，而阴阳观又是这个庞大体系的重要一环。

阴阳是中国古代哲学的基本范畴。《周易·系辞》曰："易有太极，是生两仪，两仪生四象，四象生八卦。""一阴一阳之谓道。"很多学者喜欢说，阴阳是中国传统哲学的一种二元论观念，但我喜欢把阴阳称为"非二元之二元论"（non-dual dualism）。原因很简单，因为阴阳式的二元不同于西方二元论的特性，即二元对立的关系。就宇宙观而言，阴阳是互依互动、你中有我、我中有你的辩证关系。"阴阳互补"是万物和谐相处的理想状态。按照阴阳学说，世界是物质性的整体，宇宙间一切事物不仅其内部存在着阴阳的对立统一，而且其发生、发展和变化都是阴阳二气对立统一的结果。中国古代思想家将宇宙中的对应关系，譬如天地、日月、昼夜、寒暑、牝牡、上下、左右、动静、刚柔、刑德，以"阴阳"的概念进行表述，彰显"相互对立又依存"的抽象意涵，并将其相互的作用称为"气"，如老子的《道德经》所言："万物负阴而抱阳，冲气以为和。"也就是说，世间万物，无论大小，都是阴、阳同时存在。（《道德经·四十二章》）这里，"阴阳"是一对范畴，是对于对立面的总概括。在老子看来，一切事物都有其对立物，并进一步看到每一事物内部又有其对立方面的存在，即"阴阳者，一分为二也"。但是事物又是一个运动的整体，所以老子又说道："冲气以为和。""和"意指平衡，又称中和、中道。平衡思维的基本特征是注重事物的均衡性、适度性。《易传》中有"阴阳合德"，《庄子》中有"两者（阴阳）交通而成和"，都体现了这一观点。

阴阳的关联系统

汉代董仲舒的"阴阳儒家"，成为汉代儒家理论体系的突出代表。董仲舒的《春秋繁露》把儒学与阴阳五行（邹衍）结合为一体，同时，将先秦的阴阳和五行融为一体，以宇宙论为价值论的基础，构建出一套儒家的思想体系：从阴阳互动到天人感应，从宇宙意指到社会秩序，从自然秩序到三纲五常。董仲舒认为，阴阳二气贯穿一切，天有阴阳，人亦有阴阳，故"天道之常，一阴一阳"。天、人、社会，皆以阴阳而存在，包括人伦纲常，如"君臣父子夫妇之义，皆取诸阴阳之道"。同样，五行的运行次序是天、人、社会普遍遵循的规律，金、木、水、火、土相生相胜，具有推动阴阳消长、食物转化的功能。依照葛瑞汉的话来讲，这就是一种"关联系统的构建"（correlative system building）。但与老子道家中的阴阳关系有所不同的是，董仲舒的阴阳带有明显的从属关系，即阳为主导而阴为从属，即阳主阴从。

阴阳关联性思维最基本的形式就是两个相反概念的二元对偶，并影响汉语的表达形式。如大小、高低、远近等等。当问一件东西的尺寸时，我们可以说"大小如何"，问距离，我们说"远近如何"，倘若我们把这种中式的表达法翻成英文，如"How big – small is it?"或者"How far – near is it?"我们会觉得很荒诞。这种二元对应的语言表达方式，是与中国式的阴阳文化架构相呼应的。南北朝著名的文艺理论家刘勰（约465—约532）在《文心雕龙》中提出："造化赋形，支体必双，神理为用，事不孤立。夫心生文辞，运裁百虑，高下相须，自然成对。"刘勰认为，一切自然运行的事物都是以"双"和"对"为基础，而这种成双成对正是观念联合之作用。由此，汉语中充满了"青山绿水""春花秋月""春华秋实"这类的表达方法。阴阳对偶也表现在汉语的"平仄"对仗上。这种对仗方式一方面避免了汉字单音的局限，另一方面符合中国美学上的对称要求。

李约瑟（Joseph Needham，1900—1995）在其巨著《中国科学技术史》（*Science and Civilization of China*）一书中，认为先秦两汉阴阳家所代表的中国思维方式，是一种"关联性的"（correlative）或"联想性的"（associative）思维方式，与西方的"从属性的"（subordinative）和"因果性的"（causal）思维方式有本质上的差异。他并认为古代中国的阴阳、五行的概念模式，将天和人理解为一个有机的整体，并且天地万物与人之间有一种相互感应的关系，其间显示为一种自然的秩序，乃是一种机体主义（organism）或自然主义（naturalism）。它的特点是整体性、关联性和运动性。所以，中国的思维方式偏于both…and 而非 either…or。像"阴阳"、"二元"、"过程"、"相辅相成"这样的概念，已经是中国哲学中的基本概念。

阴阳思维中的互补观念极为重要，主要指阴阳相互作用的功能和原则。值得注意的是，阴阳本身不是西方哲学中"实体"（essence）的概念，而是动态的，所以是"气"或"气化"的概念。由此产生关联和联想，而非完全的对立。传统的太极阴阳图也称为"阴阳鱼"，如果把中间的"S"线看作一条直线，那么阴和阳就成为割裂、二元的实体。也就是出现了纯粹的阴和纯粹的阳。而在"阴阳鱼"中，一黑一白包含在一个圆内，黑的代表阴，白的代表阳，各占有一半的空间。"S"线代表阴阳的运动，从阴阴到阴，再到阳，终至阳阳，反之亦然。圆象征有机整体的宇宙。由此可见，阴和阳是互为条件，相互依赖、相互转化。其中转化的部分就是动态的"过程"，亦是老子所说的"冲气以为和"的过程，也就是"道"。所以，美国学者乔治·罗利（George Rowley）在解释中国传统思想与艺术时指出："道的实存居住于对立面的融合中。"（George Rowley：*Principles of Chinese Painting*）

食物的阴阳和合

我们有时会听到这样的说法：我最近上火了，不能吃太多带阳气的食物。"上火"这个词在中医系统中是指"热气"。按照中医理论，阴阳失衡，内火旺盛，即引发上火。热气过旺的人，在饮食上就要避免吃热气的食物，如小茴香、韭菜、胡椒、辣椒等，反之亦然。这就是所谓的"阴病则阳治，阳病则阴治"，即阴阳互补的关联作用。

如果这世界的万事万物皆可以阴阳论，那么食物也有阴阳之分。中国人喜欢说：烹调的作用就是调和阴阳。按照祖先留下的传统，食物的阴阳有时用"寒凉性"与"温热性"来表达，有的食物呈阳性，有的食物呈阴性。如果细分，还可以把食物分为寒、凉、平、温、热五型。食物的阴阳性与食物生长的环境有关，即生长在地面或阳光充足的地方多偏阳，生长在地下或暗处阳光不足的地方多偏阴。阴性食物具有滋阴、降火、清热、通便等沉降、收敛作用；阳性食物具有升阳、提神、发汗、散寒等升发作用。受到传统中医的影响，养生理论中出现食物"药物化"和药物"食物化"的倾向。所谓生姜暖身、祛风寒，芹菜能健胃、降血压，冬瓜可利水消肿、有助减肥，雪耳润燥，苹果生津等等。由于中医认为人的体质分阴阳，根据"阳主热，阴主寒"的原则，阳性食材具有升阳、提神、发汗、散寒等升发作用；而阴性食材会让身体变寒，多为颜色淡、白色、水分多、酸味强者或夏季食材。由此，摄取合适的食物，可以获得健康的身体。如：阳性体质者，应多吃阴性食物；阴性体质者，就要多摄取阳性食物。因此，民间有"阴阳食疗法"以及"阴阳食物养生疗病食谱"这类的说法。中医认为，"阴阳互根""阴阳调和"是健康饮食的根本。这种阴阳思想当然无法借用现代科学的理论来解释，只能说是中国人的一种信仰。正如葛兰言所说，阴阳理论在思维上是直觉感应式的，而非理性逻辑式的。从古至今，阴阳思维毕竟已经渗透到中国思想和文化的各个方面。

其实，"阴阳调和"也是中国人的一种人生态度，即"中庸"之道。"中庸"侧重一个"度"，因"过犹不及"，故讲究平衡，不走极端。就饮食而言，既不过于沉迷于美食的愉悦，甚至暴饮暴食，也不鼓吹苦行僧般地拒绝所有感官乐趣。所谓精致美味，不是"过"而是"精"。至于如何找到合适的"度"，不完全取决于理性的算计，而是经验的直觉。朱熹言："不偏之谓中，不易之谓庸。"西方的营养学多靠数据分析，是研究成分、运输、消化、代谢等食物营养素在体内作用的一门学科，而中国传统的阴阳调和是关于"度"的直觉。

此外，阴阳不但表现在食物中，也与制作食物的器皿有关。如传统的陶罐，被看作水（阴）与火（阳）的对立与调和。远古时期，人们所使用的"甑"和"鬲"皆为蒸煮食物的陶罐。其中的原理就是利用水与火的阴阳调和，为后来更为成熟的"蒸""煮""熬""炖""煲"等手法打下了基础。另外，中国的烹饪讲究"火候"，而这种对火的把握也是阴阳互换的技巧。所谓"火候"，原本来自道教中的内丹，在菜肴烹调过程中，意指所用的火力大小和时间长短。与火相应就是水的多寡，二者调和，起到阴阳二气的消长作用。袁枚在《随园食单》中强调："熟物之法，最重火候。"根据食材的不同，使用文火，或文武火，或武火。文火慢煮，武火急煮。阳气上升时使用文火；阴气上升时使用武火。像炖、烩、焖等就需要文火，而炒、爆、炸、熘等就需要武火。

阴阳五行的信仰也体现在食物的"相生相克"。譬如，豆腐忌蜂蜜、羊肉忌田螺、芹菜忌兔肉、鹅肉忌鸭梨等，即这些食物一起食用会危害身体健康。如果你在网络上查找有关信息，五花八门的食物相生相克文章让人应接不暇。显然，有些说法完全没有科学基础，如豆腐和蜂蜜同食会导致耳聋，洋葱和蜂蜜同食会导致眼瞎，芹菜与兔肉同食会引起脱发等。其理论基础还是阴阳中的所谓"寒寒相克""火火相杀"的说法。相反，"相生"的食物搭配在一起，会起到营养互补、相辅相成的作用。如白菜配鱼、花生配芹菜、香菜配羊肉、豆腐配金针菇。这里所说的"相生"不仅仅指味道的相容，而且是营养成分的互补。这些说法很多是与传统中医食疗有关，譬如，东汉医学家张仲景在《金匮要略》一书中，已经列举了很多所谓不能一起吃的食物。但在西方现代营养学中，我们却看不到类似"食物相克"这一概念。以西方营养学分析，食物是以其所含的蛋白质、卡路里、碳水化合物、维生素等来评估营养价值。而中医注重食物的性能，像"食性""食气""食味"这样的说法，与中药性能相似。所以说，食物的"相生相克"带有典型的中国思维基因的痕迹，食物的二元对偶反映中国传统的宇宙观和世界观，虽然这种观念与现代人的科学思维有一定的冲突。

记得曾读过一篇有趣的小文章，题为《食物也要有性生活》，不是指"催情食物"或"吃出来的性福"，而是谈食物的阴阳调和。"阴主静，阳主动"，那么食材的静与动就会影响食物的属性。食养生活，是中国人笃信的养生法。

你的健康是吃出来的——这是中国人的信仰，其背后是"天人合一"的本体宇宙观。

第 16 章　豆腐的"软实力"

豆腐的分类与吃法

我有一位美国德州的老友，非常喜欢我烧的中国菜。但有一样食物她只尝过一次，就坚决不再敢碰了。这一食物并非海参、皮蛋、凤凰爪、猪大肠这类让很多美国人望而却步的传统中国食物，而是东方菜系中常见的豆腐。我问她不喜欢的原因是什么？没有味道吗？朋友回答道：不能忍受的不是味道，是质感（texture）。这是我第一次听说有人不喜欢豆腐的质感。东方人都喜欢豆腐，就是冲着它的质感去的，尤其是嫩豆腐，质地柔软，口感嫩滑。多好呀！

有一种说法是，有中国人的地方，便有千变万化的豆腐。在香港的超市里，豆腐种类五花八门，包括本地及台湾制造的中国豆腐（北京人分北豆腐和南豆腐），以及日本进口的豆腐。中国、日本制作的豆腐过程大致相同，惟质感及嫩滑度则视乎种类而定，像嫩豆腐（所谓的嫩豆腐就是北方人所说的南豆腐）以及日本制的内酯豆腐或绢豆腐，细腻洁白，口感爽嫩。相比之下，北豆腐就显得粗糙厚实，不够细腻。传统的北豆腐也称"卤水豆腐"，即用卤水作凝固剂。而南豆腐是用石膏作凝固剂，所以南豆腐也称"石膏豆腐"。内酯豆腐（日本人称"绢豆腐"）则采用葡萄糖酸内酯作凝固剂，比卤水和石膏作凝固剂的过程要长，因此可以让豆浆超高温消毒，这样做出的豆腐保存期会加长。除了绢豆腐，日本豆腐还可分为充填绢豆腐和木棉豆腐。绢豆腐生产时，则需较浓郁的豆浆，所以质地柔软嫩滑。至于充填绢豆腐，除嫩滑口感外，亦非常卫生，因为它在密封包装内固化，热凝固技术减少活细菌存在。木棉豆腐是用有棉布的模具压制形成，所以可以看到模具的痕迹，其质感要比绢豆腐粗糙结实。另外，现在的豆腐加工，还可以使用混合的凝固剂，如此一来，豆腐的分类会更为复杂。

如果说豆腐的分类复杂，豆腐的吃法更是丰富多彩，从蒸、卤、红烧，到煎、炸。光蒸豆腐的食谱就上百种。当然，一般来讲，豆腐都是配角，主角可以是鱼虾、螃蟹、肉类等。我最喜欢的是蟹黄豆腐，无论是北京味的还是杭州味的。还有四川的"麻婆豆腐"，是一道永远不会吃腻的佳肴。北方豆腐质地厚实，更适合做红烧或煎炸。红烧豆腐是普通家庭日常的菜肴，可以单独烧，也可以与其他食材合着烧。鲁菜中有一道菜，叫"锅塌豆腐"，可以用鱼肉也可以用猪肉，豆腐则切成长方块，裹以鸡蛋汁，再裹上一层芡粉，入油锅炸，直到两面焦黄。至于豆腐汤，我在日本吃过蚬肉豆腐味噌汤，味道很鲜美。对日本人来说，味噌汤是餐桌上不可缺少的料理，普通的味噌汤就是放入豆腐和昆布，或其他的蔬菜。豆腐还有一种最简单的吃法——凉拌豆腐。用块嫩豆腐，冲洗干净，加上一些葱花，撒些盐，再放少许的麻油。北方人还喜好吃豆腐拌黄瓜或苦瓜，基本上是凉拌豆腐的方法。北京人的火锅会用北豆腐

（即老豆腐）做的冻豆腐，加上白菜或酸菜，是冬天常见的食物。汪曾祺在《端午的鸭蛋》中曾写过一道"朱砂豆腐"，是用江苏高邮咸鸭蛋黄炒出来的豆腐佳肴，有如豆沙，味极鲜香。香港人的做法是用猪肉、鲮鱼肉、蛋白搅拌在一起，放入豆腐蒸熟，再撒上葱花、香菜，淋上滚油，别有一番滋味。

袁枚的《随园食单》中有一菜单叫"王太守八宝豆腐"，其中写道："用嫩片切粉碎，加香蕈屑、蘑菇屑、松子仁屑、瓜子仁屑、鸡屑、火腿屑，同入浓鸡汁中，炒滚起锅。用腐脑亦可。用瓢不用箸。孟亭太守云：'此圣祖赐徐健庵尚书方也。尚书取方时，御膳房费一千两。'太守之祖楼村先生为尚书门生，故得之。"这里说的王太守八宝豆腐是杭州的名菜，据说原是康熙的宫廷名菜，后在民间开始流传。

和豆腐相关还有北方的豆腐脑（咸口），南方的豆花（甜口）。豆花是由黄豆浆絮凝后形成口感近似于果冻或布丁状食品的统称，质地上比豆腐还要嫩软，是一种常见的小吃。豆花配上红糖或黑糖水，还可以撒上几片豆瓣和花生。在香港常见到的是"木桶豆腐花"。豆腐花需要一定的恒温，所以一般豆品店铺用的木桶都是为店家量身定制的。配料有红豆沙、芒果、龙眼等等。我最喜欢的是简单的杏仁豆花。另外，还有豆浆，又称豆腐浆或豆奶，是中国传统的饮品。《金华地方风俗志》记载战国时燕国大将乐毅，因父母年老嚼不动黄豆，就把黄豆磨成豆浆的传说故事。

由豆腐发酵制作的各种腐乳也是人们喜爱的食品，如酱腐乳、糟腐乳。既可以直接食用，亦可以作为烧菜的调味料，譬如香港粤菜中就有不少是用腐乳为调料的，像"南乳排骨"、淡中知真味——这正是豆腐的品格。

"椒丝腐乳炒通菜"、"南乳花生"。腐乳的制作是一门古老的技术。清朝李化楠在《醒园录》一书中记载："豆腐乳法（腌制腐乳）：将豆腐切成方块，用盐腌三四天，出晒两天，置蒸笼内蒸到极熟，出晒一天，和面酱，下酒少许，盖密晒之或加小茴末和晒更佳。"

说到豆腐乳，怎么能不提中华传统小吃臭豆腐呢？

臭豆腐，顾名思义，就是一个"臭"字，翻成英文是"stinky tofu"。"臭豆腐"是由豆腐发酵制作而来的特色的豆制品小吃，因制作的方法不同，各地的风味差异也大，大致可以分为南北两派。如湖南的"臭干子"呈黑色，经过高温油炸，外酥里嫩，再配上鲜辣的汤汁。天津的臭豆腐炸成金黄色，臭味比较淡，可以切成薄片，称为臭豆腐干。北京有王致和臭豆腐乳，不油炸，呈灰白色。香港也有港式臭豆腐，吃的时候要加甜酱。网络上流传一位自称"孤独烈女"的卖港式臭豆腐的女师傅。据说她的臭豆腐是秘方，独门腌制。台湾的臭豆腐综合了大陆的南北风格，有汤煮臭豆腐和炸臭豆腐两类，炸臭豆腐搭配着酸甜的台式泡菜，是台北夜市著名的街边小吃。另外，台湾还有臭豆腐火锅，俗称"臭臭锅"。据说台湾的必胜客（Pizza Hut）推出一款"黄金臭豆腐披萨"，估计那味道邻居都会闻到。还有一种豆腐比"臭豆腐"还要邪乎，叫"毛豆腐"，这种豆腐以人工发酵的方法，让豆腐表层长出一层白色茸毛。发酵后的豆腐的植物蛋白转化成多种氨基酸，使得豆腐获得独特的鲜美。毛豆腐是徽菜和川菜常见的食物，食用方法多样，如红烧毛豆腐，调料有辣椒、酱油、葱末、蒜泥、茴香等。问吃过毛豆腐食客的感受，就一个字：爽！

另外，还有以豆皮、豆干、豆丝为食材的佳肴。其中杭州"炸响铃"最有名。在豆皮里放拌了葱花姜末的瘦肉，再剁成小段放入锅中煎炸，配一点自己喜欢的酱料，咬一口酥脆得掉渣。因为这菜嚼起来发脆响，形略似铃，故名响铃。在香港打边炉时，响铃也是常见的配食。当然，也会有人建议少吃响铃，毕竟是不健康的油炸食品。相比之下，素馅的蒸豆皮更受当下年轻人的欢迎。扬州的"干丝"，也是南北人都喜欢的食物。再有，就是我在香港常见到的豆腐焗饭。把豆腐当成 cheese（奶酪），我本以为这是香港中西合璧的结果。后来发现古人就用"黎祁"或"来其"这样的名称（可能是印度或西域系统的语言）来指奶酪、冻奶食品，后来也变成豆腐的别名。譬如：《清异录》提到"邑人呼豆腐为少宰羊"，或许是因为豆腐便宜，成为肉类的代用品。（林海音：《豆腐颂》）

香港名厨刘韵棋（Vicky）对豆制食品情有独钟，她的"腐皮牛肉他他"体现独有的混搭美食的品味，其中北海道的海胆及鱼子酱的使用深受日式料理的影响。Vicky 的另一个绝活是猪皮冻豆腐，味道柔软鲜美，视觉效果独特。Vicky 是设计师出身，曾就职于广告界，后来由于对美食的偏爱转入饮食行业，并在 2013 年摘下米其林星的殊荣。她所设计的豆腐食物，能够将传统食材注入新的美学品味，又保持豆腐原有的营养成分。Vicky 坚持认为，美食不只是食物，同时包含"edible stories"（可食用的故事）。无疑，Vicky 的豆腐食品，成为香港独有的一道风景线。

豆腐：文人咏物言志的对象

由于豆腐是中国传统的美食，自然会影响到中华文化的方方面面。宋代大诗人，也是大吃货的苏东坡有首《又一首答二犹子与五郎见和》，其中写道："脯青苔，炙青莆，烂蒸鹅鸭乃瓠壶。煮豆作乳脂为酥，高烧油烛斟蜜酒。"诗中提到的酥即豆腐。元代诗人张劭有一首《豆腐诗》的作品："漉珠磨雪湿霏霏，炼作琼浆起素衣。出匣宁愁方璧碎，忧羹常见白云飞。蔬盘惯杂同羊酪，象箸难挑比髓肥。却笑北平思食乳，霜刀不切粉酥归。"诗中既描述了豆腐的制作，也赞扬了豆腐的美味。明代诗人苏平的《咏豆腐诗》也有特色："传得淮南术最佳，皮肤退尽见精华。旋转磨上流琼浆，煮月铛中滚雪花。瓦罐浸来蟾影，金刀剖破玉无瑕。个中滋味谁得知，多在僧家与道家。"诗人在诗中具体描述了制作豆腐过程中的去皮、磨浆、煮浆、点浆和切割等五道工序。而宋代大儒朱熹的《豆腐诗》与众不同，没有写豆腐的制作或美味，而是写种豆人的辛苦和他们的期盼："种豆豆苗稀，力竭心已腐。早知淮玉术，安坐获泉布。"

值得提及的是，豆腐不仅是美味佳肴，而且常常是文人咏物言志的对象。如清代诗人胡济苍写道："信知磨砺出精神，宵旰勤劳泄我真。最是清廉方正客，一生知己属贫人。"这里，诗人表面上写豆腐的色香味，但实际上是把豆腐比作方正清廉的寒士精神，即由磨砺而出，不流于世俗。在传统文人眼里，豆腐有君子之风，平日为人处世，淡泊以明志，宁静而致远。正如《菜根谭》一书所言："淡中知真味，常里识英奇；脓肥辛甘非真味，真味只是淡，神奇卓异非至人，至人只是常。"淡中知真味——这正是豆腐的品格。在某种程度上，类似老子道家所说的"上善若水"的人生哲学。豆腐本身没有太强烈的味道（臭豆腐除外），它容易与其他食材的味道融合，从中彰显自身潜在的香味。所以豆腐不光滋味百种，形态亦是千变万化。"道之出口，淡乎其无味，视之不足见，听之不足闻，用之不足既。"（《老子·第三十五章》）《庄子·德充符》曰："道与之貌，天与之形，无以好恶内伤其身。……存其心，养其性。"超然达观，方能怡然自身。

豆腐色淡味寡，所以它的另一个意涵是"示弱的勇气"，英文译为"yielding"的哲学。所谓"yielding"就是"不抢风头""不为天下先"。当人们崇尚"强大"之时，老子告诉我们"坚强者死之徒，柔弱者生之徒。"（《老子·第七十六章》）人活的时候柔软，死后就僵硬了。真正的强者，不以示弱为耻。柔软的身段往往能造就一个人真正的强韧。真正的强者，其思维柔软，从不自我设限，也不墨守成规，能以虚怀若谷的胸怀待人接物，拥有顺应各种变化的人生姿态。他们不被世俗追求所诱惑，只在乎活出真我，活出人的从容、淡定和美好诗意。这不就是豆腐的品格吗？能同所有事物相配的豆腐，却始终自带着一份清白。台湾作家林海音将豆腐比作孙大圣：七十二变，却傲然保持着本体。"豆腐可和各种鲜艳的颜色、奇异的香味相配合，能使樱桃更红，木耳更黑，菠菜更绿。"（林海音：《豆腐颂》）

《庄子·马蹄》一篇中提到"鼓腹而游"一词，"鼓腹"

即吃饱肚子。这里，庄子在描述一种朴素富足、自由快乐的生存状态。道家提倡恬淡虚静的生活，而不是大吃大喝的奢侈。故庄子主张人应该"食于苟简之田"（《庄子·天运》），认为"五味浊口，使口厉爽"（《庄子·天地》）。庄子反对一个统一的"美味"的标准，认为只要人们自甘其食、自乐其俗即可。在这一点上，庄子的观点与老子接近。据说编写《淮南子》的刘安，当时就是一边研究老庄哲学，一边与道士们用山泉水磨黄豆，制作出"菽乳"。

"豆腐匠"导演小津安二郎

曾拍摄过《东京物语》的日本知名导演小津安二郎（Yasujiro Ozu）写过一本自传随笔集，名为《豆腐匠的哲学》，又译《我是卖豆腐的，所以我只做豆腐》（《僕はトウフ屋だからトウフしか作らない》）。小津安二郎电影风格独特，其细腻的表现手法被称为"小津调"。台湾知名导演如杨德昌、侯孝贤、李安都受到他的影响。小津谐称自己是电影"豆腐匠"，认为做电影就像做豆腐，需要细致与耐性的工艺。书中表现了作者许多有趣的思考，从导演、摄影到剧本创作皆体现了小津的艺术风格。每一个程序好似做豆腐的工序，井井有条。小津的电影作品，看似平淡，却清新抒情、暗藏玄机。小津认为，好的电影"不做说明，只是表现"。他指出，我们没有必要去模仿某种外来的、时髦的拍摄手法，也没有必要固执地恪守过去的陈规戒律。他强调电影最重要的因素是"余味"，如同豆腐一样，好像没有出色的味道，但平淡中却是其味无穷。这就是我们常说的"绚烂之极，归于平淡"。难怪德国当代电影大师、新浪潮的代表人物恩斯特·"温"·韦德斯（Ernst"Wim"Wenders）曾经说："我把小津当作是我一生中最重要的老师"；"如果我来定义何谓发明电影，我会这样回答：是为了产生一部小津电影这样的作品"。

　　小津对食物的兴趣，充分体现在他的影片的细节中，譬如秋刀鱼、鳗鱼、拉面、炸猪排、鲑鱼肉片、茶泡饭等等。这些食物与享用食物的食客，是诠释小津电影哲学主要一部分。小津的最后一部电影，是 1962 年的《秋刀鱼之味》。这部遗作是有关伤感的家庭伦理主题。影片流露出一种对生命流逝、人生寂寞的感叹：道子在母亲去世之后，一直在家悉心照料父亲平山，从未表达过嫁人的愿望。而父亲似乎也不希望女儿离开自己，所以每当有人替道子介绍对象，平山总是婉拒。一日，平山与中学同学聚会，偶遇自己老师的女儿，看到曾经青春靓丽的女孩，如今已是衰老憔悴。他心里一惊，想到了自己的女儿，意识到不能不再考虑道子的婚姻大事了。看似云淡风轻的镜头转换，却是波涛暗涌，满载着人物之间矛盾纠缠的情愫。女儿出嫁的当晚，平山独自去酒吧喝酒，老板娘见他身着正装，问道："今天从哪里回来的，是葬礼吗？"平山沉默片刻，答道："嗯，也可以这么说。"影片平静如流水般的镜头，却细腻地体现了父女二人各自忧郁的心理和孤独的心态。特别是老父亲平山身上，人生的寂寞和无奈更是表现得淋漓尽致。随着影片最后一个镜头的淡出，我们会默默地在心里说：时光流逝、四季轮回，生活还是原来的样子。

　　有意思的是，片名看似是秋刀鱼的故事，影片中也不乏各种吃饭的场景，却唯独没有出现"秋刀鱼"。显然，导演不是讲述秋刀鱼本身，而是传达秋刀鱼所带来的意象——平平淡淡、无味之谓。影片中各种精心烹制的食物，反映出家常菜的素朴，亦是人伦关系的折射。所有的人生愁绪，都隐没在那些丰盛却又不清晰的食物中。有学者指出，小津电影中的餐桌是影像的身体，"餐桌与饮食，带出的是听觉性的符号，是决定吃与不吃、共食与不共食，带出的是事件延展出其内部与外部的影像场所"。（莲实重彦：《导演小津安二郎》）电影中人物对话，内容大都是家长里短的闲谈，没有导演刻意追求的哲理。另外，影片中多次出现酒吧饮酒的场面。当《秋刀鱼之味》在巴黎上演时，法语的名字变成 Le Gout du Sake（《清酒之道》）。仔细琢磨，秋刀鱼的意象不同于清酒的意象。这或许是东方文化与西方文化的差异吧？

曾经有人问小津是否拍些不同风格的影片，他说自己是开豆腐店的。小津进一步风趣地说："做豆腐的人去做咖喱饭或炸猪排，不可能好吃。"做豆腐，这是小津最本真的东西。他的作品，就是用最好的黄豆和最好的水做成最简单、最纯粹的一块好豆腐。不可思议的趣味，正是日常生活中的平凡；被冲淡的温情，才是人生真实的滋味。内地著名导演贾樟柯这样评价他所崇拜的这位日本导演："小津给他的电影方法以严格的自我限定，一种极简的模式。他绝不变化，坚定地重复着自己的主题和电影方法。这形成了小津电影的外观，成为人类学意义上的写作，成为日本民族的记忆，成为日本文化重要的组成部分。而他的克制、在形式上的自我限定却也是大多数东方人的生活态度，于是有了小津电影之美，有了东方电影之美。"

（贾樟柯：《中国艺术批评》）电影作为一种生活态度的体现，呈现在观众面前的是食物、事件、人物以及与这些相关的视觉影像。"神酣，布被窝中，得天地冲和之气；味足，藜羹饭后，识人生淡泊之真。"（《菜根谭》）

顺带提一下，日本人称凉拌豆腐为"冷奴"（ひややっこ）。这个词好奇怪，我们汉语里并没有这一表达法。顾名思义，"奴"是指奴婢、奴仆，是身份卑微之人。难道这里在指明豆腐为穷人之食物的阶级属性吗？其实不然。豆腐在唐代进入日本，立刻成为寺院内的"精进料理"，也是上流社会的精致美食。经过一段时期的演变，豆腐才流行于民间。据说江户时期，为武士阶层打工的人要身着特制的短上衣，上面有"钉拔纹"的图案，与切成四方块的豆腐相似，故有了"冷奴"的说法。梁文道认为，虽然中日都有丰富的豆腐传统，但日本人对待豆腐的态度好像也比中国人来得严肃，日本人豆腐吃得也比中国人精致。这表现了日本人在"淡"的味觉的美学追求上要比中国人优越。（梁文道：《豆腐的美学》）如果我们以小津为例，梁文道的观察是有一定道理的。

茶泡饭配烧豆腐，这便是小津的最爱，也是他电影美学的符码。小津 60 岁那年病逝于东京。他的墓碑上只留下一个字：无。

空无的侘寂，空无幽玄——这是小津安二郎的美学，也是有关豆腐的美学。

第 17 章　"馋": 贪吃的负罪感

"馋"与"贪吃"

贪吃是一种罪吗? 法国饮食史学者弗罗杭·柯立叶(Florent Quellier)的《馋: 贪吃的历史》试图回答这个问题。作者在带着读者游走一场华丽的美食之旅的同时, 讲述西方历史上对"馋"的批判。从早期希腊的柏拉图到犹太人的圣经, 再到中世纪的罗马天主教的"七宗罪"(拉丁文 septem peccata mortalia), "馋"属于感官之恶的范畴。"贪吃"(gluttony)一词从拉丁文 gula 转化而来, 有"暴食"之意。显然, 七宗罪的"贪吃"和汉字的"馋"意思还是有所不同。

梁实秋写过一篇杂文, 题目就是《馋》。作者在开篇就指出, 在英文中找不到与中文"馋"相对应的字眼。西方史书上记载了罗马暴君尼禄, 还有英国的亨利八世, 在宴席上毫无顾忌地咀嚼一根根又粗又壮的鸡腿。看似一副咂嘴舔唇、饕餮之徒之相, 但这不是"馋"的意思。还有, 埃及废王法鲁克, 每天早餐一口气要吃二十个荷包蛋, 这是暴食症, 不是"馋"。梁实秋认为, "馋"的意思重在食物的质, 满足的是品味。"上天生人, 在他嘴里安放一条舌, 舌上还有无数的味蕾，叫人焉得不馋？馋，基于生理的要求；也可以发展成为近于艺术的趣味。"由此一来，如果把"馋"字翻译成英文，说成"gluttonous"、"greedy"、"ravenous"或"lecherous"肯定不行。

"馋"的确有"贪吃"之意。但中文中的"贪吃"是个中性词。"馋"字从食（也有从口的写法），毚声。字中有一个兔字。兔子善于奔跑，以示人为了口腹之欲，不惜多方奔走，跑断两条腿。"为了吃，绝不懒。"和"馋"字相关的古诗也不少。如宋代诗歌中就有："解持余酒黻，一饫逐臣馋"（宋·贺铸《和邠老郎官湖怀古五首》）；"牛冈自有神呵护，未怕林间走鹿馋"（宋·袁燮《小松二首》）；"独嗜君诗无厌斁，从教人笑我多馋"（宋·吴芾《和梁次张谢得酒见寄四首》）。

梁实秋认为，"馋"的感觉往往是想吃一样东西，但却吃不到的时候。如古希腊神话中宙斯的儿子坦塔罗斯（Tantalos），因"馋"而偷窃神的酒食。神话中还有这样一段描写：坦塔洛斯站在齐颈的水中，当他口渴想喝水时，水就退去；他的头上有果树，他肚子饿想吃果子时，却够不着果子。所以梁实秋说坦塔罗斯的境遇是"水深及颚而不得饮，果实当前而不得食"。梁先生也谈到自身"馋"的经验，如他身处他乡之时，却痴想着当年在北平吃羊头肉的味道，想得馋涎欲垂。"今天我一定要吃到什么东西"来补救一下，这是一种生理的反应。就像我自己，每当看到上海鲜肉月饼的图片，就会产生"馋"的感觉，恨不得明天就飞到上海。显然，"馋"的感觉完全不是饥饿或食物匮乏的感觉，而是一种心理的欲望。然

205

而，当这种欲望成为自我放纵时，就可能成为一种不能自我克制的"瘾"。

对食物的欲望：心理学的分析

精神分析大师弗洛伊德沉湎于对性欲望的分析，却没有细致地分析馋的感觉，只是把这种感觉放在他认为的"口欲期"（oral stage）。按照弗洛伊德的说法，口欲期是指 0 到 18 个月的婴儿期。刚出生的婴儿，他们既不是用眼睛、也不是用耳朵来感知这个世界，他们和世界的窗口是自己的嘴巴，即拇指吸吮或咀嚼的感觉。然后又把这种行为与婴儿后来发展的性欲望结合起来。反正在弗洛伊德看来，任何人的潜意识都与性有关，而且都是基于他所说的内向投射的"快乐原则"。由此来看，难道成年人的馋嘴是口欲期的延伸，是性的需求？这岂不是把食欲与性欲混为一谈了？我以为，把人格的发展简约为性心理的发展（psychosexual development），还是很难具有说服力的。或许这里有性别的差异，毕竟弗洛伊德的精神分析以男性为主。有一个心理实验这样显示：问女性是选择性还是巧克力，大多女性的回答是巧克力。

不过，弗洛伊德的观点还是有不少的追随者。美国专栏作家黛安·艾克曼在《感官之旅》中曾这样写道："嘴唇、舌头与生殖器内部都是相同的神经感受器，称作克劳泽氏终球（the end bulbs of Krause），这些器官超级敏感，而产生相同的反应。"有一位叫二毛的诗人，曾写过系列口语诗，反映舌头是人体的第二性器官："有一种吻很肥/有一种吻很瘦/有一种吻像五花肉。"（二毛：《荤菜素吻》）还有一首这样写道："牛舌/牛身上最接近味道的动词/卤过之后/成为形容词/在咸与甜之间/呈舔的状态。"（二毛：《牛舌》）。如此性感的诗，值得品味。作为感觉系统的一部分，舌头是味觉的感受器，由此成为贪吃的主谋。

这也就解释了为什么欧洲中世纪的天主教把贪吃看成罪恶，和傲慢、贪婪、色欲、嫉妒等罪行放在一起。关键还是贪吃与身体的欲望有关。康德说：宗教的意义在于树立道德。由此推论，贪吃属于不道德的行为，因为它意味着缺乏自控。康德认为，人的自由最高境界不是自由地去做什么，而是自由地不做什么。那么"贪吃"，就意味着不能自由地不受美食的诱惑。西方中世纪是信仰的时代，也是希腊哲学衰败的时代。公元 2 世纪，罗马著名的讽刺作家琉善（Lucian of Samosata，约120—约192）曾经这样奚落晚期希腊的哲学家："他们懒散、好辩、自负、易怒、贪吃、愚蠢、狂妄自大、目空一切。"你看，连说哲学家的堕落，都要与贪吃联系起来。顺带提一句，周作人是汉译琉善作品的第一人，特别是那部游历月球的奇幻短篇《信史》（True Story）。可见在琉善眼里，冥界旅行要比享用美食更吸引人。

从中世纪的贪馋罪到现代人的诠释

在中世纪的神学家中，除了奥古斯丁（Aurelius Augustine，354—430）之外，都认为贪吃是人类原罪（original sin）的一部分，毕竟夏娃是偷吃禁果啊。米兰主教安波罗修教父

（Sanctus Ambrosius，340—397）在他的创世史中这样写道："一旦引进食物，世界的末日就开始了。"人类因为贪馋而被上帝驱逐出伊甸园，而人类"原本在天堂里过得好端端的"。他在一首赞美诗中写道："解脱我们对所有肉欲的渴求，让我们的心在你里面歇息！／也不使贪婪的恶魔安排陷阱，使我们的安宁没有罪戾的恐惧。"13世纪一位传教士萧伯汉（Thomas de Chobham）指出："贪馋是一种可恶的罪过，因为第一个人类的堕落是由于犯了贪馋罪。其实就像许多人说的，虽然首罪是骄傲罪，但是如果没有亚当再犯下贪馋罪，他铁定不会被惩罚，其他人类也不会受牵连。"另一位名为卡西安（Jean Cassien）的修士更富于想象力。他说："在人体器官的位置上，生殖器官位于腹部下方，这也是为什么腹部塞满了太多食物时，生殖器会开始兴致勃勃。"（柯立叶：《馋：贪吃的历史》）把食欲和性欲放在一起，显示身体的罪恶，这是中世纪神学的主要特色。难怪西洋绘画中的夏娃，手捧浑圆的苹果，令人想到女性裸露的乳房。

作为中世纪具有影响力的神学家，奥古斯丁一直考虑人的罪与自由意志的关系。他认为，人之所以"犯罪"是因为上帝赋予每个人自由的意志。人不能因为酗酒而责怪葡萄酒，不能因为贪色而责怪女性的美，不能因为贪吃而责怪美食。奥古斯丁认为，一切恶行都来源于自由意志。也就是说，自由意志给了我们犯罪的能力。奥古斯丁的自由意志并不否认人对食色的基本要求，但他强调人的意志对欲望的控制力。奥古斯丁的《忏悔录》，展示了幼童对食物的贪恋，说明小孩子尚处于道德不完善的状态。卢梭在其《忏悔录》中也直白地讲："我曾

不知为什么，到了宗教阶段，人就不需要美食的陪伴了。难道人在天堂是不需要吃东西的吗？

经很聒噪、贪馋，不时也会撒谎。"柯立叶在他的书中提到，16世纪的西班牙，道德学家们常说，大量食物的吸取，会让幼童们软弱无力，并导致他们长大以后淫荡好色，所以告诫人们不要让小孩子（尤其是女孩）吃得太饱。（柯立叶：《馋：贪吃的历史》）

讲到"贪吃"之罪，令我想到一部被称为"女性主义文学"的台湾著名小说《杀夫》。作者李昂是一位将情性、爱欲融入文学叙事的女作家。食物在整部小说中隐含情欲、性、暴力。女主角林市是一个平庸无知的女子，完全受制于其屠夫丈夫陈江水的淫威，最终被迫无奈，在疯狂之中杀死了丈夫。林市"贪吃"，"满满一嘴的嚼吃猪肉，叽吱吱出声，肥油还溢出嘴角，串串延滴到下颏，脖子处，油湿腻腻"。她的丈夫陈江水"贪性"，无时无刻不在林市身上加诸性暴力。林市以性换取食物，为了吃一口饱饭，她百般忍受丈夫的家暴。最让她感到快乐的就是能在厨房煮食吃。贪恋食物和性暴力是这对夫妇生存的方式。作者透过描写陈江水和林市之间的性交易，揭示了人性与道德的堕落和虚伪。李昂将食带入文学，探讨食与欲所体现的复杂和矛盾的人性。从女性主义的角度看，小说揭露了社会对女性身体、法律及经济地位的操控。顺带提一句，李昂本人是标准的"吃货"，会为一顿美食，从台湾飞到法国。

还有一部电影，片名就是《七宗罪》（Se7en）。这是1995年由美国导演大卫·芬奇（David Fincher）执道的一部犯罪影片。故事中的案情以七宗罪为主线。首宗案件发生在一个蟑螂孳生的肮脏公寓里，一名极度肥胖的男子僵死在那里，他的脸深埋在他面前装满意大利面的碗中。侦探长沙摩塞之后通过线索在案发现场冰箱后的墙壁上发现了用脂肪写下的 Gluttony（暴食）一词，同时发现了写有"长路漫漫而艰苦，出狱后即见光明"的字条。这句话来自英国小说家约翰·弥尔顿（John Milton）的《失乐园》（*Paradise Lost*）。沙摩塞立即将这个人与他们正追捕的一个连环杀手联系起来，认为凶手正是依照七宗罪来一一行凶。而第一个受害人，就是个贪食者。

"贪吃"："趋乐"或"避苦"

尽管"贪吃"在西方传统中充满了罪恶感，但当今的饮食文化有了很大的变化，出现大量"好吃"的电影。如《美味情缘》（*No Reservations*，2007）、《美食、祈祷和恋爱》（*Eat Pray Love*，2010）、《心灵厨房》（*Soul Kitchen*，2009）、《欢迎光临爱情餐厅》（*Tasting Menu*，2013）、《朱莉与朱莉娅》（*Julie & Julia*，2009）、《浓情巧克力》（*Chocolate*，2000）等等。其中，《美食、祈祷和恋爱》是根据美国作家、《纽约时报》记者伊丽莎白·吉尔伯特（Elizabeth Gilbert）的畅销小说改编的电影。故事情节并不复杂：一位在外人看来似乎拥有一切的中年女性，忽然发现她生活在一个毫无意义的世界中。她离了婚，告别了旧日的生活，但又开始抑郁、失恋和落魄。为了摆脱这种焦虑，她开始了一场寻找自我的旅行。在意大利的美食与美酒中，她得到最直接的感官快乐；在印度的瑜伽修行中，她得到了精神的最大愉悦；最后在巴厘岛，她凭借一颗快乐而虔诚之心，终于找到那个早已失去的自我，并获得了人间

的真爱。故事情节似乎过于程式化，但却成为美国女性的
"自我疗愈的圣经"。让我觉得有趣的是，美食在自我发现、
自我疗愈中的作用。我也喜欢《朱莉与朱莉娅》（又译《美味
关系》）这部影片。一是女主角由我喜爱的梅丽尔·斯特里普
（Meryl Streep）扮演；二是茱丽娅·查尔德（Julia Child）是
我喜爱的一位美国厨师，她的美食 TV 是我当年必会观看的节
目。她的《法式料理圣经》（*Mastering the Art of French Cook-
ing*）改变了美国人对饮食的态度和信念。记得 2004 年茱丽娅
去世时，小布什总统亲自为她撰写悼词。影片基于真人的故
事，并融入编者的想象。美食加爱情、青春加梦想，吸引了不
少女性观众。

　　当然，最好看的美食电影当属我前面章节中所提到的荣获
奥斯卡金像奖的丹麦电影《芭比特的盛宴》（*Babette's Feast*）。
这部影片不仅仅是谈美食，而且是对人性的反思和探讨。这部
三十多年前的影片所展现的法式食物，如牛头、海龟、蟾蜍、
鹌鹑之类，一定会遭到今天的环保人士的指责，但在影片中却
起到与那些恪守宗教教条、每天靠咸鱼汤和面包糊过活的村民
形成鲜明的对照。村民们被眼前的食物惊呆了，这不是魔鬼的
诱惑吗？他们感受到诱惑的恐惧。这些奇特的美食已远远逾越
了他们平日简朴生活的戒律，何况还有美酒以及艳丽的无花
果。在影片中，美食成为承载神的爱的象征，成为化解人与人
之间猜疑的良药。平时，信徒们肃静地起立，手忙脚乱地拿出
赞美诗，祷告、唱歌。但他们真的在神圣的音乐中感受到上帝
了吗？而芭比特所展现的一桌子丰盛的晚宴，却让他们透过舌
头领悟了什么是神迹，什么是圣爱。电影通过食物，展示生命

的经验和灵魂的升华。芭比特的盛宴，就是奇异的恩典！影片告诉我们的，不仅仅是美食的意义，还有应该如何看待人的命运：无论人们走上多艰难的道路，过着什么样的生活，命运都会给予它恰如其分的馈赠。

与古希腊哲学相似，英国哲学家柏克认为，人类最基本的情绪可以分为"愉快"（pleasure）和"痛苦"（pain）两种；而人的本能在于"趋乐"（positive pleasure）和"避苦"（the removal of pain）。同时柏克认为，人类避苦的激情来自"自我保存"（SEL）和"社会"这两个基本原则，因为内心的痛苦、疾病、死亡的观念，让一个人产生强烈的恐惧情绪。这种强烈的情感需要通过"趋乐"的环节加以控制，那么，"性"和"食"都是制造愉快情绪的一部分。当然，除此之外，还有其他"避苦"的方法，如基于社会关系所产生的情绪，如同情、模仿、雄心。（埃德蒙·柏克：《壮美与优美起源的哲学探究》）但有一点是肯定的，这就是柏克没有把因美食而获得的快乐当作负面的东西。他的作品中也常常出现与食物相关的比喻，如"没有反思的阅读好比吃东西没有消化一样"，抑或"事实对于心智好比食物对于身体"。

柏克的政治哲学是保守的，被称为"现代保守主义的思想奠基者"。他对法国大革命的反思，至今是政治学中争论的话题。柏克的反思是基于他对人性，尤其是人的理性的看法。他明确地指出："政治应该适合人性，而不应该适合人的推理。理性只是人性中的一部分，而且绝非其中最大的一部分。"（Edmond Burke：*Reflections on the Revolution in France*）这段言论虽说是就政治而言，但对我们如何看待身体与精神的关系也有启发意义。

近代存在主义哲学家索伦·祈克果（Søren Kierkegaard，1813—1855）用另一种方式阐述柏克趋乐和避苦的思想。他把人对性爱与美食的追求放在他所叙述的"人生三阶段"的第一个阶段，即"审美阶段"。这个时期的特点是追求感官快乐，只管享受，不求委身。祈克果透过他的人物唐璜，一位家喻户晓的浪漫公子哥，具体描述了审美体验的状态，即个人在生活中受各种感觉、冲动和情感支配。这个阶段中人是"为自己而活"，个人往往采取以直接满足自己欲望为目标的生存方式，所以倾向陷溺于肉体的快乐。但这种快乐转瞬即逝，并由此给人带来空虚与厌烦。祈克果的第二个阶段被称为"伦理阶段"，其特征是克制个人的情欲，并把自己的所欲与社会义务结合起来。这个阶段中人"为他人而活"，个体要为他人着想，不再只顾自己的利益。在他的《非此即彼》（Either/Or）一书中，祈克果透过威廉法官这一角色，说明伦理关系中的道德责任。祈克果的第三个阶段被称为"宗教阶段"，他以《圣经》中亚伯拉罕的例子（亚伯拉罕被迫在伦理命令"不可杀人"与宗教考验"敬爱上帝"之间做出选择），提出著名的"信仰之跳跃"（leap of faith）的命题。在这个阶段，人需要悬置伦理的判断，而完全诉诸信仰，达到"为上帝而活"的超越境界。

其实，祈克果早年经常邀朋友到家中闲聊，喝咖啡，享用美食。这一点在他的日记中都有记载。不知为什么，到了宗教阶段，人就不需要美食的陪伴了。难道人在天堂是不需要吃东西的吗？祈克果早期非常注重身体和疾病的问题，这与他自身病魔缠身有关。但他最后的结论是，身体本质上欠缺了一种状态，或失落了部分本质，所以人必须超越身体，透过重新建立对神的觉醒与信仰，达到最终的解脱。（祈克果：《致死之病》）祈克果的思想显然与中国的传统思想有很大的差异。首先，在中国文化中，审美的感官快乐与伦理的责任不一定是互不相容的，因为在中国人看来，肉体与精神应该是统一的。因此，一个人对美食的追求并不意味着只是"为自己而活"，而排斥"为他人而活"。再者，中国传统文化总体上具有人文主义的色彩，没有祈克果所说的"信仰之跳跃"。

或许美食和我们的味觉，可以成为上帝存在的最好证明。正如《芭比特的盛宴》，上帝通过美食，让我们知道什么是美好的东西。还是梁实秋说得好：馋不是罪，反而说明胃口好，身体健康。"生命有限，吃一顿少一顿，每一餐都不能辜负。"（梁实秋：《雅舍谈吃》）毫无疑问，食物成为治愈心灵的最佳选择。在《饮食》一文中，林语堂称赞中国传统文人在食物欣赏上的多样性："我们有'东坡肉'又有'江公豆腐'。"不仅如此，中国文人从来不会因为爱吃而感到羞愧。对于中国人，美食不仅仅是为了"趋乐"或"避苦"，更是对身体愉悦的肯定，是对"存在"本身的肯定。就像蒙田所坚持的那样，我们能够双倍地享受我们的愉悦，"因为享受的尺度取决于我们所给予它的注意力的多寡"。

透过饮食，我们体验人生的甜酸苦辣和喜怒哀乐。

第18章 从"身体美学"到"饮食艺术"

"身体美学"

"身体美学"（Somaesthetics）一词是美国著名哲学家理查德·舒斯特曼（Richard Shusterman）在20世纪90年代创造出来的一个新词，是由希腊文的"身体"（soma）和"美学"（aesthetics）二词合成而来。舒斯特曼基于美国实用主义哲学的原则，将传统西方美学思考转向对身体、对日常生活的关注。"身体美学"重新定义哲学、艺术和审美，形成一种新的实用主义的美学观和人生观。由于"身体"和"身体意识"成为一个不可忽视的研究对象，人的食色体验自然也成为舒斯特曼所关心的议题。

我在前几章提到，自古希腊柏拉图以降，西方哲学传统具有高举心灵、忽略身体的特征。柏拉图的灵魂论强调灵魂不朽，灵魂赋予身体一个本体，所以灵魂才是每个人的真正自我，与身体有着本体的区别。笛卡儿在他的《第二沉思录》（*Second Meditation*）中进一步发展了心物二元（mind – body dualism）的理论，并在此基础上提出一个不可怀疑的"思维的我"（cogito），并确立了自我意识纯思维的中心位置，而身体等则为外在的"他者"。西方哲学中虽然也有像祈克果（关注身体与疾病）、尼采（"以身体思考为引线"）这样另类的思想家，但身体二元论无疑是主流的思想。直到20世纪现象学（Phenomenology）的兴起，现象学创立者埃德蒙德·胡塞尔（Edmund Husserl）在《纯粹现象学与现象学哲学观念》中明确地声明"身体是所有感知的媒介"，至此哲学界出现"身体转向"（the somatic turn）——"身体"因此重新得到哲学家们的关注，如法国现象学家莫里斯·梅洛-庞蒂（Maurice Merleau-Ponty）有关"肉身本体"（the ontology of flesh）的论述。梅洛-庞蒂认为，人的"存在"既是"意识"的存在，也是"物体"的存在。其中身体不是知觉的对象，而是知觉者本身，是知觉活动的出发点。换言之，身体具有了主体性。

无疑，舒斯特曼的"身体美学"深受现象学的影响。与此同时，舒斯特曼还原古希腊"美学"一词的原有含意，即感官认知，这也是受到美国实用主义哲学的启发。舒斯特曼认为，"身体美学"实际上是"身体感性学"。他认为，"身体化"（embodiment）是人类生活的普遍特征，这也正是实用主义哲学家所注视的问题。无独有偶，台湾美学家蒋勋称美学为"感觉学"，与舒斯特曼的思想不谋而合。其实，从东方文化的角度，重视身体、重视感觉，这一直是我们传统思想的一部分。也难怪舒斯特曼近几年转向东方文化，包括中国和日本的饮食文化。

实用主义哲学（Pragmatism）产生于20世纪70年代的美国。著名的代表人物包括查尔斯·裴尔斯（Charles S. Pierce，1839—1914）、威廉姆·詹姆士（William James，1842—1910）

和约翰·杜威（John Dewey，1859—1952）。实用主义哲学强调经验、行动和效果，坚持将抽象的理论植根于具体的生活。具体来讲，实用主义哲学分为两个派别，一个是强调理性主义，另一个是强调经验主义。对舒斯特曼影响最大的是杜威和他的经验主义。在20世纪20年代，杜威号召哲学家去研究人类"直接快乐"（direct enjoyment）的经验，如盛宴和庆祝活动。杜威也是教育学家，他的教育理念是"生活、成长、重组及改造"。杜威的弟子之一是大名鼎鼎的胡适，中国新文化运动的领军人物。1919年，胡适曾邀请杜威到中国做哲学演讲，并在以后几年推广杜威的实用主义哲学观。对舒斯特曼来讲，实用主义哲学观最大的特色是对身体的自然主义的诠释，其中包括反对身体的孤立化和碎片化。

舒斯特曼对当今欧美的两大美学学派——分析美学和解构美学——进行综合性的整合和吸收，并以詹姆士、杜威等人的实用主义哲学为基础，形成自身独特的新实用主义的身体美学思想，探讨艺术定义、审美经验、诠释学、通俗艺术等一系列美学问题，也涉及具体的艺术形式，如舞蹈、时装等。身体美学之价值在于重新检视"认识世界、自我认识、正确行动"的哲学原则，与此同时，反思何谓人生意义以及快乐和美好。按照舒斯特曼的解释，"身体"（soma）不仅仅是一个"肉体"（body），也是一个活生生的、感觉灵敏的、动态的人类身体。这个身体存在于实质空间中，存在于社会空间中，亦存在于自身感知、行动和反思的空间中。身体意识不仅是心灵对于作为对象的身体的意识，也包括"身体化的意识"：活生生的身体（lived body）直接与世界接触，并在世界之内体验它的存在。

透过身体化的意识，主体和客体构成一个整体，与世界互动。舒斯特曼指出，美学是感性之学，从诞生之日起，就意味着对形而上学的革命。美学既是经验，更是体验（中文翻译中这个"体"字起到了特殊的效果）。因此，"美学是作为有关肉体的话语而诞生的"。身体美学，不仅是感官审美欣赏的对象，更是自我塑造的场所。

身体美学的研究又可以分为三大类：分析的身体美学（analytic somaesthetics）、实用的身体美学（pragmatic somaes-thetics）和实践的身体美学（practical somaesthetics）。其中分析的身体美学注重纯理论的研究，如本体论与知识论中的身体问题，确认身体在审美中的合法地位；实用的身体美学寻求规范性的判断和指引，研究和分析身体状态的美化和提升，如饮食、服饰、舞蹈、健美、瑜伽等；实践的身体美学探讨具体的身体操练：通过表演、修炼、践行以提高自我认知，回归身体美学的实践本性。所以，实践的身体美学是对传统美学光说不练的反叛。在这一系列的活动中，感官认知（sensory percep-tion）是身体化的意识的关键。舒斯特曼认为身体不但是可知的，而且是可以修炼的（这一点大概受到东方思想的影响，如道教和禅宗）。反思身体意识可以提高人的感官认知，创造更好的审美经验。

日常生活经验

作为生活哲学，身体美学提倡面向日常生活经验，经由审美而提升的生存境界。艺术与生活的界限被打破，让日常生活以审美的方式呈现在人们的面前。当然，我们不能不承认生活难以摆脱过于商业化的倾向，很多与身体相关的内容，如养生、美容、健身等由于商业的炒作被过度地消费，使得人的身体被自我对象化和工具化。舒斯特曼也不得不承认，"对于身体感性的精微之处和反思性身体意识普遍麻木，而这种麻木又导致了对于畸形快感的片面追求"（舒斯特曼：《身体意识与身体美学》)。在一个物质的、法律控制的世界中，审美经验成为自由、美感以及理想意义的庇护所。我们对自我身体的认知不是先验的，而是经验的，这种经验既有"外在"的因素，也有"内在"的因素，后者似乎更有力度。但舒斯特曼所倡导的身体美学并非像尼采的酒神精神一样，号召人们回归身体

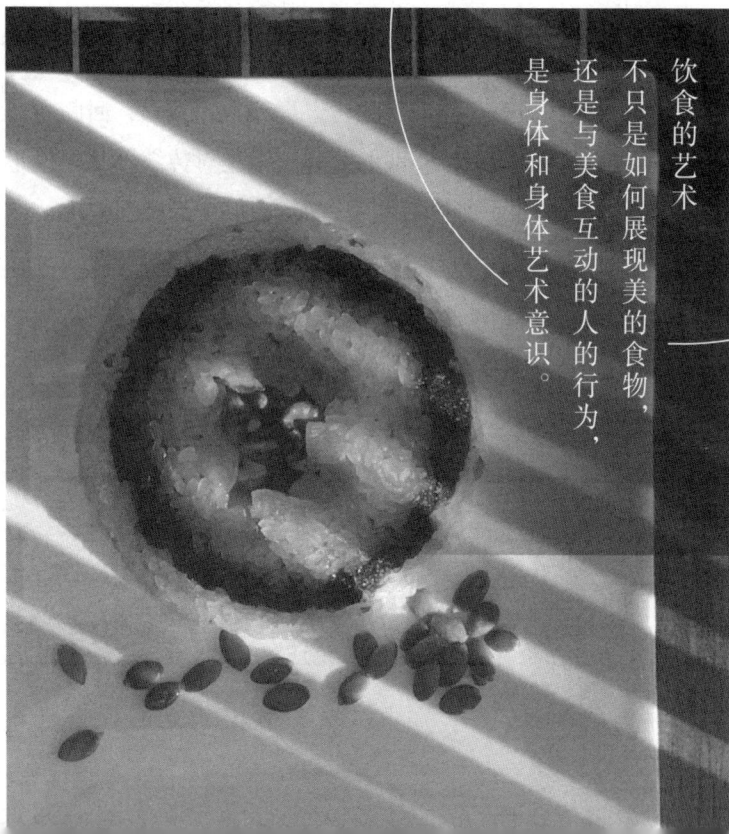

饮食的艺术不只是如何展现美的食物，还是与美食互动的人的行为，是身体和身体艺术意识。

原始的本能和激情，而是重新调节身心的平和，从感官认知达到自我认知。

如果生活即审美，那么我们应该如何看待美食？如何看待我们享用美食的经验？作为感性之学，味觉的研究同样意味着对形而上学的革命。你就是你的食物，这就是说，美食经验不仅是感官愉悦的对象，更是自我塑造场所。饮食经验是肉身化的哲学的一种表达形式，而这恰是哲学的重要目的，即正确的行动，包括意识的觉醒，以及对身体的控制能力。

在其《身体美学与饮食艺术》（*Somaesthetics and the Fine Art of Eating*）一文中，舒斯特曼开篇这样写道："饮食是人的需要，但懂得如何饮食是一门艺术。"这句名言被世人认为来自法国箴言作家弗朗索瓦·德·拉罗什富科（François de La Rochefoucauld），而舒斯特曼认为这句名言出自 19 世纪的一位德国作家。源头已经不那么重要了，关键是它的意义。现在，我们看到很多美食书都喜欢用类似"吃的艺术"这样的表达，体现美食家布里亚-萨瓦兰所倡导的美食学（gastronomie），即饮食不仅仅是关乎美的经验，也是一种生活态度。美国美食家 M. F. K. 费雪的那本《饮食的艺术》至今依然是同类书籍中的佼佼者。她提倡优雅饮食，吃出"生命的华丽胃口"。

舒斯特曼很喜欢中文中"饮食"这个词。英文中的 eating（食）与 drinking（饮）是分开的两个词。有意思的是，舒斯特曼在他的文章中，特意说明文章中的 eating 采用中国文化的"饮食"的概念。我的中文翻译也采用"饮食"，即"饮食的艺术"，而不是"食的艺术"。还有，舒斯特曼的文章标题的英文是"fine art"，而非通常所用的"art"。"fine art"的字面意思是"精美的艺术"。但在中文世界中，常常被理解为"美术"，即绘画艺术。"美术"一词诞生于 20 世纪初，是由中国画家、教育家吕凤子（1886—1959）从日本带到中国的。那时，传入中国的不少西方词汇都是来自日本，如"哲学"、"宗教"、"科学"、"意识形态"、"商业"、"概念"、"系统"等。在西方文化中，美术（fine art）是一个广义的概念，其中包括绘画、雕塑、音乐、戏剧、书法、雕刻、文学等类别。所以，舒斯特曼使用 fine art 说饮食，也是在广义的概念中使用。

舒斯特曼将美食的审美经验分为三个相互关联的方面：一是准备饮食料理的多元复杂的过程，这个过程也包括餐具的摆放与展示；二是食物的欣赏和评判，包括对食材的研究、欣赏和审美判断——味道、颜色、形状，以及它们的营养含量和所承载的文化意涵；三是食物入口后所引发的一系列的身体经验，包括消化的过程。舒斯特曼指出，人们常说的饮食之艺术经常是把着重点放在第二个方面，即对食材的研究、欣赏和审美判断，而忽视第三方面，即享用美食之后身体的变化，而这个部分，正是舒斯特曼想要强调的。食物的消化过程不仅仅是身体机械地或化学地运动的过程，它本身还涵盖着对事物的选择、判断和反思。舒斯特曼认为，对第三方面的研究，有助于我们对第一方面和第二方面更好的认知。

饮食艺术与饮食行为

应该注意的是，饮食艺术（the art of eating）不等同于饮食行为（the act of eating），尽管前者有时会离不开后者。饮食行为往往是本能的、受习俗控制的、没有思考的、机械的行为。在某种意义上，这种行为与其他动物没有太大的区别，对食物的渴望也相似。只是我们人类发明的语言，让我们学会对各类食物命名和分类，譬如开胃食、主食和甜点，或主菜与小菜。显然，动物进食时，不会有这样的分类。所以法国著名美食家布里亚－萨瓦兰（Jean Anthelme Brillat－Savarin）有句名言："动物喂饱自己，一般人进食，聪明人知道如何饮食。"舒斯特曼认为，人类对饮食的认知和审美的经验需要积累的才智、灵敏的感知力以及对食物质量的反思和评判。在此基础上，舒斯特曼又把美食家分为两类：一类美食家是有能力分辨美食和享用美食；另一类美食家是有能力审美饮食（已超出选择食材和享用美食的能力）。后者对食物的认知以及对美食的欣赏已被转化为一种饮食的艺术——关注点只在审美食物的体验和身体感受食物的经验，所以"吃的哲学"是我们不可忽视的一件事。不但如此，舒斯特曼甚至说，这种饮食艺术是超越一般我们所熟悉的五官的经验，包括味觉的感受。这种饮食艺术听上去有点"神秘经验"的味道。

这到底是什么样的经验呢？根据舒斯特曼的解释，这种经验首先是时间性的，是时机的把握（timing）。食者按照时间的顺序享用食物的美味，这不一定指一道菜接着另一道菜，而是指一口菜接着另一口菜，以及时间的间隔和每一口中的嗅觉、品尝、咀嚼、吞噬。每一个具体的经验相互作用，形成和谐的韵律，成为一个饮食的过程。每一口品尝、食物在胃中的消化都是在时间的流变中进行。体验美食本身需要时间，慢慢来，决不能着急。其次，饮食艺术是一种表演艺术（performing art），就像音乐、舞蹈，是演绎的过程。或许会有人说，饮食的艺术不是吃本身，而是被吃的食物。由此所谓的审美不是吃的动作，而是吃的对象。针对这种说法，舒斯特曼的回答是，饮食的艺术不只是如何展现美的食物，还是与美食互动的人的行为，是身体和身体艺术意识。显然，舒斯特曼的解释带有现象学的特征，同时也是实用主义"行动"哲学的演绎。传统哲学尊崇、专注心灵而贬低身体、疏远身体，而舒斯特曼的饮食身体美学，就是对贬低身体的一个翻转，是通过身体的自我救赎。

为了说明饮食美学的时间性和表演性，舒斯特曼用戏剧表演作比喻。一部搬上舞台的戏剧，首先要有剧本，但戏剧不能只有剧本，否则就是一个文学作品，而不是戏剧。戏剧依靠的是舞台和时空上的表演，这个表演一定是超越剧本的，并增加了剧本的艺术层次。饮食艺术亦然，审美经验不止于观赏各式佳肴，而是食的"行动"所产生的身体的愉悦。因此，美食的价值在于我们饮食的经验。倘若是一位厨师，他不会被他所制作的食物的好坏所影响，除非他自己要亲自吃他所烹饪的食物。食客就不同，食物的价值直接来自他与食物的关系，即他从食物中所得到的美感体验。如果我们用亚里士多德的术语，烹饪是 poiesis（制作活动），而饮食是 praxis（实践活动），两者的功能不同，难怪历史上很多美食家不一定是大厨，因为大厨所从事的仍属于制作活动。

舒斯特曼的身体美学强调日常生活的面向：没有比一日三餐更生活化的事情了，它形成了我们感知这个世界最原始的角度；它超越文化、超越种族，是人类普遍的日常生活经验。好的饮食不仅带来身心的愉悦，而且带来身心的健康。如果正如布里亚－萨瓦兰所言：我们就是我们所吃的食物，那么反思饮食的艺术有助于我们更好地认知自我——饮食习惯以及这些习惯对我们自身及与我们同餐的亲友的影响。更为有意义的是，反思饮食的认知过程不是一个点，而是一条线，不是封闭的，而是敞开的。另外，饮食的艺术可以说是个体的，也可以说是社会的。由于饮食活动常常是一种社交活动，它的社会以及文化层面的意义不能忽视。特别在我们中华文化中，有时候，和什么人一同吃比吃什么，更会影响我们的饮食经验。

由于饮食是身体的经验，舒斯特曼还强调吃饭时的坐姿：什么样的坐姿更容易体验美食？首先身体要坐正，坐姿不正，将使得胃肠消化不良。还有吃的举止，包括身体、胳膊、手的动作。另外，注意饮食过程中的内在空间的控制，如品尝食物的节奏：舔、咬、嚼、吞等，以及像鼻、嘴、舌、喉这些器官的敏感度。我们在品味佳肴时，可以准确地把握不同食物的颜色、香味、质感。这种身体的经验是一种身体的意识，而这个身体的意识又是我们身份认同的重要而根本的维度。这让我想到清初的大文豪、大吃货李渔的名言："吾观人之身，眼耳鼻舌、手足躯骸，件件都不可少。其尽可不设而必欲赋之，遂为万古生人之累者，独是口腹二物。……吾反复推详，不能不于造物是咎。亦知造物于此，未尝不自悔其非。"（李渔：《闲情偶寄·饮馔部》）人因为有了肚子和嘴巴，生活就繁累了。李渔一方面对人的口腹之欲表达无奈，但一方面承认这是造物之举。既然老天爷给了人一个躯体，给了一个无底洞的肚子，我们只能接受我们的躯体，认识我们的躯体。舒斯特曼认为，我们拒绝我们的身体，拒绝我们的身体意识，就是拒绝我们自己。(Richard Shusterman：*Somaesthetics and the Fine Art of Eating*)

显而易见，舒斯特曼的饮食艺术符合他身体美学中的"审美"具有的双重功能：一是强调身体的知觉功能，二是强调其审美的各种运用功能，既可以让个体自我风格化，也可以用来欣赏其他自我和事物的审美特性。"认识你自己"——这一使命是苏格拉底在特尔斐的阿波罗神庙中领悟到的。舒斯特曼说：我既是一个身体，又拥有一个身体。

所以，认识你自己，要从认识你的身体开始，从你的"食欲"开始。

第 19 章 食物选择中的道德困境

饮食习惯和价值取向

一个人的饮食偏好与一个人的政治倾向有关联吗？这是一个有趣的问题。美国《纽约客》专栏作家亚当·高普尼克（Adam Gopnik）就这个问题考察了一下法国人的饮食习惯和政治取向的关系，得到的结论是：基本上没有关系。譬如一个喜欢尝试不同饮食风格的人（在饮食品味上是一个喜欢冒险、创新的自由派），却是《费加罗报》或《观点》这类中间偏右媒体的读者；而坚持传统法式料理的老派食客有可能是左翼媒体，如《玛丽安》或《解放报》的忠实读者。（Adam Gopnik：*The Table Comes First*）照高普尼克的观察结论，那句"你吃什么食物，我就知道你是什么人"的名言好像要大打折扣了。尽管如此，我们在很多时候还是能够看到饮食偏好与政治取向的关联。例如在美国，喜欢练瑜伽功的素食者或主张动物权益的素食者，和那些离不开德州牛排的食客，大概是属于不同政治阵营的人。那么，饮食背后，是否存在不同的价值取向？

巴吉尼在《吃的美德：餐桌上的哲学思考》一书中说过这样一段话："道德布满了陷阱，即使我们已经深思过某个议题，可能还是会错得离谱。我们都有选择权，可以选择固执不变或尽力而为，我宁愿自己是个困惑不解、前后不一、因为道德立场而遵守不完美甚或过于简化的规则，也不愿意当个道德无感的人。"巴吉尼在这里指出，道德的标准有时并非泾渭分明，简化的遵守规则是教条主义，否定规则又是虚无主义。这种"道德困境"也常常表现在我们对食物的看法以及在食物选择上。

所谓"道德困境"（moral dilemma）在伦理学中也称道德悖论，意指陷于道德命令之间的明显冲突。也就是说，如果遵守其中一项，就将违反另一项的情形。在此情况下，无论如何作为都可能与自身价值观及道德观发生冲突。譬如，一个无肉不欢的人，和食素的朋友在一起，可能就会为"to（m）eat or not（m）eat"（吃肉还是不吃肉）这个问题是不是道德选择而争执。"人如其食——你就是你吃的食物"，从饮食健康的角度看，这句话听起来似乎没有问题，但从道德选择的角度来看，难道你选择的食物就是你的道德选择吗？难道食素者一定比食肉者更道德吗？先不说"食素"可能是出于健康的考虑，也可能是出于环保的考虑。就算是后者，"食素"就一定环保或更有爱心吗？巴吉尼在《吃的美德》就这类问题进行了探讨，其中包括"食素"、"有机"、"基因改造食物"、"食谱"、"公平贸易"等相关议题。显然，巴吉尼不是用简单的"政治正确"（politically correct）的道德标准去评判人们的食物选择。譬如，"生态环保人士"眼中的食物应该是"新鲜"、"在地"、"自然"，但一味强调有机自然反而会矫枉过正。如果全世界都改为有机作物，那有大半的人会因此饿死；再有，基改食物（genetic modified food），其问题的本质是食物本身还是它们对于环境的冲击，至今没有标准答案；有些人质疑公平贸易的价格高，但在市场自由运作的机制下，这或许是消费者愿意付给生产者高一点的金额，帮助他们改善生活。其实，我们每天面对的食物，背后都有一个培育、生产、制作、烹调的过程，这个过程自然会有伦理意涵。我们作为消费者，也会考虑这个过程中有可能带出的伦理议题。

的确，饲养人类需要食用的动物意味着土地、饲料、能源的消耗，但这是否等于说食肉者就是环境的破坏者？的确有学者提出，吃肉导致森林的消失。我怀疑这种说法的科学根据。素食者说不该吃有生命的动物，却能吃有生命的植物，吃有生命的植物还是其他生命一定是个道德问题吗？难道做一个"食肉环保者"（a meat - eating environmentalist）是不可能的吗？

美国《国家地理》杂志特约撰稿人丹尼尔·斯通（Daniel Stone）2018 年出版《食物探险者》（*The Food Explorer*），该书出版以来，一直受到食物爱好者的追捧。作者在书中详尽讲述了美国人的饮食如何从 19 世纪到 20 世纪初的转化，即从单一食物逐步进入多元的食物供应。除了大自然的恩典，更多的食物来自全世界的贸易，尤其是早期探险者的努力：意大利的无籽葡萄、克罗地亚的甘蓝、高加索地区的葡萄、巴布亚新几内亚的香蕉、伊拉克的海枣、中国的橙子、智利的鳄梨……由此看来，有些被我们认为"在地"的食物，其实是舶来品，所以，《食物探险者》的副标题是"跑遍全球的植物学家如何改变美国人的饮食"。这位喜欢探险的美国植物学家就是大卫·弗莱查尔德（David Fairchild），他曾在十年间，将上千种植物从世界各地带到美国，由此增加了植物的多样性，也改变了美国人的饮食结构。

美国食物伦理学家保罗·托马森（Paul B. Thompson）所著的《从土地到餐桌：每个人的食物伦理》（*From Field to Folk*：*Food Ethics for Everyone*）发表于 2015 年，涉及食物伦理学的方方面面。托马森首先从全球食物消费链出发，说明我们的食物选择如果受到食物消费链的影响，其中涉及机器饲养农场对动物和环境的伤害。与此同时，他对食物加工行业的工人所遭受的"不公平"的待遇进行揭露和批判，认为当下在全球所推动的"食物运动"（food movement）正是对不公正待遇的有效回应。沃伦·贝拉史柯（Warren Belasco）在他的《食物：认同、便利与责任》（*Food*：*The Key Concepts*）一书中，从记忆、性别、全球供应链、健康及永续等层面探讨当今的饮食生活，以及人们该如何选择食物："认同"、"便利"或"责任"，哪个向度会是人们的优先考量？当然，贝拉史柯也明白指出"责任"可能不是影响食物选择的最强大因素，但他认为应该让"责任"位居重要的地位，并建议消费者应适当考虑选择食物的后果。伦理学中经常被讨论的议题还包括社会公义、全球饥饿、家禽生产、绿色科技、食品营养、食物安全等等。毫无疑问，"食物伦理"议题已成为 21 世纪的显学，正如沃伦·贝拉史柯所言："关于现代工业文明（及现代工业食品）未来的争辩，对 21 世纪而言并不新鲜。"

大多食物伦理以及食物研究的学者对现代主义以及现代自由市场经济带有一定的质疑和批判。他们往往从农业生产与能源入手，探讨食物主权、土地恢复力与小农生产议题，提出

"食物为民，不为商业利益"的新农食体系价值目标，并以此破解"自由市场迷思"。由于这些著作的立场鲜明，透露某种食物的选择才是"正确的"或"道德的"，因此与自由主义的信奉者产生不同的伦理道德和价值判断。（张玮琦：《如何建立食物思考力？》）出于同样的理由，很多食物研究的学者对全球化给传统农业经营造成的影响，也提出诸多批判。譬如，一些本土化产业放弃传统工艺，仿效跨国企业"麦当劳"的生产方式，令传统工艺文化难以承传。

食物选择的自由

然而，自由市场的拥护者，强调选择的自由。他们认为，食物选择是有关个人品味的私事，只要不危及他人的利益，社会就不能以道德的名义加以干涉。任何诉诸社会的道德评判，都已预设了某种"共同道德原则"，并将这种道德原则强加于他人。譬如，吃肉是不是一种伦理的行为？是否有悖于动物的权利？人们选择素食有许多的理由，为什么素食就会有道德优越感？素食代表"尊重生命"吗？在回答这些问题之前，我们应该考虑现代饲养和屠宰动物的方法，我们也可以考虑如何用更有效的方式善待动物，以减轻动物的痛苦，而不是简单粗暴地说食肉的行为不道德。巴吉尼在《吃的美德》一书中，描述他亲访屠宰场的见闻，认为我们应该重视动物福祉。也就是说，身为目前最强势的物种的我们，对世界万物，应该要具有同情心。巴吉尼的观点，类似于我们东方人所说的人的"慈悲"或"恻隐之心"。至于动物是否有权利，这是动物伦理学一直在争议的问题。

　　至于出于宗教信仰食素，或避免某种肉类食物，这属于各自宗教所保守的传统戒律和行为规范。从现代自由主义的立场看，宗教信仰属于个人的选择，故不能成为普世的道德原则。比如佛教教义有"不杀生"之说，《大智度论》言："诸余罪中，杀业最重。诸功德中，放生第一。""不杀生"是基于佛教无缘大慈、同体大悲的思想，也含有佛教所强调的"众生平等"的原则。然而，即便如此，佛教的信仰者并不是绝对不食肉，如早期的佛教、藏传佛教、日本禅宗，连佛祖本人都不是素食者。食素的原则，在佛教史上并没有定论。上座部佛教律藏经对杀生也有不同的定义，一般认为吃肉与杀生没有关系。例如《臭秽经》（《荤腥经》）认为，食肉不是臭秽，贪、嗔、痴（佛教中所说的"三毒"）才是臭秽。加之，早期佛教出家人以托钵乞食为生，有什么吃什么，并不能挑食。而佛教中"食素"的"素"意指斋食，即避免蒜、葱类的食物，具体来说，就是大蒜、小蒜、阿魏、慈葱、茖葱。原因是这类食物会妨碍修行打坐。《诗·魏风·伐檀》亦有"彼君子兮，不素食兮"的说法。中国传统的素食即不食"五辛"（或称"五荤"），这一思想后与佛教教规融合。再有，禅宗有"酒肉穿肠过，佛祖心中留"的说法，不拘泥于形式，是禅宗的精髓。

　　华夏是农业古国，一般百姓多赖耕种为生，因此传统饮食，以谷物菜蔬为主，肉食为辅。肉类缺乏，一般人吃不起，所以不是吃与不吃的选择问题。按照《礼记·王制》的说法："诸侯无故不杀牛，大夫无故不杀羊，士无故不杀犬豕，庶人无故不食珍。"可见在饮食阶级划分下，一般民众想吃珍馐佳肴是件不易之事。佛教传入中土，在许多信仰佛教地区，并未严禁肉食，但有"三净肉"的说法。所谓的"三净肉"，是指不见、不闻、不疑的净肉："不见者，不自眼见为我故杀是畜生；不闻者，不从可信人闻为汝故杀是畜生；不疑者，是中有屠儿，是人慈心，不能夺畜生命。我听噉如是三种净肉。"（《十诵律》）这大概就是佛教所说的"慈悲为本，方便为门"吧。听上去有点类似孟子所说的"君子远庖厨"，因为"闻其声，不忍食其肉"（《孟子·梁惠王上》），但搬到餐桌上的肉还是可以吃的。儒家认为道德始于人伦，坚持"人禽之辨"，不存在所谓的"物种歧视"（speciesism）的伦理问题。所以接受儒家思想的人，可以心安理得地享受各类肉食的美餐。

1987 年，获得美国普利策奖提名的约翰·罗宾森（John Robbins）出版了《新世纪饮食》（*Diet For A New America*）。该书一经发行，便荣登当年畅销书榜首，被认为是"改变美国人的饮食习惯和改变地球"的佳作。甚至有人把《新世纪饮食》和约翰·罗尔斯（John Rawls）的《正义论》（*A Theory of Justice*）以及瑞秋·卡森（Rachel Carson）的《寂静的春天》（*Silent Spring*）相提并论。《正义论》出版于 1971 年，在学界被视为一部具有里程碑意义的政治哲学与伦理学著作。在书中，罗尔斯尝试用社会契约的衍生方式来解决分配公正的问题，由此推导出"正义即公平"（justice as fairness）的理论，并由此得出他的正义二原则：自由原则和平等原则。《寂静的春天》出版于 1962 年，在美国现代图书公司"二十世纪 100本非小说"类中排名第五。作者卡森是一位海洋生物学者，她在书中深刻地解析了有毒化学农药对环境的深远影响，从微小如土壤生态系中的真菌，谈到庞大海洋生态系中的巨型哺乳类，从微观的细胞生理机能运作解释到宏观的生态系能量流动。

罗宾森基于经数年对美国人饮食习惯的调查研究，提倡一种新的饮食文化，即"素食文化"（vegetarianism）。作者在书中把饮食营养学、环保、动物权利等议题巧妙地融合在一起，故事动听，文字优美。罗宾森指出，"饱和性脂肪和胆固醇"，也就是肉、蛋吃太多，会引发各种疾病，包括癌症的产生。罗宾森把肉、蛋、奶称为"三毒食物"，建议人们尽量少吃。罗宾森不愧为富家子弟，他是否知道世界上现在还有多少人根本没有"三毒"可吃。他们面临的问题不是营养过剩，而是营养不足。显然，罗宾森所呈现的问题，是后工业时代食物"过剩"（excess）的社会议题。

与此同时，书中所揭露的美国饲养场的各种恐怖内幕，令人读后毛骨悚然。作者论证的结构是这样的：首先向读者展示动物世界是多么的可爱，没有其他动物，我们的日子还有啥意思？然后告诉我们那些早已为我们所熟知的动物（大多成为我们餐桌上的食品）是如何被虐待、被残杀的。然后是蛋、肉及乳品的泛滥以及它们对人类健康的伤害。最后作者指出美国社会浪费食物的现象以及食物生产（尤其是肉类食物的生产）对环境的破坏。这是一个完美的论述结构：健康—动物权益—环保。没有几位读者看后还想再触摸肉、蛋、奶之类的食物了。根据这本书的内容，洛杉矶的 PBS 后来还拍摄了纪录片，向公众揭示"工厂化农场"对动物的暴行，一场饮食革命就这样在美国拉开了序幕。现在在欧美国家，素食人口在

To eat or not to eat,
that is a question.

不断增长。如丹麦哥本哈根诺玛（Noma）是一家米其林二星的知名餐厅。主厨勒内·勒哲毕（René Redzepi），以素食改变北欧美食以鱼肉为主的传统，打造了全新的北欧/斯堪的纳维亚美食（Nordic / Scandinavia Cuisine）。素食者可以分为两类：一类是一般素食者（vegetarian），一类是纯素食者（vegan）——前者只是不吃肉类和海鲜，后者不吃来自动物身上的任何东西（如蛋类和奶类食物）。

素食：新世纪饮食？

自《新世纪饮食》问世，三十多年过去了。今天再读这本名著，我还是有一种复杂的心理。罗宾森坚持认为，动物应该从菜单上撤下来。他说：人的饮食，可以拯救地球，也可毁灭地球。作为食肉的我，被作者说成是破坏地球的一分子，多少有点不服气。其实，早在《新世纪饮食》问世之前的1971年，另一本畅销书《一个小星球的饮食》（*The Diet of a Small Planet*）这样写道：人们为了生产一份肉食，需要花费十四倍的谷粮来喂食动物，这是一个巨大的资源浪费。作者莫尔·拉彼（Frances M. Lappé）认为，吃素既健康又环保，吃素可以让一个人在这星球上"无债一身轻"。我不是营养学家，不想加入素食是否一定健康的争论。但就伦理学的立场，我接受许多同我一样非素食人的观点：保护动物没有问题，不同的饮食方式也没问题，但是不必把素食的行为上升到道德伦理高度，不食素并非是不道德的表现。何况不少人吃素，是因为承继了某种宗教信仰或文化传统，并非经过伦理思考后的决定。再有，对动物的关怀可以有不同的表达形式，譬如收养流浪猫、流浪狗等。

尽管我会赞同罗宾森的很多观点，如不要虐待动物，不要浪费食物，不要过度消耗能源，要注意饮食健康（少吃带有化学药品、荷尔蒙、杀虫剂和抗生素的食品）等等，但我还是认为他的一些观点过于夸张，过于武断。或许作者认为，在危机时代，为了警示世人，一定的夸张是修辞的必要。我之所以这样说，是因为这种夸张不但表现在《新世纪饮食》一书中，而且体现在食物伦理学这门学科中。现在，很多伦理争论，特别是在环保问题上，已经不仅仅是伦理议题，更是带有强烈政治目的活动。即使我们同意澳大利亚著名的哲学家彼得·辛格（Peter Singer）对保护动物的呼吁，也同意改变工业养殖的方式，但无须把任何菜单都变成"彼得·辛格的菜单"。2010 年，以色列裔英国厨师尤他马·奥特蓝奇（Yotam Ottolenghi）写了本畅销书《大开吃界》（*Plenty*：*Vibrant Vegetable Recipes from London's Ottolenghi*），向世人推广各式素食美食菜谱。殊不知，他本人是食肉的。

在美国威斯康星大学教授哲学的艾利亚特·索波尔（Elliott Sober）对环保伦理中的一些论证提出质疑。他在《环保主义的哲学问题》（*Philosophical Problems for Environmentalism*）中指出，环保运动中很多哲学或规范伦理学问题并没有得到澄清，导致概念或结论的混乱使用。譬如，如何理解自然界各种物种的"工具价值"（instrumental values）？当我们说什么东西是自然资源时（如食物、医疗、娱乐等），我们不可能避免考虑其工具价值，然而我们又如何定义自然资源超出工具价值之外的"内在价值"（intrinsic values）呢？环保伦理试图说明自然中的万物具有人类估价以外的价值，即非人类中心论所考虑的价值，但是任何"概念化的尝试"（conceptualization）都是人类理性化的产物。再有，动物的问题。实际上，环保人士与动物保护（或动物解放）人士在如何区分"家养动物"和"野生动物"的问题上一直没有达成共识。动物保护人士认为，所有的动物，无论家养还是野生，都有"感受痛苦的能力"（the capacity for suffering），所以都应是伦理考量的对象。而环保人士更重视被他们认为是"自然"（natural）的物种，即生态链中的野生动物。索波尔则认为，自然是生物概念，不是伦理观念。在索波尔看来，环保伦理的最大问题是人为地制造"二元对立"的问题，如痛苦/快乐、需求/兴趣、个体/整体、自然/人为等等。另外，"滑坡谬误"（slippery slope）也是我们在环保伦理中常见到的逻辑谬误。也就是说，论证者会使用连串的因果推论，却夸大了每个环节的因果强度，而得到不合理的结论，因为事实不一定照着线性推论发生，而有其他的可能性。譬如，说食肉导致环境的破坏，就是把一个复杂的因果推论过于简单化了。另英国评论家科克·里奇（Kirk Leech）在《吃的伦理：吃什么才是道德的?》中，也对在食物选择上做过多的道德评价提出异议。他认为吃东西是一种享受，品味美食更是如此，不应该被道德绑架。

环保主义者是从保护生态的角度主张素食文化，而动物保护主义者是从动物权利的角度反对肉食文化。然而，我们又如何界定"动物权利/权益"（animal rights）呢？动物是否有"权利"（rights）？所谓的"权利"是一种潜在的宣称（claim），同时存在着这个宣称的执行者，这个执行者可以是个体、社群、国家等，法律中的权利更为复杂。有些权利具有道德意涵，但没有法律的承诺（如我有让他人对我言而有信的权利），而有些权利既有道德意涵，亦有法律承诺（如不受抢劫的权利）。彼得·辛格是动物权利的提倡者，也是动物解放运动的活动家。他在 1975 年发表的《动物解放》（*Animal Liberation*）一书，曾在伦理学界轰动一时。辛格认为，动物应被纳入道德考量的范围，亦应享有与人类相同的平等权利。然而，

我们有食物选择的自由，我们不应该把我们的选择强加于他人。

人类的法律和道德是人制定的，也就是说，人是自我立法（self‐legislative）和道德自律的（morally autonomous）。相比之下，其他动物没有这种道德判断的能力，因此既不可能提出任何道德宣称，也不可能是道德宣称的执行者。我们可以界定动物的"利益"（interest），却无法确定动物的"权利"；而且，从有"利益"到"权利"之间，有一个逻辑上的跳跃。尽管如此，我们理解为什么动物保护人士需要"动物权利"的说法，他们需要一个与"人权"相应的类比概念，呼唤人们对动物的关怀与仁慈。正如巴吉尼在《吃的美德》所言："我们重视动物福利，供应商自然会跟进。"

总之，我们有食物选择的自由，我们不应该把我们的选择强加于他人。但作为个体消费者，我们也应该适当地考虑一下食物选择中所存在的伦理问题。"To eat or not to eat, that is a question."（吃还是不吃，这是个问题）人类作为"地球管家"也好，"地球一分子"也罢，维护我们赖以生存的环境，这是我们每个人的责任。

吃什么才道德呢？这不是容易回答的问题。

第 20 章　食物构建自我

自我的迷思

　　哲学中一个常常被提出的问题就是"我是谁"或"谁是我"。这让我们不禁想到布里亚－萨瓦兰的那句名言："告诉我你吃什么样的食物，我就知道你是什么样的人。"

　　"我是谁?""我从哪里来?""我要到哪里去?"这是哲学三大终极问题，其中"我是谁"至关重要。与"我是谁"密不可分的另两个概念是"自我同一性"（self－identity）和"人观"（personhood）。哲学家问：我们是否应有一种一成不变的、超验的自我同一性或人的状态。笛卡儿坚持"我思故我在"（Cogito，ergo sum），就是说，我的自我同一性在我的思维中得以证实。在那个充满各式怀疑论的时代，笛卡儿也在怀疑，他在问自己"我到底是谁"，想来想去，最后认为，我可以怀疑一切，但总不能怀疑我正在怀疑吧？而怀疑说明我的大脑在思考，也说明思考者的存在，所以"我思故我在"。显然，笛卡儿的"我"是在理性框架中构建出来的。和古希腊的苏格拉底、柏拉图一样，笛卡儿也是典型的理性主义者，相信性是通往知识的唯一途径。故我思的本质，就是人的与抽象的、超验的思考不同，食物的思考是关系的思考，是在『他者』中构建『我是谁』的问题。

理性。

与此同时，在笛卡儿看来，这个思考的理性的"我"是一个不变的精神的我，不受肉体的影响，是心灵的体现。笛卡儿认为，心灵和肉体是分开的：前者是无形的，后者是有形的。笛卡儿把人的心灵比作喷泉制造者，人的大脑比作蓄水池，而人的肉身是喷泉的整个构造。喷泉的构造当然是由喷泉制造者来决定。这种心灵和肉体的有等级的区分在哲学上被称为"心物二元论"。

英国怀疑论者休谟对"我是谁"的问题有不同的观点。作为经验主义者，休谟不相信理性所构建的自我，认为自我这些观念只是为了方便日常生活的概念而已。休谟的代表作《人性论》（*Treatise of Human Nature*）有一个章节是《论抽象观念》，他在论述抽象观念之前，引用了另一位经验主义哲学家乔治·柏克莱（George Berkeley）的一段名言："一切一般观念无非是附加在某个名词上的个别观念，该名词让这种观念得到比较广泛的意义，使它在相应的时候回想起和自己类似的其他个体。"休谟想要表达的是，我们的知识，是由"印象"和"观念"所制造，当我们使用"自我"或"人"这些观念时，抽象的观念是一个被感知的存在，本身总是以个体的形式表现出来。由此，休谟坚持"自我"也是"被感知的观念之一"。简言之，所谓的"自我"只是感受到的"知觉的集合"（a bundle of perceptions）而已，这个印象一开始是真实，之后便会慢慢模糊："我的知觉在任何时刻被移除时——就像是在熟睡中——就无法感觉到我自己，而且可以真确地说我根本不存在。"（David Hume：*Treatise of Human Nature*）可以看出，作为怀疑主义哲学的代表人物，休谟是将怀疑的原则贯穿到底。他把"自我"和"人观"都看作是基础主义（foundationalism）的自我幻觉而已。什么是自我？说不定自己所认为的那个自我，只不过是某些思绪与感受的集合而已，而不是拥有思维的单一实体。

其实，"我如何证明我是我"这个问题，在哲学中被称为"同一性"（self – identity）问题。这个问题可以追溯到古希腊哲学。当时有一个争论议题叫作"忒修斯悖论"（Theseus' paradox），也称为"同一性悖论"。当时1世纪时有位叫普鲁塔克的人提出这个问题：如果忒修斯的船上的木头逐渐被替换，直到所有的木头都不是原来的木头，那这艘船还是原来的那艘船吗？（这类问题现在被称作"忒修斯之船"。）有些哲学家认为是同一物体，有些哲学家则认为不是。这个问题让我们想到赫拉克利特那句著名的"人不能两次踏入同一条河"。也就是说，事物每时每刻都在变化。按照这个逻辑，一成不变的"自我"实体是不存在的。

佛学对自我的认知与休谟的怀疑论有惊人的相似之处。佛教指出："物我皆空，明心见性，识得自我，便可成佛。"换言之，在佛教看来，"我"是"空"的。但这里的"空"不是简单的"没有"或"不存在"，而是与佛教哲学中的一个关键思想有关，即"依他起"，抑或"缘起缘生"（pratītyasamutpādpta）。人的"自我"是由佛教所说的"五蕴"构成，即五种集合物的构成体。"五蕴"中的"蕴"（skandha）字，含有种类、积集之意。第一种集合物称为"色蕴"，指眼、耳、鼻、舌、身等感官组织。第二种集合物称为"受蕴"，指各种愉快和不愉快的情绪感受。第三种集合物称为"想蕴",指摄取对象以及赋予对象名称概念的作用。第四种集合物称为"行蕴",指意志等活动。第五种集合物称为"识蕴",指各种感知和认知作用。由此,所谓"人"或"我",就是由这五种集合物的经验构成,在此之外,不存在一个独立的、超越的、抽象的、永恒的"我"。这就是佛学中常说的"无我"(anātman),不是说作为经验的我不存在,而是说不存在一个独立抽象的、同一性的、单一实体的"我"。从概念的角度而言,"我"只是方便之言。对于"无我",佛教也会用"空"字来表达。说"五蕴皆空",不是说五蕴不存在,而是说五蕴恒常处于"因缘和合",同时也是在"无常变易"的性状之中。换言之,"我"不是五蕴之一,也不是超越五蕴的什么别的东西,而是五蕴的共同运作的结果。

自我同一与主体建构

我很喜欢佛教中一个关于"自我同一"的寓言,比"忒修斯之船"更有意思。在《弥兰陀王问经》(*Milindapanha*)中,记载来自希腊的米南陀王(King Milinda)与佛教大师那先(Nagasena)的一段对话,讨论米南陀王的"战车"是什么:那先大师问米南陀王:"什么是车?车轴是不是车?"米南陀王回答说:"不是。"那先问:"那车毂是不是车?"米南陀王回答说:"不是。"那先又问到车的其他部分(如车辋、车辕、车轭、车舆、车盖),回答都是"不是"。然后,那先问米南陀王:"把所有的部分合聚一起是不是车呢?"回答:

"不是。""车轮滚动发出的声音是不是车呢？"回答还是"不是"。"那到底什么是车呢？"米南陀王默默不语。最后那先大师引了一句佛经上的话："佛经说：'合聚是诸材木，用作车因得车。'人亦如是。"这里，佛教讨论的不只是整体与部分的关系，而且是有关是否存在一个自我同一的"车"的"整体"（totality），或是说"车"的"本质"（essence）。佛教的回答是否定的，所以对"自我"和"人"的回答亦是否定的。在这里，"一辆车"和"车零件的适当组合"是不同的概念。如果将"自我"看成一个可以分离的、超越的实体，可以独立于构成它的某个特定的情景、思绪或感知，那么这个"自我"（我＝我）一定是个"幻觉"。

但佛教与休谟的观点一样，并没有否定经验的"我"。恰恰相反，他们要把"我"从抽象的层面拉回人的感知，一个实实在在的经验的"我"。用佛教"五蕴"的说法，我和食物的关系首先体现在眼、鼻、舌、身的感官上，然后我会产生愉悦（或不愉悦）的情绪，我会考虑食物的名称，考虑我是否喜欢、是否想要多吃几口。我会由于吃的经验产生各种想法以及对食物和品味的认知。我还会意识到是我在吃，在感受，由此构成一个当下的"我"。面对食物，"我是谁？我为何存在？"似乎不是难解的问题。在这个经验过程中，"吃"与"被吃"产生具体的互动。

法国哲学家福柯（Michel Foucault）曾经说过："把饮食作为生活的艺术来实践……是将自己建构成主体的方式。主体对身体的考虑是正当、必要且充分的。"（福柯：《快乐的运用》）在与食物的关系中，我们也会问自己：奴役我们的是永不餍足的欲望，还是节制欲望的规范呢？我们会通过对食物的思考认识我们自己，认识我们的偏好、我们在食物上的"政治立场"、我们透过食物与他人的关系等等。巴吉尼在《吃的美德》一书中指出，人是会吃、会思考、会享乐的动物，所以吃也可以是一种有情趣、有深度的思考。"食物既不是生活的工具，也不是最终目的。食物，是生活不可或缺的一部分。"

"告诉我你吃什么样的食物，我就知道你是什么样的人。"这句话很直白地告诉我们，饮食的行为不只是吃吃喝喝、打牙祭而已，饮食背后涵盖了深刻的心理学、社会学、人生哲学的意义。饮食有阶级的象征，有个体的身份，有文化的集体无意识，有经济和政治的左右。对哲学家来说，饮食是"食物意义与关系的思考"。这里的"食物意义"不是只对食物的客观表述和评判，而是主体意识和经验的投射，是思考的艺术。与抽象的、超验的思考不同，食物的思考是关系的思考，是在"他者"中构建"我是谁"的问题。叔本华曾经说过："能发现自己原来是一切快乐的泉源，就越能使自己幸福。"

话说思考的艺术，我想到一本哲学的畅销书，名为《思考的艺术》（*Die Kunst des klaren Denkens*）。作者是瑞士学者鲁尔夫·杜伯里（Rolf Dobelli）。这是一本工具书，教授读者如何清晰、缜密地思考，书名的副标题是"52 个非受迫性思考错误"。其实，我们每个人在思考中都会犯错误，掉进思考的陷阱。在哲学中，我们常常会讲到各种"逻辑谬误"（logical fallacies），如分割的谬误、歧义的谬误、滑坡的谬误、稻草人的谬误、循环论证的谬误等。让我们以笛卡儿的"我思故我在"为例。如果这句话的逻辑是"我思考"，"所以我存在"，这里就是一个循环论证，即在论证前就已经预设了结论的成立。前提已经知道我在思考，这已经假设了我的存在。"我是谁"这一哲学问题可以是认识论的问题，也可以是存在主义的问题。从认识论的角度来说，"我是谁"预设了一个"我"的存在和认知"我"的可能性。笛卡儿的"我思故我在"实际上是把"我"作为哲学的中心。唯有探究世界在我的思想前面展现何种面貌，才能发现世界的本质。换言之，笛卡儿的认识论的大前提是：要知道我是谁，只有透过我的思想。这一观点被称作"笛卡儿式"（Cartesian）的思维方式。

饮食中的自我构建

"存在主义"哲学（Existentialism）是与"笛卡儿式"的"我思故我在"相反的思维方式。存在主义认为"我在故我思"，即"存在先于本质"。这个"存在"包括我的经验、我的意识、我的感受、我的行动。萨特说："在某些概念被定义之前，必须先有某种存在实存，那就是人类。"（萨特：《存在主义是一种人文主义》）因此，存在主义首先强调存在的自觉："我"的存在，是先于一切的预设的条件，是存在的经验。存在主义者认为再完美的理论不能代替实际的人生，而这个实际的人生是自由选择的结果。那么从存在主义的角度来说，"你就是你的食物"的意思是"你就是你选择的食物"。也就是说，我们选择的食物构建了我们的"自我"，因此，透过饮食所表现的那个"我"是自由和自创的。同时，因为自我是选择的结果，我们对此要负道德的责任。英文中有一句"You are what you eat"，意指吃进什么样的食物，就决定什么样的身体。由此，各式营养学家会站出来，告诉人们什么样的食物搭配是最合理的，提出健康饮食的几大原则。而中国传统的"食疗法"会说：你的食物就是你的药方。其实，西方医学之父希波克拉底（Hippocratēs，前 460—前 377）也有类似的说法。他有一句名言，"让食物变成你的药，让药变成你的食物"。可见食物与健康的关系，是一个古老的话题。

　　法国人的浪漫，大概也是吃出来的。没有中世纪就流行的砂锅炽肉（cassoulet），浪漫的骑士文学（骑士抒情诗、骑士

也就是说，我们选择的食物构建了我们的「自我」，因此，透过饮食所表现的那个「我」是自由和自创的。

传奇）也不会那样的炉火纯青，让"romance"（浪漫）一词大放异彩。这种法兰西精神也体现在法式牛排上：法式 onglet 讲究酱汁，配上鹅肝、松露牛肉汁，或是更为大众化的烤马铃薯。法国符号学家罗兰·巴特（Roland Barthes）在他的《牛扒与薯条》（*Steak and Chips*）一书中，首先阐述牛排与红酒的神话符号，指出它们是"存有"（being）的心脏，能够赋予食者"牛一般的"元气。在视觉上，牛排一定要半生的，流着红红的鲜血——这可是生命的象征啊！血的流动（the flow of blood）意味着生命的流动（the flow of life）。巴特指出，薯条是"法兰西的饮食符号"。不过根据历史上考证，是西属荷兰人（当今的比利时人）将马铃薯从南美引进欧洲大陆的，为了争夺薯条的始创国，比利时和法国已经争拗了几百年。

美国的薯条依然称作 French fries（法式炸薯条），而不是英国人所说的 chips，虽然蘸茄汁的习惯或许是美国人自己发明的。我想，美国人是想在法式炸薯条中寻找法兰西的浪漫。当然，美国人一旦同法国人闹起别扭，也就顾不上什么浪漫不浪漫了，"法式炸薯条"直接就会被"自由炸薯条"（liberty fries）的称呼所取代。还是麦当劳会做广告：不同形状的薯条在你面前舞动，让你感觉到，薯条虽小，却蕴藏了宇宙的终极真理。所以，有学者指出：你和哲学家的差距，只是一包薯条而已。

注意食物消费的学者，则更注重食物背后的政治、文化因素对消费者自我构造的影响。他们认为，在以大规模消费为特征的消费文化中，食物已经成为具有实体的符号，是一种文化生命的体现。就食物消费的认同，新西兰学者朱莉娅娜·曼斯威尔特（Juliana Mansvelt）指出：“消费是一种媒介，人们透过消费创造和表达他们的认同。”（Mansvelt：*Geographies of Consumption*）即食物消费的实践构建了消费者与食物特性的认同，因此，食物除了满足我们的日常生理需求外，还带有社会和文化的意涵。的确，我们常常看到人们透过食物或饮食习惯显示某个社会地位，或说明某个群体的归属感。

在《文化地理》（*Cultural Geography*）一书中，英国学者迈克·克朗（Mike Crang）探讨食物消费行为中的群体身份认同，即食客如何透过食物消费，确认“我们是谁”的问题。克朗举例说明英国和非洲之间食物生产和消费实践，如风味餐馆、邮购服务，可以反映英国消费者群体的身份认同，由此带出“我”与“他者”的分别。所以，我们可以说，食物的自我构建有时是个体的，有时是群体的。但无论是个体还是群体，这里的“我”或者“我们”，是一个生活世界的具体，而不是形而上的抽象。当然，“我”或者“我们”也可以是个幻象，只是经验的某种投射和感觉。

当然，随着一些人对当下全球化的不满，出现了“全球在地化”（glocalization）的说法。表现在食物生产和消费上，就是强调“在地化”。其实，这个问题在《食物探险者》一书中也有所涉及。当植物学家弗莱查尔德试图将外来的植物进口到美国时，他的做法也受到很多人的质疑和抵制。当今，有些学者提出“地理就是味道”（Geography is a flavor，这句话原指咖啡的不同味道），建议恢复食物原有的社会生产关系，如当地的农场和农民。“在地化”主张人们透过饮食体验当地的文化，及其背后的故事和记忆。这一参与的过程，是建立关系的过程，也是自我认知的过程。

值得注意的是，因为人在选择中不断地构造自我，"我"的存在不是一个封闭的体系，而是不断变化的主体。自我不是being（本质之人）而是becoming（生成之人）。法国哲学家吉尔·德勒兹（Gilles Deleuze）曾经提出"生成女人"（becoming－woman）这个概念，其意涵是相似的。也就是说，性别的认同与其说是本质决定的，不如说是来自社会和文化的构建。与此同时，生成意味着舍弃。正如福柯所言："哲学生活是什么？那是导致必须放弃某些东西的特别人生。"（福柯：《主体解释学》）构造自我是动态的生活模式，意指不断地重组及改造。在这个过程中，我们常常必须舍弃某些东西。用佛家的话来说，就是不要过于执着。

自我不只是感受同一，而是不断地感受差异，饮食经验不也是这样吗？

近年颇有名气的美食大师陈立先生在《滋味人生》一书中指出，我们对食物的感悟，其实更多的是透过食物去发现和感知我们自身。滋味人生，不一定是追求美味，但一定要追求明白。

陈立说：吃，是一场漫长的自我抵达——说得真好呀！

第 21 章　女性主义与饮食研究

饮食研究与性别研究

两年前，我在一个哲学网上偶见加拿大妇女哲学家协会一个会议征文，主题是女性主义与食物（Feminism and Food），其中列出一些具体的标题：食物正义、在地食物、饮食伦理、好客、女性主义烹饪、节食文化、食物认知、文化批评、女性、食物与媒体和市场等等。显然题目范围广泛，已超出传统哲学的研究范畴，至少是属于跨学科的研究。长期以来，学术界并不关注食物或饮食的问题，认为这类问题属于营养学研究的范畴，与人文学科，尤其是哲学没有什么关系。至多是人类学学者以"原住民生活习俗"的内容提上一两句，再做一个民俗学的解释。但这种情况在 20 世纪 80 年代有所改变，学者开始意识到，食物是一个主要的课题。1985 年，期刊《食品与美食之路》（*Food and Foodways*）问世。这是一个跨学科的食物研究学期刊。2000 年，《美食家》（*Gastronomica*）创刊，将食物研究的风尚推向新的高潮。这类对物质文化与日常生活的探讨，也符合后现代主义的潮流。

近几年女性主义思想家对食物的研究情有独钟，这是意料之中的事情。其一，食物研究长期不受重视，因为饮食之事被主流思想看作是微不足道；其二，饮食等议题都是与身体有关的话题，而传统哲学重视精神（思维）、轻视身体（胃）；其三，主流哲学研究的对象是哲理而非实践，尤其是烹饪这样的实践活动；其四，生态女性主义关注生态环保议题，自然也就关注绿色饮食议题；其五，食物与情感和人伦关系密切相关。实际上，女性学者对食物研究的兴趣，在20世纪70年代的女性研究中已显露端倪。尽管如此，从女性主义的角度审视食物研究的学者并不多。一些相关的研究也侧重于女性在饮食上的病态研究，如厌食症、暴食症以及其他形式的饮食紊乱症等。至于烹饪方面，研究的人更少，因为女性烹饪和厨房结合在一起，这往往被女性主义者看作是社会父系制度的表现。

由于食物研究的早期学者大多是研究人类学（anthropology）或民志学（ethnography），他们的研究对后来的学者有极大的影响。最著名的两位当属法国人类学学者李维史陀（又译克洛德·列维－斯特劳，Claude Lévi－Strauss）和英国人类学学者玛丽·道格拉斯（Mary Douglas）。李维史陀有"现代人类学之父"的美誉。他所建构的"结构主义"与"神话学"不但深深影响人类学，对社会学、哲学和语言学等学科都有深远影响。"结构主义"（structuralism）侧重对结构的认识，提倡学科之间互通有无，以及一种整体的科学。要求研究者透过表面的现象（如远古神话故事），寻求底层的内在的交互关系，以寻求一个普遍的结构体系。在《生食与熟食》（*The Raw and the Cooked*）一书中，李维史陀从"自然"与"文化"两个角度谈到人类饮食的发展结构。道格拉斯的《纯净和危险》(*Purity and Danger*) 揭示在不同文化脉络下，"污秽"和"禁忌"的意涵以及这样的概念对女性的影响。道格拉斯用犹太《圣经》中的《利未记》和《申命记》为例，说明犹太律法并非如同许多人相信的，是原始的健康规则，或是随机选择的，而是一种界线的维持和身份认同的象征。靠律法所完成的食物"禁忌"，实际上是"我"与"他者"区分的手段。《纯净和危险》一书至今被认定为社会人类学的重要文本。如果说李维史陀的结构主义让哲学界摆脱了当时逻辑实证方法的垄断地位，道格拉斯的研究则清晰地展示了人类与食物的关系。二者从不同的角度为后来女性主义的食物研究奠定了基础。

在食物研究中，我们能够看到道格拉斯的影响。譬如，台湾学者林淑蓉，以民志学和性别研究为理论出发点，探讨少数民族侗族的食物与性别意象。文章指出，在侗族的传统习俗中，社群的性别关系 (the relation between the sexes) 和性别的界定 (gender definitions) 都常常与食物有关。透过对"食"的研究，我们可以找寻当地社会关系的一个重要的脉络，探讨一起进食的成员如何分享食物、有何特殊的品味与价值观。作者特别谈到一个细节，就是按照侗族习俗，不同的食物具有不同的性别象征意义。如花生与稻米的差异：属于女性的"花生"意象可以共作、共食，但不可用来交换；反之，"稻米"属于男性，是婚姻交换时重要的食物礼物。属于男性范畴的食物还包括鱼类和肉类。林淑蓉接受道格拉斯有关食物禁忌的论点，指出侗族食文化也用禁忌规范族群的行动，类似的行为规范的陈述亦表现在侗族的神话、侗歌、宗教仪式之中。（林淑蓉：《侗人的食物与性别意象：从日常生活到婚姻交换》）另一位台湾人类学学者张珣在一篇名为《食物与性别》的论文中，详尽介绍了台湾学界从女性主义和性别研究探讨饮食文化的现状。张珣本人的《文化建构性别、身体与食物：以当归为例》也是一篇相当精彩的论文。

另外，一位香港学者，亦是我在浸会大学的同事——谭迪诗博士，是一位文化研究学者，主攻的课题涉及人与食物的关系。近几年，谭博士一直致力于研究香港的食物制度和政策，并希望借此研究，改变食物制度中存在的诸多问题，如食品的安全、食物的浪费等等。谭博士研究的特点是"接地气"，走出校园，走进普通市民的生活，而非在象牙塔内闭门造车。最近，谭博士又开展从"剩食"到"救食"的慈善活动。在此活动中，有数十位义工参与，每次活动收集来自香港 25 家店铺约 300 个面包。谭博士的食物研究虽然不是直接从性别研究入手，但却反映了一位女性研究者的特殊视角，即"关怀伦理"（ethics of care）的视角。

"完美的沙拉"

1986 年，南非古典学学者玛格丽特·维瑟（Margaret Visser）出版了《一切取决于晚餐：平凡食物背后的奇闻轶事》（*Much Dependent on Dinner：Extraordinary History and Mythology*），这是一本极为畅销的学术著作。维瑟在出此书之前，已经是小有名气的美食专栏作家。她从历史与文化的维度，解释为什么人们每天需要花费时间考虑食物的问题。从社会文化的层面来看，我们选择什么样的食物、如何制作食物、如何饮食、和谁一道用餐，都体现一个社会的传统习俗和文化特征。
维瑟认为，食物代表了"日常生活人类学"。另一位美国著名
的美食女作家是 M. F. K. 费雪（Mary Frances Kennedy Fisher），
她是美国美食界的明星人物，被称为当代美食文化的一个
"传奇"，身后诸多写饮食类的作者都追随她的写作风格。费

显而易见，「走进厨房」还是「走出厨房」，这种二元对立本身就是错误的。

雪本人并非学院派的学者，而是美食的践行者，但她的美食散文作品充满了人生的智慧与关爱，受到横跨欧美两陆读者的喜爱。费雪有句名言："既然我们每天非得吃才能活，索性我们就要吃得优雅、吃得津津有味。"（Fisher：*The Art of Eating*）费雪对中国美食也不陌生，喜欢用蚝油作为汉堡的调味料，还在书中提到她最喜欢的中国作家是林语堂。估计她的 *The Art of Eating*（《饮食的艺术》）一书是受到林语堂 *The Art of Living*（《生活的艺术》）的影响。在费雪的笔下，"饮食变成了生命哲理，也是生命的华丽胃口"。

在出版《一切取决于晚餐》的同一年，美国《新闻周刊》的专栏作家及食物史学家劳拉·夏皮罗（Laura Shapiro）出版她的新书《完美的沙拉：世纪之交的女性和烹饪》（*Perfection Salad*：*Women and Cooking at the Turn of the Century*）。从书名便知，这是一本书写美国女性历史的作品。19 到 20 世纪之交，正是"家政科学"（domestic science）和"家居经济学"（home economics）在美国流行之际。家庭主妇们准备每一道餐都要做到精心的计算和规划——这就是"完美的沙拉"所要表达的意涵。夏皮罗认为，家政科学是提高女性社会地位的一种方式，因为管理家务，包括烹饪都是一门学科，需要相应的知识与技能。书中有一章节详尽介绍 19 世纪末，妇女参加各种烹饪学校的训练班，进行严格的烹调技术的培训。作者认为，书写女性与食物的关系对女性史和食物史都至关重要，而且，这两个角度的历史书写对各自的历史扩展都有不可忽视的积极作用。

2017 年，夏皮罗又出版了新书，题为《她之所食：六位杰出女性以及讲述她们故事的食物》（*What She Ate：Six Remarkable Women and the Food That Tells Their Stories*），其中涉及女性、饮食、艺术、人生等话题。书中的六位女士分别是：多罗西·华兹华斯（Dorothy Wordsworth，1771—1855），英国浪漫派诗人威廉·华兹华斯的妹妹；罗莎·路易斯（Rosa Lewis，1867—1952），英国厨师，伦敦卡文迪什酒店的老板；美国总统罗斯福的夫人爱莲娜·罗斯福（Eleanor Roosevelt，1884—1962）；伊娃·宝拉（Eva Braun，1912—1945），希特勒的情人；芭芭拉·皮姆（Barbara Pym，1913—1980），英国戏剧女作家；海伦·布朗（Helen Brown，1922—2020），美国时尚杂志《大都会》的编辑，也是著名美剧《欲望城市》（*Sex and the City*）的编剧。透过这六位性格各异的女性以及她们与食物的关系，夏皮罗试图证明"食物会说话"，也就是说，食如其人。

1998 年，一本女性食物研究选集出版，题为《透过厨房窗户》（*Through the Kitchen Windows：Women Writers Explore the Intimate Meanings of Food and Cooking*）。编者是阿琳·阿娃坎（Arlene Avakian），一位美国的女性研究学者。阿娃坎将一些美国女作家的散文、诗歌以及女性食谱集结在一起，体现女性与食物的关系。从选集中的作品，我们可以看到女性对食物的看法是多元的，而不同女性对食物的回忆也和她们不同的生活经历相关。其中印象深刻的有劳瑞塔·波格列宾（Loretta Pogrebin），作家和记者茱莉·黛许（Julie Dash），作家和电影导演马雅·安杰洛（Maya Angelou），诗人和社会活动家以及朵洛西·艾利森（Dorothy Allison），一位颇有名气的"拉拉"

作家。

弗朗索瓦·萨班（Francoise Sabban）毕业于法国国立东方语言与文明学院，是一位著名的食物文化学研究学者。她研究的主要领域是中国饮食史、中国社会生活史以及欧洲烹饪史。她亦是《剑桥世界食物史·中国卷》的撰写者，近年来曾多次到中国内地讲学，发表有关中国食物史的论著包括《近百年中国饮食史研究综述（1911—2011）》《味道和色彩：14世纪欧洲与中国宫廷饮食比较》《食物史专家是否有助于理解孔子？——基于〈论语〉外文译本的思考》以及《基于他人的经验：19世纪中国和欧洲旅者关于外国食物实践的概念》。萨班指出，《论语》中"食"一字出现了40次，可见孔子本人对饮食的重视。萨班认为，用饮食和与食相关的礼仪阐述哲学和伦理道德，是孔子思想的一个主要特色。

又见"厨房革命"

全球化语境下的女性食物研究的注意点往往与食物政治和食物伦理有关，譬如，如何看待后殖民的食物身份认同、如何从食物的全球性交换看同构食物的命运共同体、食物安全与交换正义等等。代表著作有加拿大学者黛博拉·巴特（Deborah Brandt）编辑的《工作在 NAFTA 食物链上的女人：女性、食物和全球化》（*Women Working the NAFTA Food Chain: Women, Food & Globalization*）。书中的论文涉及南美洲和北美洲在"北美自由贸易协定"下食物链交换中的不平等（如番茄从墨西哥的田地到多伦多的食品超市），以及这种不平等给女性带来的社会和经济的压迫。全球化中的"麦当劳化"（MacDonaldiza-tion）、利用效率化、预期化、技术的量化等操作模式更加深了发达国家与发展中国家之间的差异，其中包括薪金待遇、劳动条件、男女地位等等。作者试图指引一条新的路径，即女性如何生产（produce）、抗拒（resist）和再创新（re－invent），以求重新找回正在丧失的传统食物（家常菜）以及女性与食物的亲密关系，以摆脱快餐食品所导致的去"人性化的"工业化生产模式。女性学者对快餐食品的质疑，也导致她们对重回厨房的思考。

　　女性主义学者并不是号召天下女人都要重新回到厨房，但与早年争取平权的"激进女性主义"不同的是，现代的女性主义更强调生活的自然和平衡。在饮食的习俗上，"煮"与"食"的脱节现象更让她们担忧。所以一些女性主义学者主张一场新的"厨房革命"，改变许多在大城市年轻人中流行的"新丁克"（DINK，double－income－with－no－kitchen）的家庭。有意思的是，在是否要下厨房这个问题上，较为保守的女性与较为自由的女性有了共识。

　　罗西·博依科特（Rosie Boycott）是英国一位资深媒体人和食品专家，是伦敦食品委员会负责人。近年来，博依科特打出"食品战略"，号召人们尽量在家做饭，不吃外卖饭菜和速冻食品，养成健康的饮食习惯。她说，今天的状况是，人们不再有时间、有空闲、有耐心在家仔仔细细煮一顿饭。"自从女性可以自由发展事业、在职场寻找工作机会以后，她们第一个放弃的就是家务活，包括煮饭。今天的职业女性没时间去买、洗、切、煮好一顿正经的家常饭菜，这是事实。"（《食品专家

称：女权主义使所有人发胖！》，转载《每日头条》2007 年 6
月 5 日）作为 20 世纪 70 年代创办女权杂志《备用肋骨》
（*Spare Rib*）的博依科特，说出上述这番话，令人寻味。当然，
今天的"厨房革命"是对当年号召女性走出厨房的极端思想
的颠覆，今天建议女性回到厨房，其宗旨当然不是把女性重新
束缚在炉灶旁。显而易见，"走进厨房"还是"走出厨房"，
这种二元对立本身就是错误的。

从哲学的角度来看，女性主义哲学最显著的论点就是打破
传统哲学的二元对立观，回到人的身体、人的感官、人的情
感。丽萨·赫尔德克（Lisa M. Heldke）是近年来较为活跃的
一位女性主义哲学家，主张食学思维，写过不少与食物相关的
论文和书籍。她将烹饪称为"身体的知识"（bodily knowl-
edge），也就是中文所说的"体验"。赫尔德克认为，身体的
知识虽然可以用理论的方式来传授（如依照菜谱去做某道
菜），但很难掌握知识的精髓。另外，如果有大师亲手（hand
－on）指点，效果也有所不同。在其《餐桌上的哲学家——
食物与人类》一书中，赫尔德克从解构传统西方哲学的二元
论开始，对食物研究进行重新的评估。同时，她提出"食物
的社会和政治的肉身化"（social and cultural embodiment of
food），即注重食物背后的消费文化以及生态考量。

基于对"同一"的质疑，女性主义哲学更注重本体论多
样性（ontological heterogeneity）以及各类关系的复杂性（com-
plexity of relationship），探讨主体的复杂性、多重性与不确定
性。由此，女性主义哲学与强调"差异"（difference）的后结
构主义思潮，有不少重叠之处。与此同时，女性主义哲学注重

身体、注重实践、注重变化，也就是德勒兹所说的"活力运动"（vital movement）。

食物可以构造身份，亦可构造性别。

第 22 章　饮食哲学

"食物的转向"

近年来，食物研究（food studies）在西方学术界成为一门显学，研究范围广泛、议题多样。哲学家当然也少不了凑个热闹，"饮食哲学"（culinary philosophy）随之也成为"应用哲学"（applied philosophy）的一个分支。然而，按照西方学界的传统，一门研究领域一旦有个"应用"的名称，就似乎有"掉价"的嫌疑，因为不够"纯"了。在傲慢的哲学领域更是如此，不少人认为任何 applied（应用的）东西都是对纯理论的"亵渎"，是对"知性的有效性"（intellectual validity）的退让。近年来，这种传统看法受到挑战，我们在各个学术领域看到一种"食物的转向"，而这一转向的背后是身体的转型，是对贬低身体、疏远身体，将之视为工具的批判。

美国历史学者李切尔·劳丹（Rachel Laudan）就此写过一篇文章《饮食哲学：装腔作势还是其他什么?》（*Culinary Philosophy：Pretentious or What?*），该文章指出，长期以来，不少学者轻视食物的历史，而哲学更成为少数人的学术游戏，对人生的具体问题不屑一顾。劳丹则认为："饮食哲学界定何谓食物、食物与人类社会的关系、食物与自然的关系（包括人的身体）以及食物与超自然的关系。我们无法把握烹饪的历史，如果我们不谈历史上与此相关的思想家所传达的价值和观念，如孔子、柏拉图、亚里士多德、罗马共和党人、马克思、佛祖释迦牟尼、耶稣、罗马教父、穆罕默德、加尔文、路德、道教、希波克拉底、盖伦、帕拉塞尔苏斯以及当今西方的营养学家。"劳丹在这里列举了一系列在西方文明史上主要的哲学家、神学家、政治改革家等，说明食物是研究西方思想史一个不可缺少的环节。

劳丹在其颇有影响的《烹调与帝国：世界史中的烹饪》（*Cuisine and Empire: Cooking in World History*）一书中，进一步指出，"饮食哲学"包含社会的政经因素、宗教信仰以及人类本身与生活环境的互动。与此同时，饮食的历史向人们展示饮食的风俗及相关的诠释常常会受到上层精英的影响。所谓的上层精英包括历史上的哲人、宗教领袖和改革者。《烹调与帝国》一书时间跨度很大，涵括从远古时期一直到 21 世纪的世界饮食史，涉及历史上几个主要帝国统治下的饮食方式。作者认为，"饮食哲学"于人类饮食文明的发展极其重要，它的研究范畴包括食材取得方式、食物烹饪和保存方式、营养与卫生知识、食物品馔方式以及与食物相关的思维方式和族群身份认同方式。书中提到两种共存但又不同的饮食方式："高雅饮食"（high cuisine）和"低俗饮食"（humble cuisine）。前者是帝国统治阶层和精英阶层的饮食方式，其特点是讲究食材的选取、烹饪的技巧和用餐的礼仪；后者则是其他社会阶层百姓的饮食方式，其特点是食材普通、烹饪方式简单，不注重用餐礼仪。由此可见，传统饮食方式具有明显的"阶级特性"。

　　另一方面，劳丹用了大量的篇幅讨论宗教对饮食方式的影响，从早期波斯的拜火教到西方的基督教、东方的佛教，再到中亚和西亚的伊斯兰教，以及这些不同宗教背后的政治因素和经济因素。其实，作者是透过食物的种类、饮食方式及宗教祭祀的方式对世界各个宗教的发展历史和演绎进行分析和诠释。无疑，这个角度别具一格，令人耳目一新。但从哲学思想史的角度，作者的分析似乎还是不够清晰。譬如，食材和烹饪方式的改变如何影响了思想的革新，或思想的革新如何改变饮食习惯和烹饪方法。

　　有一个有趣的例子——中国在明清之际与耶稣会的文化碰撞和交流。明末有大量的耶稣会士来华传教，对当时的中国社会产生了重要的影响。耶稣会（Jesuit）是在欧洲天主教改革中出现的一个宗教会众，重视文化素质的培养和教育，常被称为"基督教人文主义者"。在当时的历史情境中，他们一方面带来西方的天文学、地理学、生物学、医学、数学、哲学、语言学、艺术等知识，另一方面通过本土化的方式传播天主教的宗教思想。耶稣会著名的三位传教士是利玛窦（Matteo Ricci，1552—1610）、汤若望（Johann A. S. von Bell，1591—1666）、南怀仁（Ferdinand Verbiest，1623—1668），这三位传教士都为中西的文化交流作出了突出的贡献。当时宋明理学是中国社会的主流意识形态，虽然对社会的治理和教化有其积极的一面，但也存在思想僵化、学风空疏的弊端，特别是其"华夷观"，更凸显"天朝梦国"中独尊自大的毛病。西方传教士的到来，为"西学东渐"提供了时机，耶稣会走"上层路线"的传教方式也受到中国文人的欢迎。与此同时，耶稣会士也把博大精深的中华文化（包括儒家思想、科举制度）比较系统地介绍到欧洲，在西方世界的启蒙运动中掀起了一场"中国热"的风潮。

西人眼中的中国饮食

根据劳丹研究，中国历史上这场主要的文化交流并没有影响到饮食的方面，无论是西方影响中国还是中国影响西方。这与阿拉伯文化和伊斯兰教对西方饮食的影响有所不同。明清之际，茶文化开始在西方流行，但引进的是茶叶，而不是中国的茶文化。最早向西方人详尽介绍中国饮食的是法国耶稣会传教士白晋（Joachim Bouvet，1656—1730）。在白晋的笔下，中国达官贵人的宴席极为奢侈，一个宴会通常有20道佳肴。

另外，传教士认为中国人喜欢吃一些稀奇古怪的东西，如蛇肉、狗肉、鹿鞭、熊掌，这些在西方人看来都是难以接受的饮食习惯。流行于17、18世纪的欧洲的"中国热"虽然对中国儒家文化热捧，但这一文化中却没有中国的饮食文化。来自美食之乡意大利的传教士利玛窦对晚明时期中国的饮食习俗也有过详尽的记述，尤其是对精美的瓷器、筷子赞不绝口。利玛窦在《中国札记》中对中国食品的花样之多大为惊诧，同时也提到不同宗教信仰的饮食禁忌。利玛窦在《中国札记》的第一卷第三章《中华帝国的富饶及其物产》和第七章《关于中国的某些习俗》中详尽描述了中国人日常的食品，包括主食、豆类、肉类、鱼类、蔬菜、水果等。同样的描述后来也出研究食物与饮膳的本质是研究人的体验、感受、成长、重组及改造。

现在另一位美国传教士切斯特·霍尔科比（Chester Holcombe，1844—1912）的书中。他在《真正的中国佬》（*The Real Chinaman*）一书中指出："中国人的饮食文化丰富多彩，每一道菜都更具特色，与西方的饮食习惯迥然不同。主人与客人之间的礼仪应答、推杯换盏等形式，也与西方的做法千差万别。"

　　与利玛窦同时期的葡萄牙传教士试图将葡萄牙文化与宗教一起传给中国人，包括衣食方面，但并不成功。葡萄牙耶稣会的传教士谢务禄（Alvaro Semedo，1585—1658）在中国传教，最后还是离不开谈论中国的饮食。在他的笔下，中国人花大量的钱财和时间举办宴会，无论是喜事还是丧事。（谢务禄：*The History of That Great and Renowned Monarchy of China*《大中国志》）但他毕竟对这些饮食文化背后的社会功能缺乏深刻的认识。后来的传教士终于把葡萄牙的饮食文化带到澳门，如牛尾汤、干酪火鸡、里昂灌肠、葡国鸡、奶酪及各式糕点。与明清时期的中国内地相比，在澳门的"葡萄牙化"算是成功的。实际上在明清之际，传教士们带来的西方科学技术以及文化对中国的影响很有限，正如中国的食品对他们的影响也很有限。当时的交流还是停留在相关展示的层面，没有能够在根本上改变对方的思维方式。透过食物相互构建、相互渗入，并没有在中国与传教士之间发生。尽管如此，我们还是看到，食物展现多种情感价值，如关注、认同、接受、友情、地位、名誉、权力等等。

食物作为精神食粮

美国哲学家伊丽莎白·泰尔弗（Elizabeth Telfer）的《精神食粮》（*Food for Thought：Philosophy and Food*），是一本围绕食物链伦理的话题展开的学术之作。她认为饮食不仅仅是为了生存，也不仅仅是为了快乐，而是包含人生价值的性质，如自主性的选择、与他人的关系、友谊与好客、人道救济的责任、审美判断等等。在义务论结果论的规范伦理以及美德伦理的框架下，泰尔弗对食物伦理与道德加以论述。有意思的是，书中有一章专门谈论有关"热情好客"（hospitableness）的话题。泰尔弗是针对英国哲学家菲利帕·福特（Philippa Foot）就"热情好客"是否可以看作一种美德这个问题来探究的。在我们中国人的传统文化中，热情好客的确是一种美德，而且好客的表现就是请客人上桌。特别是有朋友从远方来访，不摆上一桌子丰盛的美食，怎么说得过去？

但泰尔弗所说的"热情好客"不是只对亲朋好友，而是对陌生人。她把"热情好客"分为三种类型：娱乐性的、礼节性的、纯粹的利他的。第一种常见于亲友之间，第二种往往出于社交的需要，而第三种是无条件的好客，是对陌生人的关怀。在第三种中，一个人的意愿（乐于助人）大于能力（提供优质的服务）。这让我想到法国哲学家雅克·德希达（Jacques Derrida）也针对法国对待移民问题提出两种"好客"（hospitality）的态度，一种是有条件的好客，一种是无条件的好客。在德希达看来，如果好客被当成一种"权利"（right）

的话，那么就不存在任何所谓的无条件的好客。但泰尔弗认为"hospitableness"与"hospitality"有所不同，前者来自于基督教的神学思想，更强调博爱和关怀的美德，后者涵盖某种技能，譬如主人（the host）的烹饪技术、招待宾客的方式。

由弗里特茨·阿尔郝夫（Fritz Allhoff）和达维·梦露（Dave Monroe）主编的《食物与哲学——吃、思、乐》（*Food and Philosophy*：*Eat*，*Think*，*and be Merry*），从不同的角度阐述食物作为精神食粮的观点。内容包括基于实证的心理分析，也包括哲学义理上的探讨。其中一章节是讨论"可吃的艺术和审美经验"（Edible Art and Aesthetics），提出"饮食是否可以被看作是一种艺术"这一问题。几位作者都指出，饮食既是生理的需求，也是文化的体验；文化包含了审美的层面，亦包括伦理的层面。另一本属于"饮食哲学"类的书是《烹饪、饮食、思维：食物之转型哲学》（*Cooking*，*Eating*，*Thinking*：*Transformative Philosophies of Food*），该书的编辑是两位美国哲学教授迪恩·柯汀（Deane W. Curtin）和丽萨·赫尔德克（Lisa M. Heldke）。作者开篇论述食物与身体和人格的关系，并引用尼采提出的问题：人是否知道食物的道德作用？是否有一样东西可以称为营养哲学？柯汀指出，如果我们可以严肃地对待尼采的问题，那么这样的问题具有哲学转型的意义。尼采心知肚明，为什么西方传统哲学避而不谈食物的问题，因为食物与味觉有关、与感官有关、与身体有关。柯汀认为，西方传统哲学对"能给存在点彩"的东西都无兴趣，也就是说，哲学家的职责不是为生活增添情趣/调料（add spice to life），而是把具体的生活事件抽离出来，使之成为没有具形、没有时间的抽象理论。由此，当哲学家思考时，他们常忘记自己的身体，特别是进食时身体里累积的东西。其实，并不是哲学家都不喜欢食物，但当他们酒足饭饱后，进入冥思之时，所有的关于食物的经验早已抛掷脑后，因为在他们眼里，那些事情不足挂齿。

在柏拉图的哲学体系中，柏拉图让苏格拉底这样地自我拷问：你觉得让哲学家考虑饮食这样所谓感官快乐的事情合适吗？（柏拉图：《柏拉图对话录·斐多篇》）柏拉图同时提到性的欢愉，穿戴漂亮衣服、鞋子以及其他饰品的快乐。答案是：真正的哲学家鄙视这种感官的愉悦。在柏拉图眼里，感官的愉悦意味着精神和心智的颓废。他说，让灵魂"远离身体，尽可能地保持独立。在灵魂寻求真理的过程中，避免所有可能的身体的接触"。由于死亡意味着灵魂彻底与肉身解脱关系，柏拉图认为哲学家都是满心欢喜地迎接死亡的降临。由此，我们看到柏拉图在《理想国》中所描绘的哲学王以及知识精英，都力图摆脱身体及感官经验的束缚，他们希望走出被捆缚的洞穴，迎接洞外的太阳——那个"至善的理型"（the Form of the Good）。在柏拉图的哲学体系中，"至善的理型"是永恒不变的真理，是一切道德和知识的源泉。

克服身体与心灵的二元思维

柯汀指出，柏拉图有关灵与肉的二元对立，用当代德国法兰克福学派哲学家狄奥多·阿多诺（T. W. Adorno）的话来说，就是"同一性逻辑"（the logic of identity）。根据这一逻辑，所有经验世界的认知最终都必须简约为思维上的预先确认，这个预先确认是费时间的、绝对的。柏拉图同一性思维的基础上的二元论（dualism），例如理型 vs 表象、灵魂 vs 肉身、精神 vs 感官、善 vs 恶、理性 vs 感性、自我 vs 他者等等。这种二元思维也充分体现在哲学家对饮食的态度，即在价值上的本体分类：一类是独立的、实体的、正面的；另一类是附庸的、非实体的、负面的。饮食哲学直面人的身体、人的欲望（包括对食物的欲望）、人的经验、人与食物的关系、人与他人的关系。饮食哲学的目的是"拯救"我们对感官世界的认知，而主体在认识上的决定性地位是经验的，而不是形式的。传统哲学由于过分注重形式层面而造成了"同一性逻辑"，导致了主客体关系在个体主体层面上的破裂、变形，由此导致个体的主体被先验主体所建构。

我们应该与食物建立什么样的关系呢？柯汀指出，所谓的"关系"可以说有两种：一种是"参与性的"，另一种是"客体化的"。以自主的、独立的个体为基础的自我构建是将食物客体化，即食物是我消费的对象，是我之外的"他者"；作为"他者"，食物的唯一意义是为作为实体的"我"服务（如充饥、补充营养）。而"参与性的"的关系与"客体化的"关系有所不同。在这个关系中，主体的"我"不只是自主独立、一成不变的个体，而且是一个开放的自我，其中"我"的意义是在关系中建构的。我与食物的关系是"我"的本质依赖于我所吃的食物。这就是为什么"饮食哲学"要强调：We are what we eat.（我们就是我们所吃的食物）。还有，"我们所吃的食物"在这里具有社会学和文化学的含义。比如"厌食症"

（anorexia）是特定社会和文化下对食物与女性身体的认识的结果。在不过度崇尚某一种体态标准的社会里，厌食症的现象很罕见。的确，食物的偏好不仅仅是个人问题，更是文化问题。

另一位编辑赫尔德克是我在前面的章节中提到过的学者。她的书《餐桌上的哲学家——食物与人类》与柯汀的论述观点很接近。赫尔德克也是站在非二元主义的立场上，对西方的灵肉对立的哲学思想予以批驳。她说，哲学家关注"to be or not to be"这样有关"实存"的本体论问题，但不能因此而回避具体的生活经验，如饮食问题。哲学关乎的不仅仅是我们的"思维"，还应该包括我们的"胃"。赫尔德克指出，我们与食物的关系也是至关重要的话题，因为这个关系直接影响我们对"自我"认知的构建。当然，形而上学是西方哲学的主要特点，也直接影响了西方的食物哲学。这种影响有正面的，亦有负面的。万建中指出："这一哲学给西方文化带来生机，使之在自然科学上、心理学上、方法论上实现了突飞猛进的发展。但在另一些方面，这种哲学主张大大地起了阻碍作用，如饮食文化，就不可避免地落后了，到处打上了方法论中的形而上学痕迹。"（万建中：《中国饮食文化》）

最近又有一部饮食哲学类的书出版了，书名是《透过食物来思考：哲学介绍》（*Thinking Through Food：A Philosophical Introduction*），作者是亚历山德拉·普拉克亚斯（Alexandra Plakias），一位在大学任职的哲学教授。书中涉猎的内容较为广泛，包括食品生产和食品消费。思考的视域不仅仅是文化批评，还是哲学性的反思：作者不但讨论与食物相关的伦理学问题（譬如食物正义和食物安全问题、动物保护和环保问题），也涉及食物的形而上学和知识论，还有食物美学与食物技术的议题。我认为这本书的特点是：它可以是一本哲学入门的教科书。作者在哲学议题的分类上保持了传统的做法，如本体论、知识论、政治学、伦理学、美学等，但与一般哲学书写不同的是，所有哲学的探讨都是围绕一个主题：食物的生产与消费。显然，作者涉及的话题，与时下人们所关心的伦理问题息息相关。

饮食哲学让哲学家走出了象牙塔，参与生活中最基本的人类活动，这与传统哲学要求哲学家站在研究对象之外的做法有所不同。饮食即哲学，饮食即哲学之行为（philosophical act），也是哲学之经验（philosophical experience）。"经验"一词在实用主义哲学中占有特殊的席位。在杜威的思想体系里，教育是经验，艺术是经验。遗憾的是，经验一词意义颇为混杂，它被使用者赋予过多的解释，以至于难以界定其确切的意义。杜威所说的经验，用他自己的话来说，是现实与理想的结合，是主体与客体的互动，是理性与感性的交融。（杜威：《经验与客观的观念论》）舒斯特曼的"身体美学"正是基于实用主义的经验观，以及经验对生活意义的诠释。如果我们把哲学看作是生活哲学，那么饮食哲学就是生活重要的组成部分。研究食物与饮膳的本质是研究人的体验、感受、成长、重组及改造。什么时候吃？在哪里吃？吃什么？和谁吃？这些看似平常的问题，都可以成为哲学思考的对象。To eat philosophically（以哲学的姿态去饮食），是 gastrosophia（美食哲学）的宗旨。

饮食哲学注重经验主义，但也没有抛弃理性主义。透过食物来思考，是饮食哲学的宗旨所在。正如舒斯特曼所言：饮食哲学丰富了身体美学作为一项哲学工程的内涵。作为一门生活艺术，它旨在赋予经验、伦理和感官之美。饮食哲学告诉我们："the question of eating"（饮食的问题）就是"the question of being"（实存的问题），是生活艺术具象化的一种形态。哲学不只是灵魂修行的探索，更是根植于身体经验的探索。

"活着是为了吃饭，还是吃饭是为了活着?"苏格拉底的这个人生问题在当今早已转变为"你就是你的食物"的哲学命题。也就是说，食物构造自我、拯救自我。这是多么完美的哲学构想呀，也正是当下"美食家"（mindful foodists）所追求的理念。

饮膳哲学，为我们找到一个言说灵与肉"不二"的突破口。英国诗人、奇幻小说作家约翰·托尔金（J. R. R. Tolkien）有言：倘若有更多的人热爱美食与诗歌胜过爱黄金，这世界会是一个更美好的地方。

我们在寻找，寻找那个喂养我们的美食灵魂!

参考文献

Ⅰ. 外文参考文献

Ackerman, D. (1991). *A Natural History of the Senses.* New York: Vintage.

Acharya, V. & Johnson, R. (eds.). (2020). *Nietzsche and Epicurus: Nature, Health and Ethics.* London: Bloomsbury Academic.

Adam G. A. (2011). *The Table Comes First: Family, France, and the Meaning of Food.* New York: Vintage.

Agamben, G. (2017). *Taste*, Cooper Francis(trans.). Chicago: University of Chicago Press.

Ames, R. T. (2020). *Confucian Role Ethics: A Vocabulary.* Albany, NY: SUNY.

Apicius, M. G. et al. (2006). *Apicius.* London: Prospect Books.

Avakian, A. (ed.). (1997). *Through the Kitchen Window: Women Writers Explore the Intimate Meanings of Food and Cooking.* Darby: Diane Publishing Company.

Baggini, J. (2016). *The Virtues of the Table: How to Eat and Think.* London: Granta Books.

Bakhtin, M. (2008). *The Dialogic Imagination: Four Essays.* Austin: University of Texas Press.

Barthes, R. (2000). *Steak and Chips in Mythologies.* New York: Vintage.

Baudrillard, J. (1994). *Simulacra and Simulation.* Ann Arbor: University of Michigan Press.

Belasco, W. (2008). *Food: The Key Concepts.* New York: Warren Belasco.

Boisvert, R. (2014). *I Eat, Therefore I Think: Food and Philosophy.* Madison: Fairleigh Dickinson University.

Boisvert, R. & Heldke, L. (2016). *Philosophers at Table: On Food and Being Human.* London: Reaktion Books Ltd.

Boardman, J. & Hammond, N. (1982). *The Cambridge Ancient History.* New York: Cambridge University Press.

Brillat – Savarin, J. (1970). *The Philosopher in the Kitchen.* NewYork: Penguin Books.

Brillat – Savarin, J. (2009). *The Physiology of Taste: or Meditations on Transcendental Gastronomy.* London: Everyman's Library.

Brandt, D. (1993). *Women Working in the NAFTA Food Chain: Women, Food & Globalization.* Toronto: Second Story Press.

Brooks, D. (2001). *Bobos in Paradise: The New Upper Class and How They Got There.* New York: Simon & Schuster.

Burke, E. (2009). *A Philosophical Enquiry into the Origin of Our Ideas of the Sublime and Beautiful.* Oxford: Oxford University Press.

Burke, E. (1982). *Reflections on the Revolution in France.* New York: Penguin Classics.

Chang, K. C. (1977). *Food in Chinese Culture.* New Haven: Yale University Press.

Clark, M. (1990). *Nietzsche on Truth and Philosophy.* New York: Cambridge University Press.

Cohen, A. (2008). *The Ultimate Kantian Experience: Kant on Dinner Parties. History of Philosophy Quarterly.* Volume 25, Number 4: 315 – 336.

Cohen, M. (2018). *I Think Therefore I Eat: The World's Greatest Minds Tackle the Food Question.* Nashville: Turner Publishing Company.

Crang, M. (2013). *Cultural Geography.* London: Routledge.

Curtin, D. W. & Heldke, L. M. (1992). *Cooking, Eating, Thinking: Transformative Philosophies of Food.* Bloomington: Indiana University Press.

Dal í, S. (2016). *Les Diners de Gala.* Cologne: Taschen.

Deleuze, G. (2006). *Nietzsche and Philosophy.* New York: Columbia University Press.

Diderot, D. (1751). *The Judgement of Taste. Encyclopédie* (35 vols. , 1751 – 1780).

Dobelli, R. (2011). *Die Kunst des klaren Denkens.* Oxford: Piper ebooks.

Douglas, M. (2002). *Purity and Danger.* London: Routledge.

Fischler, C. (1988). "Food, self and identity". *Social Science*

Information. 27(2):275 – 292.

Foucault, M. (1978). *The History of Sexuality: An Introduction.* New York: Vantage Books.

Goody, J. (1982). *Cooking, Cuisine and Class: A Study in Comparative Sociology.* Cambridge: Cambridge University Press.

Graham, A. C. (1989). *Disputers of the Tao.* Chicago: Open Court Publishing Company.

Granet, M. (1999). *La Pensée Chinoise.* Paris: Albin Michel.

Needham, J. (2004). *Science and Civilization in China.* New York: Cambridge University Press.

Gros, F. (2009). *Marcher, une philosophie.* Paris: Carnets Nord.

Honore, C. (2005). *In Praise of Slowness: Challenging the Cult of Speed.* San Francisco: Harper One.

Holcombe, C. (2005). *The Real Chinaman.* Boston: Adamant Media Corporation.

Hume, D. (1985). *A Treatise of Human Nature.* New York: Penguin Classics.

Hume, D. (2013). *Of the Standard of Taste: Post – Modern Times Aesthetic Classics.* Birmingham: Birmingham Free Press.

Hume, D. (2014). *A Treatise of Human Nature.* California: Createspace Independent Pub.

Johnson, R. J. (2020) *The Gastrosophists! A seven – course meal with Epicurus and Nietzsche.* In Nietzsche and Epicurus. Vinod Acharya and Ryan J. Johnson(eds.). London: Bloomsbury Academic.

Joyes, C. (2006). *Monet's Table: The Cooking Journals of Claude Monet.* New York: Simon & Schuster.

Kant, I. (2007). *The Critique of Judgement.* Oxford: Oxford University Press.

Kierkegaard, S. (1992). *Either/Or: A Fragment of Life.* New York: Penguin Classics.

Korsmeyer, C. (2014). *Making Sense of Taste: Food and Philosophy.* Ithaca: Cornell University Press.

Lakoff, G. & Johnson, M. (2003). *Metaphors We Live By.* Chicago: University of Chicago Press.

Lapp é, F. M. (1991). *The Diet of a Small Planet.* New York: Ballantine Books.

Lea, R. (2015). *Dinner with Jackson Pollock: Recipes, Art & Nature.* New York: Perseus Distribution Services.

Levi – Strauss, C. (1983). *The Raw and the Cooked.* Chicago: University of Chicago Press.

Lacoue – Labarthe, P. (2005). *Le chant des muses.* Paris: Bayard Jeunesse.

Laudan, R. (2016). "Culinary Philosophy: Pretentious or What?"*Food History.* October 26.

Laudan, R. (2013). *Cuisine and Empire: Cooking in World History.* California: University of California Press.

Mayle, P. (1992). *Acquired Tastes.* Waterville: Thorndike Press.

Mayle, P. (1990). *A Year in Provence.* New York: Random

House Inc.

Milindapanha(1965). *The Questions of King Milinda*. Thomas William(eds.). Delhi: Motilal Banarsidass.

Monroe, D. & Allhoff, F. (2007). *Food and Philosophy: Eat, Think, and Be Merry*. Hoboken: Blackwell Publishing Ltd.

Muhlstein, A. (2012). *Balzac's Omelette: A Delicious Tour of French Food and Culture with Honore'de Balzac*. New York: Other Press.

Needham, J. (1956). *Science and Civilisation in China: Volume 2, History of Scientific Thought*. Cambridge: Cambridge University Press.

Nietzsche, F. (2006). *The Gay Science*. New York: Dover Publications.

Nietzsche, F. (2003). *The Genealogy of Morals*. New York: Dover Publications.

O'Connell, J. (2016). *The Book of Spice: From Anise to Zedoary*. New York: Pegasus Books.

Onfray, Michel. (2015). *A Hedonist Manifesto: The Power to Exist*. New York: Columbia University Press.

Petrini, C. (2007). *Slow Food Nation*. New York: Rizzoli International Publications.

Plakias, A. (2018). *Thinking Through Food: A Philosophical Introduction*. Peterborough: Broadview Press.

Robert Hans van Gulik(1974). *A Preliminary Survey of Chinese Sex and Society from ca. 1500 B. C. till 1644 A. D.* Leiden:

Brill.

Rowley, G. (1959). *Principles of Chinese Painting.* Princeton: Princeton University Press.

Shapiro, L. (2018). *What She Ate: Six Remarkable Women and the Food That Tells Their Stories.* London: Penguin Books.

Scholliers, P. (2001). *Food, Drink and Identity: Cooking, Eating and Drinking in Europe since the Middle Ages.* London: Bloomsbury Academic.

Semedo, A. (2009). *The History of that Great and Renowned Monarchy of China.* Charleston: BiblioBazaar.

Shapiro, L. (2008). *Perfect Salad: Women and Cooking at the Turn of the Century.* Oakland, CA: University of California Press.

Shusterman, R. (2016). *Somaesthetics and the Fine Art of Eating.* In *Body Aesthetics.* Oxford: Oxford University Press.

Shusterman, R. (2008). *Body Consciousness: A Philosophy of Mindfulness and Somaesthetics.* New York: Cambridge University Press.

Singer, P. (1975). *Animal Liberation.* New York: HarperCollins.

Spence, C. (2017). *Gastrophysics: The New Science of Eating.* New York: Viking.

Stone, D. (2019). *The Food Explorer: The True Adventures of the Globe – Trotting Botanist Who Transformed What America Eats.* London: Penguin Publishing Group.

Sober. E. (1986). *Philosophical problems for environmentalism.*

In *The Preservation of Species*. Bryan G. Norton (ed.). Princeton: Princeton University Press.

Telfer, E. (1996). *Food for Thought: Philosophy and Food*. London: Routledge.

Thompson, P. B. (2015). *From Field to Fork: Food Ethics for Everyone*. Oxford: Oxford University Press.

Valgenti R. T. (2014). *Nietzsche and Food*. In: Thompson P. B. , Kaplan D. M. (eds). *Encyclopedia of Food and Agricultural Ethics*. Dordrecht: Springer.

Van Gulik, R. (1974). *Sexual Life in Ancient China*. Leiden: Brill.

Waters, A. (2010). *In the Green Kitchen: Techniques to Learn by Heart*. New York: Clarkson Potter.

Williams, M. & Penman, D. (2011). *Mindfulness: An Eight − Week Plan for Finding Peace in a Frantic World*. Emmaus: Rodale Books.

Wilson, E. (2003). *Bohemians: The Glamorous Outcasts*. London: Tauris Parke.

Ⅱ. 中文参考文献

柏拉图:《柏拉图对话集》,北京:商务印书馆,2004。

查尔斯·史宾斯著:《美味的科学:从摆盘、食器到用餐情境的饮食新科学》,陆维浓译,台北:商周出版,2018。

陈立:《滋味人生》,北京:中信出版集团,2020。

陈晓卿：《至味在人间》，桂林：广西师范大学出版社，2016。

村上春树：《奇鸟行状录》，林少华译，上海：上海译文出版社，2009。

村上春树：《舞舞舞》，赖明珠译，台北：时报文化，2010。

村上春树：《挪威的森林》，林少华译，上海：上海译文出版社，2001。

（西汉）戴圣：《礼记》，北京：中华书局，2005。

（西汉）董仲舒：《春秋繁露》，周桂钿译注，北京：中华书局，2011。

范劲：《〈肉蒲团〉事件与中国文学的域外发生》，《中国比较文学》第3期，2019。

弗罗杭·柯立叶：《馋：贪吃的历史》，陈蓁美、徐丽松译，台北：马可孛罗，2015。

尼采：《善恶之彼岸》，谢地坤等译，桂林：漓江出版社，2007。

尼采：《扎拉图斯特拉如是说》，黄明嘉、姜林译，上海：华东师范大学出版社，2009。

龚鹏程：《饮馔丛谈》，济南：山东画报出版社，2010。

庚竹小谈：《食品专家称：女权主义使所有人发胖！》，《每日头条》，2007年6月5日。

胡川安、郭婷、郭忠豪：《食光记忆》，新北：联经出版公司，2017。

（元）忽思慧：《饮膳正要》，上海：上海古籍出版社，1990。

加斯东·巴舍拉：《水与梦》，顾嘉琛译，长沙：岳麓书社，2005。

蒋勋：《孤独六讲》，台北：《联合文学》，2007。

杰克·古迪：《烹饪、菜肴与阶级：比较社会学研究》，王荣欣、沈南山译，杭州：浙江大学出版社，2010。

杰克·特纳：《香料传奇：一部由诱惑衍生的历史》，周子平译，台北：三联书店，2007。

久住昌之：《孤独的美食家》，北京：中国计量出版社，2015。

鸠摩罗什译：《大智度论》，上海：上海古籍出版社，1991。

梁秉钧：《后殖民食物与爱情》，香港：牛津大学出版社，2009。

梁文道：《味觉现象学》，香港：上书局，2007。

梁实秋：《雅舍谈吃》，南京：江苏文艺出版社，2010。

（南朝梁）刘勰：《文心雕龙》，杭州：浙江古籍出版社，2011。

林语堂：《生活的艺术》，新北：远景，2005。

（明）李渔：《闲情偶寄》，上海：上海古籍出版社，2000。

（清）李斗：《扬州画舫录》，北京：中华书局，1997。

利玛窦：《利玛窦中国札记》，何高济译，北京：中华书局，1983。

米歇尔·福柯：《主体解释学》，佘碧平译，上海：上海人民出版社，2018。

米歇尔·翁弗雷：《哲学家的肚子》，林泉喜译，上海：华东师范大学出版社，2017。

牟宗三：《才性与玄理》，台北：台湾学生书局，1989。

让－保罗·萨特：《存在主义是一种人道主义》，上海：上海译文出版社，2012。

（唐）司空图：《二十四诗品》，杭州：浙江古籍出版社，2011。

萨尔瓦多·达利：《我的秘密生活》，陈训明译，北京：金城出版社，2012。

孙通海译注：《庄子》，北京：中华书局，2007。

塞缪尔·斯迈尔斯：《品格论》，徐静波、朱莉莉译，上海：复旦大学出版社，2011。

史作柽：《一个人的哲学》，台北：典藏艺术家庭，2016。

藤井宗哲：《禅食慢味：宗哲和尚的精进料理》，刘雅婷译，台北：橡实文化出版社，2007。

万建中：《中国饮食文化》，北京：中央编译出版社，2011。

瓦西里·康丁斯基：《艺术与艺术家论》，吴玛利译，台北：艺术家出版社，1998。

王弼注，楼宇烈校：《老子道德经注》，北京：中华书局，2011。

王学泰：《中国饮食文化史》，桂林：广西师范大学出版社，2006。

（吴）韦昭：《国语》，上海：上海古籍出版社，2008。

（唐）王冰注：《黄帝内经》，北京：中医古籍出版社，2003。

　　王爱和：《中国古代宇宙观与政治文化》，上海：上海古籍出版社，2018。

　　吴钧：《舌尖上的宋朝》。https://www.rujiazg.com/article/13453，原载于"我们都爱宋朝"微信公众号（2018年2月25日引用）。

　　汪曾祺：《故乡的食物》，南京：江苏文艺出版社，2010。

　　谢忠道：《慢食之后》，北京：生活·读书·新知三联书店，2013。

　　（汉）许慎：《说文解字》，北京：中华书局，1963。

　　小津安二郎：《豆腐匠的哲学》，上海：新星出版社，2016。

　　索伦·奥贝齐·祈克果：《致死之病：关于造就和觉醒的基督教心理学阐述》，林宏涛译，台北：商周出版，2017。

　　杨伯峻：《论语译注》，北京：中华书局，2009。

　　（清）袁枚：《随园食单》，香港：心一堂，2014。

　　优波离：《十诵律》，鸠摩罗什译，香港：法鼓文化，1990。

　　张仲景：《金匮要略》，北京：人民卫生出版社，2005。

　　朱立安·巴吉尼：《吃的美德：餐桌上的哲学思考》，台北：商周出版，2012。

　　SORA，H.：《吐司沙发、混凝土晚宴——食物装置艺术家 Laila Gohar 让艺术"更美味"》。https://www.thefingerwords.com/ood－artist－laila－gohar/（2020年4月15日引用）。

　　庄仁杰：《晚清文人的风月陷溺与自觉》，台北：秀威资讯，2010。

（春秋）左丘明：《左传》，山西：山西古籍出版社，2004。

庄适选注：《吕氏春秋》，北京：商务印书馆，1947。

（南朝）钟嵘：《诗品》，台中：五南图书，2013。

（明）张岱：《陶庵梦忆》，北京：紫禁城出版社，2011。

周国平：《文化品格》，北京：作家出版社，2012。

（宋）朱熹：《孟子校注：诸子百家丛书》，上海：上海古籍出版社，1987。

谢　词

　　首先我要感谢为拙作写序的两位朋友：美国著名的哲学家、"身体美学"的开拓者舒斯特曼教授及香港浸会大学电影学院总监文洁华教授。在学术上能有这样的朋友鼓励和提携，是本人的荣幸。感谢我的闺密们：媛媛、蔚、洁、素英、Eva、Elizabeth、Ann、Melody。能和她们一道品味美食，天南地北地畅谈，人生还有什么不满足的呢？感谢好友 J，我们在饭桌上的每一次闲聊，无论是哲学还是音乐，都成为我美好的回忆。感谢我的博士生阿苗，主动帮忙为我的书稿做校对，并翻译推荐序的部分。感谢我的先生 Tony 的插图以及好友 Ann Fong 所提供的静物摄影，两位都是理工科目出身，但对艺术的追求毫不含糊。还要感谢小朵，一位热爱美食的摄影师。最后，我要衷心感谢香港中华书局的厚爱以及黎耀强副总编和子晴编辑的鼎力支持。

2021 年 4 月于香港九龙塘